KB197885

결론

클론

문정

행복우물

목차

✝
80년 5월

　김경수는 학교에서 오자마자 마루에 걸터앉아 담배를 연달아 피워
대고 있었다. 아침에 학교에서 들은 얘기도 있고 해서 그는 아내를 설
득할 마음이었다. 아내는 경수가 학교에 다녀오는 사이 짐을 다 꾸려
놓았다. 데모대와 군인들의 충돌은 걷잡을 수 없는 상황으로 치닫고
있었다.

　유혈 상황으로까지 갈 것이라고 짐작들은 하고 있었다.

　"아무래도 좀더 상황을 봐서 가야할 것 같아."

　"경수씨는 시골에 있는 아기가 보고 싶지도 않으세요?"

　"그렇긴 하지만 아침에 가본 학교는 전쟁터나 다름이 없더라고. 학
생들은 어디서 구했는지 무기가 될만한 것들을 모두 가지고 있고, 군
인들도 광주시내 외곽을 전부 포위하고 있다고 하고, 학생처럼 보이는
자들은 모조리 끌고 간다던데."

　"당신은 학생이 아니에요. 이렇게 늙은 학생이 있나요?"

　아내는 양손으로 경수의 눈가 주름을 자기 얼굴에다 만드는 시늉

을 하면서 웃었다.

아내는 시댁 가는 것을 친정 가는 것보다 더 즐기고 있었다.

물론 아내는 시댁에 맡긴 아들이 더 보고 싶었겠지만 그래도 시부모를 친정 부모같이 거리감을 두지 않고 모시는 것이 경수는 항상 고마웠다. 시부모도 며느리를 딸보다 더 아꼈다. 경수와 결혼을 하면서 중도에 그만둔 학교를 아들을 낳자마자 다시 다니도록 손자를 맡아 키우겠다고 시부모가 나선 것은 그만큼 며느리를 딸처럼 아꼈기 때문이다. 두 노인네가 아직 청춘인 것처럼 정정하기도 했고 두 분이서 적적히 지내느니 손자 재롱도 보고 싶어서였으리라. 물론 그 덕분에 아내는 경수와 광주시내에 집을 얻어 같은 학교에서 경수는 박사과정에, 아내는 3학년을 다니고 있었다.

"며칠 형편을 보고 가는 게 아무래도 나을 성싶은데…."

경수는 자꾸 미적거렸다.

"너무 걱정 마세요. 시외버스도 아직 다닌대요. 버스로 한 시간만 가면 되는데 뭘 그렇게 걱정이세요. 지금 한 달이나 시댁에 얼굴도 못 비쳤어요. 이러다 저 쫓겨나면 당신 혼자 살 거예요?"

아내의 애교석인 강짜에 경수는 저도 모르게 웃었다. 사실 부모님은 광주시내에서 버스로 한 시간 남짓이면 도착하는 거리에 살고 계셨다. 지난 한달 동안 경수가 도서관에 박혀 있느라 아내도 매주 다녀오던 시댁 행을 경수의 수발 때문에 못하고 있었다. 어제는 아버님도 전화로 아내와 농 섞인 투로 불만을 털어놓으셨다.

"이젠 하나밖에 없는 며느리가 시아버지 보고 싶지도 않은 가벼."

아내는 "저두 아버님이 보고 싶어요. 그러니 내일 꼭 갈게요." 하며 한참이나 시아버지와 며느리가 마치 연인이나 되듯이 통화를 하다가 끊었었다. 아버님 좋아하시는 약과를 그동안 밀린 횟수만큼 곱절로 사서 신주 단지나 되듯이 포장을 하는 것을 경수도 본 탓에 자꾸 미루자는 말을 할 수가 없었다.

아내는 전보다 몇 배쯤 되게 짐을 꾸리고는 출발하자는 듯이 경수를 보며 웃었다.

"이참에 학교도 쉬니까 우리 한동안 시댁에 가서 머리도 식히다 와요. 저도 어머님 일을 좀 돕고 당신은 아기와 같이 좀 지내고 그렇게 맘 편히 있다가 학교가 정상화되면 그때 오면 되잖아요."

경수가 차편을 보니 아직 시간 반이나 여유가 있었다. 아내는 시계를 보고 자신을 보는 경수의 눈초리가 음흉한지라 징그럽다며 작은 방으로 도망을 갔다. 그 방이 더 한적한 방이었다.

나이 서른이 넘었으니 주민등록증으로 봐서는 학교나 다니는 사람으로 보지는 않을 것이라 생각한 것이 착오였다. 매주 본가를 갈 때마다 간첩이나 잡을 양 검문을 하던 광주 외곽 헌병대 검문소에서 경수는 군인들로부터 내리라는 명령을 받았다. 경수뿐만 아니라 젊은 남자 셋이 같이 내렸다. 버스는 그들을 두고 출발했다. 그런데 떠난 버스 뒤편에 아내가 서 있었다. 먼저 가라고 분명히 일렀건만 아내는 불안한 표정으로 경수 곁으로 왔다.

"좀 조사 받으면 갈 텐데 당신이라도 아버님께 가 있어야지 걱정하시잖아."

"같이 있을래요."

아내는 경수의 오른팔을 낀 채로 떨고 있었다. 경수는 마음을 편히 가지려 했지만 주위의 군인들을 둘러보고는 심상치 않음을 느꼈다. 대낮인데 하나같이 술 냄새들이 났다. 군인 같지가 않았다. 경수와 아내는 몇몇 일행과 군용 트럭으로 옮겨 타고 십 여분 거리의 군인 막사 같은 곳으로 갔다. 한 장교가 나와서 경수 일행을 인솔한 하사관에게 뭐라고 지시하는 듯했다. 트럭은 다시 출발했다.

순식간이었다. 아내의 머리가 터져서 경수의 얼굴과 가슴에 뇌를 쏟아 내었을 때 경수도 옆구리에 화끈한 것을 느끼고 정신을 잃었다. 정신을 차린 것은 한두 시간도 되지 않은 것 같았다. 경수의 위에 머리가 반이나 없어진 아내가 누워 있었다. 경수도 옆구리와 다리 가슴 세 군데 총을 맞았다. 주위로 십여 구의 시체가 나뒹굴고 있었다. 그는 기어서 나왔다. 여기서 빠져나가야 했다.

그들은 군인이라기보다는 차라리 이성을 잃은 폭력집단에 가까웠다. 그들이 참호를 파는데 좀 도우라고 했을 때 알아 봤어야 했다. 막사에서 트럭이 다시 출발할 때 아내를 데리고 트럭에서 도망을 쳤어야 했다. 그들을 의심하지 않은 것이 실수라면 실수였다. 아무리 데모대를 진압하러 왔다고 하지만 그래도 그들은 군인이 아니었던가. 그들을 군인이라 믿은 것이 잘못이라면 잘못이었다. 경수는 아내와 트럭에서 내려 그들이 인도하는 대로 십 여 미터를 갔을 때에서야 알았다. 그곳에는 벌써 몇 구의 시신이 있었다. 경수 일행은 놀라서 뒤돌아 봤다. 아내는 뒤돌아보지도 못했다. 그저 놀라서 경수의 가슴에 안겼을 뿐이었다. 그리고 그들의 총에서는 요란한 소리가 났다. 아내의 머리가 경수의 가슴에서 터졌다.

경수가 간신히 시체들이 쌓여 있는 구덩이를 기어 나왔을 때 길 아래쪽에서 또 군인들이 올라오고 있었다. 경수는 나무숲으로 더 기어 들어 갔다. 그들은 포크레인으로 구덩이를 메우기 시작했다.

해가 지기 시작했다. 경수는 눈물도 나지 않았다.

"안녕하십니까! 9시 뉴스데스크입니다. 우리나라에서도 드디어 복제소가 탄생했습니다. 세계에서 네 번째로 성공을 거둔 복제소 실험은 우수한 품질의 소를 대량 생산한다든가 인간 질병의 대체 의학발전에 기여할 것으로 기대됩니다. 자세한 소식을 박희설 기자가 알려드리겠습니다."

"네! 박희설입니다. 저는 지금 농협 연구소 클론 센터에 나와 있습니다. 세계에서 처음으로 완벽한 클론을 성공시킨 농협 연구소 소장 유성호 박사님을 모시고 말씀을 나누겠습니다. 유 박사님, 클론의 의미와 이를 성공시킨 데 대해 말씀을 해 주십시오."

"네, 얼마 전 중국에서 유전자 가위를 이용해서 인간유전자를 교정하여 아기를 탄생시켜 세계를 충격에 빠뜨린 적이 있습니다. 그로 인해 윤리적 도덕적 비난을 받아 연구자는 실형을 선고 받았습니다. 그에 반해 저희가 이번에 성공한 클론은 보다 진일보한 방법을 사용했습니다. 원리는 같지만 다른 점이 있다면 인간이 아닌 소를 대상으로 했다는 점과 인간의 배아가 아니라 소 귀의 세포를 이용한 점이 다릅니다. 물론 세포를 클론하는 과정도 몇 년 전 중국에서 성공한 것보다 실패의 확률을 반 이상 줄였다는 것이 성과라고 할 수 있습니다. 그만큼 배아의 수를 낭비하지 않고 성공률을 높인 것입니다. 이번 실험의 성공으로 인해 앞으로는 돼지를 이용한 건강한 인간 대체 장기의 생성도 가능해졌습니다."

경수는 뉴스를 껐다. 그리고 냉장고에서 맥주를 꺼내 들었다. 이제 시작해야 했다. 그는 자신의 계획을 그려보기 시작했다. 수 백 번을 짰던 그 계획을 다시 한번 머리속에 그려보기 시작했다.

1999년 초가을 오랜만에 서늘한 바람을 맛보는 듯하다. 더위가 한 풀 꺾이고 추적추적 비까지 내리니 젊었을 때 같으면 포장마차에서 한잔하기 알맞은 날씨다. 홍 의원은 차에서 내리며 보좌관에게 간단한 업무지시를 했다. 호텔 앞은 사람들로 붐비고 있었다. 저마다 비에 쫓기듯 빠르게 움직이고 있지만 사실 그들이 뛰어다니는 호텔 앞은 십여 미터나 튀어 나온 처마 덕분에 비는 한 방울도 내리지 않았다. 비 때문인 듯 더위에 헉헉대던 어제와는 사뭇 다르게 사람들의 행동에는 생기가 있어 보인다. 홍 의원은 느린 걸음으로 로비에 들어섰다. 왼쪽 뒤편 정확히 일보 뒤로 뒤따르던 보좌관이 엘리베이터 단추를 눌러주고는 간단히 목례를 한 후 안내 데스크로 갔다. 홍 의원은 문이 열리자 혼자서 엘리베이터에 탔다. 꼭대기 층을 누르려고 단추를 보았지만 동승한 중년의 여인이 꼭대기 라운지를 먼저 누르는 바람에 홍 의원은 뒷짐을 진 채 층수가 바뀌는 숫자만 물끄러미 쳐다보고 있었다. 중년부인이 힐끗 홍 의원을 쳐다보았다. '어디서 본 듯한 얼굴인데…' 라는 듯 조심스레 눈길을 보내는 것을 그는 느낄 수 있었다. 사십대 중반쯤일까? 여인은 곱게 살아온 듯 피부에는 투명한 빛이 살아있었다. 헬스클럽이다 수영장이다 부지런히 몸을 가꾼 듯, 뒷모습만 보아서는 처녀로 볼만했다. 그러나 홍 의원은 영애를 만나고 난 후부터는 삼십대만 넘어도 여자로 보이지 않았다. 이십대 초반의 여대생을 끼고 즐기는데 나이든 여자가 눈에 들어올 리가 없었다. 인생에서 깜박 잊고 지낼 뻔했던 부분을 영애를 만나고 되찾았다. 그는 지긋이 뒷꿈치를 붙인 다리에 힘을 주어보았다. 종아리부터, 허벅지, 엉덩이, 엉치까지 찌르르 힘이 차 올랐다. 아직 건강하다. 남자나이 오십 중반이니 얼마든지 건강할 수 있었다. 홍 의원은 고된 야당시절을 떠올리며 한눈팔지 않았던 자신의 정치역정을 생각했다. 어렵게 고생해 준 아내도 지금은 편안히 살고 있지만 이젠 홍 의원의 넘치는 건강을 받아 줄 만큼 매력이 남아있지 않았다.

라운지엔 몇몇 테이블에 손님들이 듬성듬성 앉아 있었다. 홍 의원이 긴 원피스로 된 유니폼을 입은 종업원을 따라 예약 석에 앉아 녹차를 시키자 의외라는 듯 고상한 미소를 지으며 여종업원이 물러났다. 그 자리는 예약석이었으니까 당연히 식사를 주문할 줄 알았던 모양이었다. 보좌관은 종종걸음으로 다가와 홍 의원에게 속삭였다. 딴청 피우듯 녹차를 음미하던 홍 의원은 다시 한번 중요하지도 않은 업무지시를 하고 일어섰다. 보좌관은 이번에 정확히 왼쪽 한 발 앞서서 엘리베이터 벨을 눌렀다. 엘리베이터 안은 두 사람 뿐이었다.

"강사장 약속은 정중히 사과하고 연기해."

세 번째 지시였다. 평소에는 신경도 쓰지 않던 강사장을 오늘은 왜 그리 챙기는지… 보좌관은 알았다는 듯 깊은 목례를 했다. 동시에 12층과 1층을 눌렀다. 12층에서 내린 의원은 보좌관에게 가라는 손짓을 하고는 1205호실로 향했다.

　영애는 머리로부터 타고 내려오는 샤워물의 감촉을 즐기고 있었다. 괜찮은 세상이다. 몸 하나로 인생을 이렇게 호강할 수 있으니. 홍 의원이 상대가 되어준 이후로 영애의 생활은 많은 변화가 있었다. 영애는 이제껏 누려보지 못했던 금전의 여유를 즐기고 나름대로 인생의 맛을 배우고 있다고 생각했다. 오늘 이 시간 이후의 스케줄을 생각하며 흐뭇한 미소를 떠올린다. 홍 의원은 분명 얼마쯤의 사례를 할 것이다. 영애의 수고에 대해서, 잘하면 전에 언뜻 내비친 아파트를 선물로 확정지어 줄지도 모른다. 아니라도 상관없다. 그래도 적지 않은 수표가 보좌관을 통해 자신의 손에 쥐어질 것이고 그것으로 애인과 며칠간 실컷 쓰며 돌아다닐 수 있을 것이다. 샤워를 마치고 나오자 의원은 소파에 앉아 전화를 하고 있었다.

　홍 의원이 수화기를 들지 않은 손을 잠시 까닥거려 아는 체를 했다. 마치 눈길 마주친 웨이터를 부르는 모양새다. 의원에게 다가간 영애는 물기를 닦고 그의 목을 끌어안았다. 자연스럽게 양다리를 벌려 의원의 허벅지 위에 앉는 자세가 되었다. 그의 볼에 키스를 했다. 그리곤 수화기가 막고 있지 않은 귀를 혀로 애무하기 시작했다.

　"아. 그래요, 그때 봅시다."

　의원은 전화를 끊고는 영애의 코를 살짝 비틀었다.

　"요 못된 것!"

　"아이, 나하고 있을 땐 다른 볼 일 안 보기로 했잖아요."

　영애는 마치 비틀린 곳이 코가 아니라 허리인양 상체를 뒤틀며 홍 의원을 자극했다.

"음, 중요한 전화라서. 그래, 그동안 무얼하고 지냈나?"

영애는 대답대신 의원의 넥타이부터 풀기 시작했다.

영애는 홍 의원의 이런 아빠 같은 물음이 싫었다. 미주알고주알 자세히 묻기 시작하면 하세월인 것을 영애는 알고 있었다. 빨리 본론에 들어가는 것이 영애의 피곤을 줄이는 것이니까.

남자란 일을 치르고 나면 말도 적어지고 땀구멍 많은 피부를 볼에 비벼대며 희롱하는 것도 없어진다는 것을 영애는 경험으로 터득하고 있었다.

와이셔츠 단추를 열어 젖히고 그의 목부터 애무하기 시작했다. 목, 가슴 서서히 아래로 그녀의 입술이 옮겨가자 홍 의원은 영애의 얼굴을 두 손으로 부드럽게 감싸며 제지했다. 홍 의원은 영애의 저돌적인 접촉에 내심 놀라고 있었다. 그리고 아직은 영애의 이런 건강한 자극에 익숙해 있지 않았다. 항상 느끼는 것이지만 영애와의 관계에서는 싱싱함이 넘쳐서 손에 잡히지 않는 생선의 몸부림 같은 느낌을 갖는다. 영애는 제지하는 홍 의원의 손은 아랑곳하지 않고 온몸을 더욱 밀착시키고 얼굴을 가슴에 비벼대기 시작했다. 홍 의원의 손은 힘을 잃고 말았다. 영애는 한 손으로 의원의 목을 끌어안고 그의 입술을 빨았다. 비릿한 아니 그보다 상큼한 전율이 그의 신경을 자극했다. 그녀의 다른 한 손은 벌써 그의 혁대를 열고 있었다. 마치 부드러운 강아지가 파고 들어오는 감을 느낀 의원은 더 이상 참지 못하고 그녀를 안아들었다. 이젠 그의 방식대로 진행해야 할 차례이다. 흘러내리는 바지는 아랑곳하지 않고 영애를 안고 침대에 쓰러졌다. 가운만 걸친 그녀의 나신이 벌어진 가운 사이로 드러났다. 그의 흥분도 서서히 일어나기 시작했다. 그녀는 자신을 내려다보는 그의 남은 옷을 누운 채 벗기고 있었다. 그리고 신경이 살아나고 있는 그의 남성을 누운 자세로 어루만지기 시작했다. 살며시 부드럽게 자극하자 그녀의 손에 꽉 찬 느낌이 전해오기 시작했다. 영애는 그의 남성을 자신의 입으로 감쌌다. 촉촉한 영애의 침이 그의 남성을 적셨다. 흥분이 덜된 영애를 위해서는 그녀의 침이 윤활유 역할을 할 것이다. 그녀의 질은 홍 의원 자체로는 충분한 흥분이 이루어지지 않았다. 그녀는 그의 남성을 성의를 다해 적셨다.

혈액이 충만한 그의 남성은 그녀의 윤활유를 충분히 머금었다. 홍 의원은 자신의 그것이 완전한 준비가 된 것을 알았다. 그의 시선에 들어오는 그녀의 나신만으로도 족한 것이지만 영애의 손놀림과 혀는 그의 남성을 순식간에 자신감으로 채워놓았다.

그는 기다릴 여유가 없었다. 그러기엔 남성의 본능은 배려란 것에 인색했다. 그는 항상 그녀의 인도에 의해 흥분하지만 그녀의 흥분까지 염려하는 이성은 그녀의 손이 그의 몸에 닿는 순간 힘없이 사라져 버린다. 그는 상황이 끝난 이후에 약간의 미안함을 느낄 뿐이었다. 지금도 그의 남성은 부드럽고 미끈한 감촉과 따뜻한 그녀의 속으로 들어가는 것이 급했다. 온 신경과 힘을 모은 그의 남성은 서서히 그녀의 속으로 들어갔다. 그제서야 그는 그녀의 얼굴을 들여다보았다. 이젠 그가 그녀의 반응을 즐길 시간이다. 그는 천천히 허리를 움직이기 시작했다. 이제부터 변해 가는 그녀의 얼굴 표정과 교성이 그의 쾌감을 더욱 자극할 것이다. 더 깊은 자극을 위해 그는 그녀의 다리를 자신의 허리에 감았다. 더욱 밀착된 자세에 대한 반응은 바로 그녀의 얼굴에 나타났다. 그녀는 낮은 신음소리를 내었다. 그는 그녀의 그런 얼굴을 보는 것이 즐거웠다. 그의 동작 하나 하나에 달라지는 그녀의 소리도 즐거웠다. 하지만 지금은 얼굴을 볼 시간이 아니었다. 그는 팔을 구부려 그녀의 상체를 끌어안고 밀착시켰다. 그녀의 귓볼을 애무하기 위해서 얼굴은 잠시 후에 즐기기로 하였다. 그녀는 유독 귓볼을 애무할 때 진한 교성을 질렀다. 홍 의원은 그 소리가 자신의 나이를 잊게 해주는 활력소 같았다. 그 소리를 듣기 위해 그는 그녀의 귓볼을 부드럽게 혀로 핥았다.

그 순간이었다.

그녀의 귓볼을 그의 입술로 애무를 하고 있는데 갑자기 그녀의 얼굴이 앞에 나타났다. 잠깐의 착각이었다. 분명 그의 입은 그녀의 귀에 닿아 있었고 그의 눈은 그녀의 머리칼에 묻혀있는 상황에서…

그는 속으로 앞으로는 그녀와 관계를 할 때 그녀의 얼굴 감상하던 버릇을 삼가야겠다고 생각했다.

그때였다. 그녀의 흥분에 젖은 얼굴이 또 보이는 것이었다.

분명 그는 지금 그녀의 얼굴 옆에 그의 얼굴을 붙이고 있는 자세였다. 정확히 말해 그의 눈은 이불에 처박고 있는 상황에서 또 그녀의 얼굴이 보이는 것이었다. 그뿐만이 아니었다. 이번에는 그녀의 얼굴 옆에 자신의 뒤통수까지 보이는 것이었다. 그리고 시야는 더욱더 넓어져서 그와 그녀의 정사 장면 전체가 보이기 시작하는 것이었다. 마치 타인의 정사 장면을 천장에서 훔쳐보듯이.

자신의 눈만 천장 높이까지 올라와서 그녀와 자신이 정사하는 모습을 보고 있는 것이었다. 단지 그의 몸은 그녀의 위에 엎어져서 움직이지 않고 그녀는 두 다리로 그의 허리를 감고 밑에서 부지런히 기교를 부리고 있었다.

황당했다. 그의 몸과 눈이 별개의 것이 되어버린 것이다. 아니, 그의 정신이 그의 육체에서 빠져 나온 것이었다.

영애는 그가 동작을 멈추고 가만히 있는 것이 못마땅했다. 같이 보조를 맞추지 않으면 시간과 힘이 더 드는데… 그 고생은 온전히 그녀의 몫이니까… 영애는 그가 빨리 끝내고 보좌관이 기다리는 승용차로 가 주길 바랬다. 물론 물질적인 애정표현을 한 후에의 일이지만.

"아이, 뭐해요? 같이해요."

영애는 그를 채근했지만 그는 반응이 없다.

"의원님! 나 힘들어요."

그래도 그는 엎드린 자세에서 움직임이 없었다. 그의 숨소리만 그녀의 귀를 간지럽태우고 있었다. 영애는 그가 힘이 들어서 가만히 있는 것이라 생각했다.

"내가 위에서 할까요?" 하며 영애는 그의 어깨를 살짝 밀쳤다. 그러자 그는 힘없이 옆으로 늘어져버리는 것이 아닌가! 영애는 그 순간 소름이 확 끼쳤다. 벌떡 일어나 침대 밖으로 뛰쳐나왔다. 복상사라는 말이 언뜻 생각났다. 자신도 모르게 비명을 질러대며 정신없이 옷을 챙기기 시작했다. 앞이 깜깜했다.

어떡해야 하나? 그러다 문뜩 그의 몸이 움직이는 것을 봤다. 아니 움직이는 것이 아니라 숨을 쉬고 있었다. 그의 배가 숨결에 맞춰 움직이는 것이었다. 영애는 공포 속에서도 안도가 되었다. 가만히 다가가 그를 건드려 보았다. 그래도 무반응이었다. 용기를 내어 그의 얼굴에 다가가 보자 역시 숨은 쉬고 있었다. '장난치는 건지도 몰라' 이번에는 세게 때려보았다. 그래도 그는 눈만 부릅뜬 채 천장을 향해 늘어져 있었다.

홍 의원은 천장에 매달려 영애의 놀라는 과정을 모두 지켜보고 있었다. 황당할 뿐이었다. 자신이 죽은 것이다. 곧이어 영애의 부름을 받은 보좌관이 흉물스럽게 벌거벗은 자신을 흔드는 것을 망연히 보고 있어야 했다. 잠시 후 보좌관이 이리저리 전화를 걸어 수습하는 사이에 그의 시야에서 그들이 점점 작아지고 있었다. 그의 혼이 자꾸만 멀어져가고 있었다. 어디론가 빨려가듯이….

채 10분도 되지 않아서 구급차가 도착했다. 보좌관은 홍 의원의 바지를 챙겨 입혔다. 속옷은 입힐 겨를도 없어 양복바지와 와이셔츠만 입혔다. 간호사가 홍 의원의 맥과 동공을 살폈다.

"심폐소생술을 해야겠어요."

간호사는 함께 온 남자구조대원과 같이 홍 의원을 이동식 침대로 옮겼다. 구급차는 호텔 입구에 있었다. 이동식 침대에 실려 나온 홍 의원은 차에 옮겨질 때까지 실성한 사람처럼 눈을 휑하니 뜨고 있었다. 잠시 후 남자구조대원은 운전을 하고 간호사는 홍 의원과 함께 탔다. 보좌관은 차의 뒷문 방향으로 옆에 앉았다.

"의식을 잃게 된 경위가 어떻게 되죠?"

간호사는 홍 의원의 가슴단추를 풀면서 물었다. 보좌관은 머뭇거렸다. 정사 중이었다는 말은 차마 하지 못했다. 간호사는 벗긴 가슴의 심장부분에 깍지 낀 손을 대고 힘차게 눌렀다.

"어떤 상황이었죠?"

홍 의원의 가슴을 리드미컬하게 누르면서 간호사가 다시 물었다.

"저어, 그러니까, 여자와 잠자리 중에…."

간호사는 알아들었다는 듯이 고개만 까딱하고는 운전자를 향해 소리쳤다.

"심장마사지를 해도 맥이 약해지고 있어요. 기사님 빨리 가셔야겠어요."

"차가 많이 막히는데요. 러시아워라 비켜주지도 않습니다."

기사는 클랙션을 자꾸 누르면서 큰소리로 말했다.

"자동 심폐소생기 실려 있나요?"

간호사는 계속 홍 의원의 가슴을 푸섭을 하면서 물었다.

"B-5 캐비넷에 있습니다."

"잘됐군요."

간호사는 벌써 이마에 땀방울이 솟아있다.

119를 부를 때 홍 의원의 신분을 밝혀서인지 두 구조대원은 긴장해 있었고 환자에 대해 신경을 쓰는 것 같아 보였다.

"저를 도와 주셔야겠어요."

간호사가 보좌관을 돌아 보며 말했다.

"뒤편에 B-5 라고 쓰인 캐비넷이 있을 거예요. 그걸 꺼내주세요!"

간호사는 계속해서 푸섭을 하며 보좌관에게 지시했다.

캐비넷을 열자 가로세로 사오십 센티미터 정도 되어 보이는 멜빵이 달린 이중철판이 있고, 그 옆에는 타자모양의 심장 박동기가 달린 또 하나의 철판이 있다.

보좌관은 그것들 중 하나만 드는데도 몹시 무거움을 느꼈다.

먼저 멜빵이 달린 철판을 달라고 간호사가 요구해서 전달해 주자 잠시 푸섭을 멈추고 그 판을 홍 의원의 등 밑에 끼웠다.

"심장이 뛰지 않습니까?"

보좌관이 물었다.

"뛰긴 뛰어도 뇌사상태로 보입니다. 심장 박동이 불규칙하고 제어가 되지 않네요. 뇌에 산소가 계속 가도록 병원 도착까지 계속해서 심폐소생술을 해주어야겠습니다. 그 기본 판을 등판 사이로 넣어주세요."

보좌관은 간호사가 시키는 대로 압축 계량기가 달린 두꺼운 철판을 홍 의원의 등 아래 있는 이중 철판 사이로 끼워 넣었다. 이중 철판 사이로 꼭 맞게 들어갔다.

간호사가 잠깐 멈추고 L자 모양의 압력기 같은 원추를 등판 사이에 끼워 기본 판에 있는 구멍에 맞추고 돌리자 딸각거리는 소리를 내며 압축기가 들어갔다. 들어간 펌프 같은 원추를 환자의 가슴 위로 90도 방향으로 맞춘 다음 산소통에 산소호스를 연결하고 몇 개의 스위치를 조작하자 인공호흡이 시작됐다. 기계는 마스크로 환자에게 산소를 공급하고 펌프는 마치 사람이 하듯이 환자의 가슴을 리드미컬하게 눌러서 인공호흡의 기능을 정확하게 해냈다.

간호사는 병원에 도착할 때까지 심폐소생술을 기계에 맡긴 것이다. 병원은 이 삼십 분은 족히 가야한다고 운전을 맡은 대원이 말했다. 간호사는 한시름 놓고 홍 의원의 동공과 손목의 맥을 다시 짚어 보았다.

그리고 부수적으로 가슴에 심장 심전도기를 설치했다.

"심장마비의 고비는 일단 넘긴 것 같아요."

간호사는 보좌관에게 말했다 보좌관도 약간의 여유가 생겨 담배를 꺼내 물었다.

"절대 금연이에요! 여기는 산소통이 있거든요."

보좌관은 담배를 집어넣고 물끄러미 홍 의원을 바라보았다. 수습할 일이 태산이었다.

† 또 다른 죽음

나 의원은 승용차 안에서 생각을 정리하고 있었다.

서울의 거리는 복잡했다. 이 놈의 교통은 언제나 사람을 짜증나게 한다. 나 의원은 눈을 감고 편안하게 뒷좌석에 몸을 맡겼다. 청와대 공 비서관을 만나려고 보름간이나 보좌관을 통해 줄을 넣었다. 옛날 같 으면 그쪽에서 만나려고 혈안이 되었겠지만 지금은 상황이 바뀌었다. 옛날도 아니다. 정확히 석 달 전까지는 그랬으니까. 지금은 세상이 바 뀐 것을 뼈저리게 느끼고 있었다.

힘없는 야당의 설움을 톡톡히 당하고 있는 것이다. 한 달 전 검찰 쪽 후배에게 들은 정보는 나 의원을 놀라게 할 만한 것이었다. 사정이 시작된 것이다. 그리고 내가 목표라니. 몇몇 동료도 끼어 있어서 당 총 무에게 정보를 줬었다. 하지만 제1당이란 덩치만 믿고 당 간부들은 움 직일 생각이 없는 듯 했다. 오히려 지금은 당권싸움이 한창이라 자신 들 계보에 있는 의원들 챙기기에 급급했다.

확실한 계보에 몸담지 않은 자신의 불찰도 있었지만 섭섭했다. 그래도 명색이 삼선의원에다 확실한 지역 지지기반을 가지고 있는 자신이 이렇게 내팽겨 버려질 줄은 전혀 예상치 못했었다.

게다가 당권 고지에 유리하게 다가간 총재대행은 한술 더 떠 비리가 없는 개혁적인 초선들 위주로 계보를 다시 짜는 것 같았다. 그만큼 지금의 당 지도부에서는 나 의원에게 관심이 없었다.

지금 여권은 분당하자는 파와 탈당하자는 파로 싸움질 하느라 정신들 못 차리고 있었다. 검찰은 예전에 당한 것을 곱절로 갚겠다는 식으로 칼자루를 휘둘러 대고 있었다. 현시점에서 나 의원을 구원해 줄 라인은 어디에도 없다. 혼자서 살길을 찾아야 했다.

공비서관은 대학 후배다. 그것 외에는 서로 간에 아무런 연고가 없는 처지다. 하지만 어떡하나 그래도 지나가다 마주치면 선배 호칭을 해주는 사이니 매달릴 수밖에 없다. 나 의원은 안주머니에서 메모지를 다시 한번 확인했다. 몇몇 동료들의 이름과 그들의 비리를 간략하게 담은 내용과 함께, 대부분 건설위에 같이 속했던 의원들이다. 물론 자신과 연관된 사건들은 모두 빼버렸다. 비서관에게 할말을 정리해 보았다. 탈당하겠다. 그리고 일주일 뒤 여당으로 입당하겠다. 나는 빼 달라. 이 사람들만 사정권에 넣어도 충분치 않느냐, 당신들도 호남권 의원이 입당하면 지역당 이미지 줄일 수 있고 잘하면 한두 명 데리고 입당하겠다. 여기까지 생각한 나 의원은 확신이 찬 표정을 지었다. 그들이 거절할 이유는 없을 것이다. 교통은 아직도 막힌 채로 뚫릴 기미가 보이지 않았다. 시계를 보니 다행히 약속시간까지는 여유가 있었다. 차는 올림픽 대로를 빠져 나와 영동대교로 접어들고 있었다. 워커힐까지는 이 삼십 분이면 도착할 것이다. 나 의원은 창 밖을 내다보았다.

강 위로 유람선이 저녁 불빛을 받으며 떠가고 있었다.

무심코 배를 보던 나 의원은 무언가 이상한 점을 느꼈다. 배가 보이는 각도가 변해 가는 것이었다. 차의 속도와 관계된 것이 아니었다. 차는 지금 영동대교 위에 있었다.

분명 자신은 차 안에 있는데, 강 위에 떠서 거의 움직이지 않는 배가 점점 가까워지고 있는 것이다. 그리고 차의 위치보다 자신이 더 높이 있었다. 점점 이상한 기분에 나 의원은 배에서 시선을 바꿔 아래로 자신을 보았다. 그 순간 나 의원은 비명을 지르고 말았다. 자신이 차에서 빠져 나와 있는 것이었다. 정확히 말해서 물 위에 떠있었다. 자신의 벤츠 승용차는 영동대교 중간쯤을 달리고 있었다.

그리고 자신은 공중에 떠서, 차가 있는 다리와 배의 중간쯤의 허공에 머물러 있었다. 다리보다 훨씬 높은 위치에서, 자신의 시선만 허공에 붕떠 있는 것이다. 더욱 놀라운 것은 분명 승용차 뒷자석에 자신이 앉아 있는 것이었다.

멀어지는 차안에 자신은 분명히 앉아 있었고, 그 모습을 허공에 떠 있는 나 의원 자신이 보고 있는 것이다.

잠시 후 나 의원은 점점 깊은 암흑 속으로 자신의 시선이 빨려 올라가는 것이다.

병원은 오목교를 건너자 보이기 시작했다.

박 기자는 후배의 전화를 받고 약간의 호기심이 일긴 했지만 딱히 그 일만으로 병원을 가는 것은 아니었다. 후배가 전문의가 되었는데도 술 한 번 사지 않은 미안함도 있고 서소문에 위치한 신문사에서

화곡동 집으로 가는 중간쯤에 위치한 병원이라 부담 없이 들러서 술 좋아하는 후배 놈도 챙겨주어야겠다는 마음이 본심이었다.

목동병원은 복잡한 시내병원보다는 주차장이 넓어 주차하기가 수월했다. 오늘은 여기다 차를 세우고 내일 아침에 가지러 올 작정으로 주차권을 가지고 로비로 들어섰다. 술 한잔하면 택시를 타고 가는 수밖에 방법이 없다. 잊어버리기 전에 후배에게 주차도장을 받을 생각으로 한 손에 표를 들고 1층 로비를 휭 둘러보았다. 6시까지는 5분이 남아있었지만 2층에서 내려오고 있는 후배가 보였다. 후배는 여전히 피곤해 보였다. 인턴 때나 다름없이 잠이 부족한 얼굴이 푸석푸석 했다.

"끝났냐? 오랜만에 코 삐뚤어지게 한잔하자."

박 기자는 후배의 어깨를 감싸 안으며 주차증을 건너주었다. 후배는 기계적으로 주차권을 받아들고 안내데스크로 향했다.

"그보다 병실에 한 번 올라가 보죠?"

후배는 의외의 말부터 꺼냈다.

무심한 선배의 섭섭한 그 동안의 처사에는 안중에도 없다는 듯한 태도였다.

안내데스크에서 무료주차 도장을 막힘없이 서너 번 쾅 쾅 찍었다. 이 삼일은 주차해도 될듯했다. 후배는 박 기자의 손을 잡아 끌고는 엘리베이터로 향했다.

"네가 얘기 해도 되잖아."

박 기자는 아까 전화상으로 들은 바도 있고, 굳이 중환자실까지 가서 시체가 다 된 환자를 보고 싶지 않았다. 게다가 오늘의 목적은 후배와 술 한 잔하려고 온 것이다.

"그게 간단한 것 같지가 않다니까요. 몸은 살아있는데 혼이 없어요."

"과로사 같지는 않냐?"

"과로사도 원인이 있기 마련인데 의식만 없고 나머진 멀쩡하다니까요. 뇌사인 경우와도 전혀 달라요. 뇌에 생태적 손상도 없구요 병원 올 때 산소도 충분히 공급된 상태로 왔구요"

엘리베이터는 3층에서 멈추었다. 중환자실은 만원이었다. 두 사람은 소독가운을 걸치고 나 의원이 누워 있는 침대로 갔다.

"며칠 전에 쓰러진 홍 의원과 증상이 똑같아요. 그도 아직 살아 있어요. 심장만."

얼마 전에 여당 중진 의원인 홍아선 의원이 과로로 뇌사했다는 뉴스는 박 기자도 이미 알고 있는 터였다. 쉬쉬하지만 젊은 여대생과 있다가 복상사했다는 것은 알만한 기자들은 다 알고 있었다.

"그 사람은 원인이 있는 죽음이잖아?"

낄낄거리며 박 기자가 대꾸했다.

"그 사람도 복상사가 진짜 원인이 아니래요."

후배는 건조한 얼굴에 음침한 웃음을 흘리며 대꾸했다.

"그쪽 S대병원에 동기가 있는데 원인이 없대요. 복상사면 뇌혈관이나 심장에 이상이 있어야 하는데 신체는 건강을 유지하고 있었답니다. 의식만 없이 일주일 정도 있다가 발작적으로 몇 번 의식이 들다가 심장이 멎었다고 하더군요. 그 전에 똑같은 증상으로 쓰러져서 십여일 뒤 사망한 세 명이 있어요. 그들과 똑 같아요."

"나 의원은 야당 중진이고, 홍 의원은 여당 중진이고, 그리고 먼저 죽은 사람들은 도지사 시장…. 정치인들의 신종 직업병인가?"

박 기자는 한 번 더 낄낄거렸다. 사실 박 기자는 잠깐 정치부 기자로 있을 때 정치인들의 썩은 행태를 익히 보아온 터라 이들의 병보다는 후배와 지금 따뜻한 국물에 소주 한잔이 더 관심사였다. 그는 의욕적이기는 하지만 나이가 든 사회부 기자일 뿐이었다.

중환자실은 환자들의 침대마다 첨단 의료기기는 모두 모여 있는 듯했다.

"이것 좀 보세요."

후배는 박 기자가 나 의원의 얼굴을 조금 더 가까이 볼 수 있도록 끌어당기고는 플래시를 나 의원 눈동자에 비쳤다.

산소마스크를 쓰고 있는 나 의원의 눈을 까뒤집어 보이는 후배가 별로 고맙지는 않지만 워낙 진지한 행동에 마지못해서 나 의원의 눈동자를 봤다.

"눈조리개가 좁혀지는 것이 보이죠? 신경은 모두 살아있어요. 뇌도 죽은 것이 아니라 멀쩡하게 살아 있는 거예요. 단지 의식, 엄밀히 말해서 혼이 나간 거라구요."

"일반 뇌사자도 이렇지 않나?"

"아니죠, 뇌사를 하면 먼저 뇌에 산소 공급이 중단 됩니다. 그러니까 뇌에 산소가 없어지면 뇌에 칼슘이 대량으로 생산되죠. 그렇게 되면 뇌는 죽은 겁니다. 다시 회생이 되질 않죠. 그리고 간뇌 정도만 활동을 하고, 그 때문에 최소의 신체 유지, 그러니까 심장박동 정도만 되는 겁니다. 이렇게 눈동자에서 반응이 일어나지는 않아요."

그때였다.

정확히 말해 후배가 눈꺼풀을 다시 덮었을 때, 아니 눈꺼풀 잡은 손을 대자 자연스럽게 눈이 스르르 감기고 난 몇 초쯤 뒤, 두 사람이 다 무심히 나 의원의 얼굴을 들여다보며 얘기하는 도중이었다.

나 의원이 눈을 떴다.

그리고는 두 사람을 천천히 번갈아 쳐다보는 것이었다. 마치 몇 년을 앓아누웠다가 마지막으로 유언을 하는 사람처럼 주위도 한 번 둘러보는 것이었다. 생을 마감하는 자의 눈빛, 자신의 생이 끝난다는 것을 아는 자의 눈빛이 저런 것이구나 하고 박 기자는 알게 됐다.

박 기자는 온몸에 소름이 돋는 것을 느꼈다. 자신도 모르게 두어 걸음 물러섰다. 후배도 마찬가지로 윽! 소리를 지르며 뒤로 물러섰다. 나 의원은 몇 초간 초점이 없는 눈빛으로 둘을 바라보다가 다시 슬그머니 눈을 감았다. 그때 심장 박동기에서 삐 하는 금속음이 울렸다.

박 기자는 물러섰다. 후배와 심장 박동기 소리를 듣고 달려온 후배의 동료 의사들이 응급처치를 하는 것을 멍하니 한참을 넋을 잃고 바라보았다.

십여 분 뒤 나 의원의 심장이 다시 뛰지 않을 거라는 결론을 내리고 의사들이 물러날 때까지 박 기자는 멍하게 서 있었다. 후배의 손에 이끌려 중환자실을 나올 때까지 그는 반쯤 정신이 나간 상태였다.

병원 길 건너 포장마차는 환풍이 잘되지 않아 안주가 끓는 증기로 인해 옆 테이블의 사람 분간도 되지 않았다. 박 기자는 아직도 나 의원의 마지막 눈빛에 정신이 나가 있었다. 박 기자는 술과 안주, 그리고 후배를 앞에 놓고 있지만 소주만 들이키고 있었다. 단란주점에서 기분 나면 룸살롱까지 갈 계획이었지만 지금은 그럴 기분이 아니었다.

쾌활하던 그의 모습은 온데간데없고, 말없이 그는 연신 소주만 들이
키고 있었다. 포장마차 천장의 자욱한 연기가 자꾸 자신을 덮칠 것 같
아 어깨가 움츠러져 있었다.

"분명 신종 세균성 질환입니다."

후배는 소주잔을 목구멍으로 바로 털어 넣으며 말했다.

후배는 술을 꼭 목구멍으로 바로 넣는 버릇이 있다. 마치 혀에 술
이 닿으면 혀가 녹기나 하는 듯이….

"신종 세균이라니?"

박 기자는 주위를 살피면서 말했다. 후배는 그 이상은 모르겠다는
듯이 고개를 흔들면서 소주잔을 노려보았다.

박 기자는 벌레 씹은 얼굴을 하고 있는 사회부 부장 앞에서 삼 십
분 넘게 간청을 하고 있었다.

"열흘 정도만 시간을 주세요. 아무래도 신종 세균성 사망 같단 말
입니다."

"병원 의사들이 모두 심장마비라는데 너만 신종 세균성이라니 말
이 되나 말이야."

부장은 대머리까지 벌겋게 달아 오른 것이, 인내심이 한계에 다다
른 듯했다. 부하직원에게는 절대 오 분 이상 자신의 주장을 피력하지
못하게 하는 것이 그의 부하들에 대한 처세 철학이었다. 그런데 박 기
자는 무려 삼십 분이었다. 부장은 한계에 도달했지만 박 기자에게만
한 번 더 기회를 준다는 모션을 취하고 말했다.

간신히 목소리를 낮추는 인내까지 보이면서….

"그리고 신종 앵벌이 건도 밀렸고, 미성년 동영상 건, 또 시리즈로 나갈 학교 왕따 건도 계속 준비해야 하는데, 일손이 딸려 나도 카메라 들고 뛰어야 할 판에 네가 수사관이냐?"

'수사관이냐?' 하는 부분에 와서는 고래고래 소리를 질렀다.

"한가하게 국회 앞에서 담배나 피우고 있는 정치부 놈들한테 넘겨 줘. 그놈들이야 매일 싸움하는 의원들만 찍으니까 색다른 맛에 관심 가질지 모르지. 너는 찍소리 말고 시리즈나 계속 준비해."

부장은 더 보면 열난다는 듯이 손을 휘저으며 나가라는 시늉을 했다. 박 기자는 담배를 꺼내 물었다. 주머니에서 라이터를 찾다가 부장 책상 위에 있는 것을 발견하고는 덥석 집어 들었다. 불을 붙이고 다시 그 자리에 탁 놓고는 비장한 얼굴로 부장을 바라보았다.

부장은 어이없어 눈동자까지 붉게 물들었다. '이놈이 도대체 무슨 버릇이야?' 하는 표정이 얼굴에 고스란히 나타난다. 부장은 박 기자보다 아홉 살 많았다. 부장은 자신보다 세 살 많은 국장 앞에서도 감히 담배를 피지 않는다. 그것도 국장의 방에서 국장의 책상 앞에서 버티고 서서 항명하면서, 더욱이 국장 라이터를 허락 없이 쓴다는 건 상상조차 할 수 없는 반항이었다. 그런데 건방지게도 이놈은 할 짓을 다하고 있다. 부장은 박 기자의 버릇없음에 질려서 박 기자가 뭐라고 하는지조차 이제는 귀에 들리지 않았다. 그래도 박 기자는 계속 떠들어 대고 있었다.

"밀린 연차휴가 쓰겠습니다."

박 기자는 이판사판인 모양이다.

"사람이 다섯 사람이나 죽었단 말입니다. 그것도 국회의원만 세 사람이구요. 두 사람은 영남권 도지사와 시장이라구요."

"경찰에서도 은밀히 수사를 하고 있답니다. 시경에 강 형사와 전화 통화 한 얘기예요. 뭔가 냄새가 나지 않습니까? 저도 후배 녀석 병원에서 나 의원이 죽는 것을 목격할 때만 해도 단순 사망으로 생각하려고 했습니다. 하지만 그 이후에도 또 죽었어요. 원인도 모르는 사망이구요. 그런데 죽을 때 증상은 똑같단 말입니다."

"저번에 쓰지 않은 휴가 있으니까 부장님 허락 안하시면 휴가 처리라도 하고 취재 좀 해야겠습니다."

대답도 기다리지 않고 박 기자는 돌아서 나왔다. 부장은 박 기자의 뒷모습만 멍하게 쳐다보고 있었다. 자신도 담배를 하나 피우려고 담배를 집다가 책상 밑으로 떨어뜨렸다. 수전증 같았다.

박 기자는 부장에게 큰소리치고 나왔지만 막막했다. 부장의 눈빛으로 봐서는 후환이 두렵지만 그래도 기왕에 내친걸음이었다. 어디서부터 조사를 해야 할까? 우선 시경으로 가서 경찰쪽의 마당발이라고 할 수 있는 강 형사를 만나야 할 것 같았다.

자욱한 담배연기가 사랑방을 연상케 했다. 박 기자는 항상 손님이 북적되는 다방에 오면 어릴 적 사랑방에서 할아버지 무릎에 누워 할아버지 친구 분들이 뿜어대는 연기를 바라보던 푸근함이 느껴졌다.

그래서 요즘 사람들이 모이는 커피숍보다는 웬만하면 다방으로 약속을 하는 버릇이 생겼다.

게다가 강 형사를 만날 장소는 시경 앞에서 가장 가까이 있는 이곳 다방 이외에는 마땅한 장소도 없었다.

한참을 기다리자 강 형사가 들어섰다. 강력계 형사답게 체격은 다부져 보이지만 얼굴엔 기름기가 자르르 한 것이 웬만한 회사의 중역쯤 되어 보이는 얼굴이다. 아무리 봐도 피곤한 강력계 업무와는 거리가 멀어 보였다. 박 기자는 강 형사가 돈을 밝히지만, 밝히는 만큼 윗사람에게도 쓴다는 것을 알고 있었다.

처신이 밝을수록 얼굴의 기름기는 더욱 윤이 나는 법.

강 형사는 손을 들고 흔드는 박 기자를 보고도 아는 체는 하지 않고 입구 쪽에 앉아 있는 두 사람에게 다가가 서서 몇 마디 하고는 박 기자에게 다가왔다. 아마 같은 시경 직원인 듯했다. 사복을 했지만 박 기자를 힐끗 쳐다보는 버릇없음으로 보아 경찰이 틀림없었다. 박 기자도 경찰을 상대한 지 십 년이 다 된 구렁이 사회부 기자라 한눈에 경찰을 알아보는 능력은 있었다.

다가온 강 형사는 직원이 신경 쓰이는지 괜히 커피 주문을 받는 여사장 어깨를 철썩 때리며 농을 한참 한 후에야 설탕 둘을 꼭 넣으라고 주문했다.

"뭐 하러 사람을 불러내?"

무엇 때문에 왔는지는 분명히 전화로 박 기자가 얘기를 한 걸로 기억하고 있었다.

"수사에서 뭐 나온 것 없어?"

"내가 알 수가 있나. 특수부에서 하는 건데. 검찰로 넘어갔다는 얘기도 있고…"

"뭔가 들은 거 있으면 말 좀 해줘."

"몰라, 모두들 전혀 모르더라고. 대놓고 묻고 다닐 상황도 아닌 것 같아."

"단순 사망은 아닌 게 틀림없잖아?"

"글쎄, 특수부에 갔던 친구들이 복귀하는 것으로 봐서는 단순 사망으로 처리된 것 같던데."

"그럼 검찰로 넘어 간 거야?"

"그런 것 같지는 않고. 검찰수사관 얘기로는 거기서도 수사하지는 않은 것 같아."

"들리는 얘기로는 지검장이 검찰 총장한테 한 소리 들었나 보더라고. 쓸데없는데 인력 낭비한다고."

"아니, 다섯 명이 죽었는데?"

"아 글쎄, 그 얘긴 그만하고… 애는 잘 커?"

초등학교 육 학년이나 된 아들놈이 잘 크는지 궁금할 정도면 더 물어보긴 틀린 것 같다.

강 형사는 박 기자와 대화를 그만하고 싶을 때면 항상 애가 잘 크냐고 물었다. 빌어먹을 악취미였다. 아이 얘기가 나오면 박 기자는 오 년 전의 악몽이 떠올랐다. 아내의 외도, 박 기자는 의심 가는 아내를 강 형사에게 뒷조사를 시켰었다. 마땅히 믿고 맡길만한 흥신소도 없었고 때마침 강 형사의 큼지막한 비리를 알게 됐을 때였다. 강 형사는 흔쾌히 승낙했고 친절하게 아내의 정사 장면을 동영상으로 담아서 박 기자에게 건넸었다. 박 기자는 음주운전으로 살인을 한 피고에게 무마 조건으로 돈을 받던 강 형사의 사진과 녹음테이프를 건넸다.

이혼을 하고 술에 절어 있을 때 강 형사가 아들놈 장난감을 사 가지고 집에 왔었다.

폐인이 되어 가던 아빠와 단둘이 살던 아들놈은 그 날 장난감을 받고 무척이나 좋아했었다. 지금도 아들놈은 가끔씩 강 형사의 전화만 와도 좋아한다. 매일 보는 아들에게서는 오 년 전의 일이 떠오르지 않는데 이상하게 강 형사가 아들의 안부만 물으면 그 빌어먹을 기억이 나서 더 이상 강 형사에게 질문을 못하는 버릇이 생겼다. 그래도 일단 수확은 있었다. 경찰에서 특수부까지 동원해서 수사를 했다는 점만 보아도 단순 사망은 아닐 수 있다는 추측이 가능하다. 게다가 검찰로 사건이 넘어갔다면, 물론 별일 아니라서 수사가 중지됐을 수도 있지만 다른 이유로 중지됐을 수도 있는 것 아닌가?

그건 모를 일이었다. 강 형사를 보낸 박 기자는 잠시 이런저런 생각을 했다. 그러자 기자로서 감지되는 흥분이 있었다. 박 기자는 다시 목동병원으로 차를 몰았다.

검사 신경식은 출근하자마자 사무실 분위기가 다른 것을 느꼈다. 신 검사가 들어설 때 소리내어 인사하는 사람이 없었다. 농담도 좋아하고 낙천적이며 실없는 성격의 김형사도 눈인사만 보냈다. 신 검사는 분위기를 묵살하고 자신의 자리로 가서 앉았다. 책상 위에는 그가 어제 10시에 퇴근 할 때와 똑같이 서류들이 가지런히 포개져 있었다.

또 하루가 시작된 것이다. 어제까지 정리된 사건자료를 일단 제목만 읽었다.

십여 장의 사건 조사서류가 소제목을 달고 한 묶음씩 검은 끈에 묶여져 있었다. 그런 묶음이 열 개 정도가 완성되어 있었다. 맨 위의 서류에는 'S대병원의 관리와 의사소견서'라고 적혀있었다. 어제 정 형사가 S대병원에서 조사한 부분이었다.

　정 형사는 원래 신 검사의 소속이 아니었다. 신 검사가 의원과 도지사, 시장 등 5인의 의문사 수사를 맡게 되면서 특수부에서 지원 나온 인원이었다. 원래는 서기와 김형사, 그리고 서류 정리를 맡은 미스 김이 사무실 정식 인원이었으나 정 형사가 지원되자 사무실이 좁았다. 임시로 자리가 없는 정 형사는 회의 탁자를 사용하고 있었다. 그는 탁자에 앉아 커피를 마시고 있었다. 종이컵을 들고 탁자에 쪼그리고 앉아서는 곁눈질로 자신의 눈치를 살피는 것을 신 검사는 느낄 수 있었다. 지금 이런 이상한 사무실의 분위기를 누군가는 설명해야 할 것이라고 신 검사는 생각했다. 그러나 설명하려 드는 사람은 없는 듯 했다. 김형사는 자신의 자리에 앉아서 사건서류를 정리하는 척 하고 있었고, 미스 김은 신 검사의 커피를 타고 있었다. 서기는 한 묶음의 서류를 철하고 있었다.

　그러나 신 검사는 먼저 이 분위기를 설명하라고 물어보지 않을 참이었다. 그것은 검사의 권위에 도움이 되지 않을 뿐더러 미스 김을 제외한 모든 사람이 신 검사보다 나이가 많은 사람들이기에 더더욱 그랬다. 사소한 것에 신경 쓰는 신참 검사라는 이미지를 그들에게 심어주고 싶지 않았다. 신 검사가 오늘 수사 계획을 대충 머리에 그리고 회의를 하려고 자리에서 일어서려는 순간 서기가 조용히 신 검사의 책상 앞으로 왔다. 그리고는 조그만 메모를 신 검사 앞으로 내밀었다.

　"지검장님께서 직접 전화하신 내용입니다."

　메모에는 '지금까지의 수사내용을 모두 가지고 9시에 내 방으로 오시오'라고 쓰여 있었다.

지금 시간은 8시 10분이었다.

"몇 시에 전화 하셨죠?"

"일곱 시 반쯤에 미스 김이 받았답니다."

신 검사는 미스 김을 쳐다보았다. 미스 김은 그때의 긴장이 가시지 않은지 커피를 들고 오는 얼굴이 붉게 상기되어 있었다.

사무실 여직원이 직접 지검장과 대화를 나눌 기회는 거의 없으니까, 그것이 전화라 하더라도 긴장되었을 것이다.

"7시 반이라…."

신 검사는 중얼거리며 도대체 지검장의 출근은 몇 시인지 궁금했다.

서기는 나직하고 은밀한 목소리로 소근거리듯 말했다.

"그런데 말입니다. 좀 전에 검사님 출근 직전에, 총장과 차장이 지검장님 방으로 들어갔답니다."

이제야 신 검사는 사무실 분위기의 원인을 파악했다. 검찰총장과 차장이 새벽부터 지검장의 사무실에 오고 수사기록을 가져오라고 했으니 수사를 전담했던 이 방의 사람들은 당연히 긴장할 수밖에 없었을 것이다. 그것도 경찰의 수사를 중지시키고 은밀하게 검찰에서 수사하던 사건인 데다, 정치인의 의문사 수사는 검찰내부에서도 쉬쉬하는 초일급 비밀수사였다. 검찰의 총수가 아침부터 들이닥쳐 수사기록을 가져오라고 했으니, 아마 지금까지 자신들이 맡아 조사한 부분은 달달 외우면서 되새김질 하고 있었을 것이다. 혹시나 자신들이 잘못한 조사가 있지나 않았을까 긴장하면서.

"뭐가 잘못된 건가요?"

서기는 이 방안의 사람이 다 아는 사실인데도 마치 자신과 신 검사만 아는 것처럼 더욱 목소리를 낮춰서 물었다.

신 검사는 정확히 8시 55분에 지검장 사무실 문을 노크했다. 왼쪽 옆구리에는 수십여 페이지 분량의 묶음 십여 개를 끼고 있었다. 방에 들어가니 총장이 소파 상석에 앉아 있었고 지검장이 문 쪽으로 앉아 있었다. 신 검사는 이런 자리가 자신에게 기회인지 악몽인지 판단이 서지 않았다. 아무도 신 검사에게 앉으라는 사람은 없었다. 설사 앉으라고 해도 나란히 소파에 앉을 수는 없는 입장이다. 신 검사는 서류를 소파 탁자에 공손히 내려놓고 두어 걸음 물러서 부동자세로 섰다.

"대충 설명해 보게."

첫 말문은 차장이 열었다. 신 검사는 차장이 자신의 대학 선배란 걸 알고 있었다. 그래서 어려운 자리였지만 조금은 마음이 편하기도 했다.

"네, 말씀드리겠습니다. 먼저 사망 상황입니다. 홍 의원은 호텔에서 의식을 잃었고, 나 의원은 차 안에서 의식이 없어졌습니다. 도지사와 정 의원은 자택에서 가족이 보는 앞에서 의식을 잃었습니다. 모두가 동일하게 외부의 어떤 원인이나 충격 없이 순식간에 의식이 사라져 버렸습니다. 그리고 십일에서 십오일 경과 후에 심장발작과 함께 사망했습니다."

"사망원인은?"

지검장이 뻔히 알고 있는 내용을 물었다. 빨리 설명을 끝내라는 눈치였다.

"사망원인이 없습니다. 그것이 수사를 하게 된 원인입니다. 지금까지 전문의들의 소견과 담당 의사들도 병명은 물론이고 어느 부분의 장기가 원인인지도 밝혀내지 못하고 있습니다. 결과적으로 사망원인은 심장마비이지만 그전에 의식을 잃고 십여 일이 지난 후에 죽는 것이…"

"타살의 가능성은 있는가?"

차장이 말을 끊고 다시 물었다.

"아직까지는 없습니다. 어느 의사가 새로운 코로나균의 일종인지도 모른다는 진술을 해 그럴 가능성도 전혀 배제하진 않고 있습니다. 하지만 세균성을 의심할 만한 증상은 없습니다."

"알았네."

차장이 말을 끊었다.

"서류는 놓고 가보게. 수고 했네."

신 검사는 아찔했다. 자신이 뭘 잘못했는지 알지를 못했다. 감히 총장을 바라봤다. 총장은 처음처럼 그냥 손을 깍지 긴 채로 조용히 듣고만 있었다.

신 검사는 고개를 깊이 숙이고 나왔다. 문을 나서면서 알 수 없는 해방감과 함께 초라함을 느꼈다. 이건 일방적인 수사 정지였다. 수사기록 원본을 놓고 가라고 하는 경우는 없다. 수사에 관한 설명을 십분의 일도 하기 전에 제지를 받은 것이다.

신 검사가 나간 지검장실에서는 세 사람이 말없이 한참을 앉아 있었다. 침묵을 깬 것은 지검장이었다.

"수사를 할 필요가 없다는 이유가 분명하지가 않습니다."

지검장은 신 검사가 오기 전 그러니까 설명을 듣기 전 세 사람이 있을 때의 대화로 다시 돌렸다. 공손한 물음이었지만 하늘같은 상사인 총장과 차장에게 감히 할 수 없는 물음이었다.

"저도 타살의 가능성은 없다고 봅니다. 하지만 수사를 한 이상 원인은 밝혀야 한다고 봅니다."

지검장은 특유의 고집을 부렸다. 그는 인맥과 연관 없이 초고속 승진을 한 몇 안 되는 정석파 검사였다. 그 고집 때문에 적도 많지만 존경하는 후배도 많은 지검장이었다. 항상 명확한 결과를 끌어내고야 마는 뚝심 때문에 황소라는 별명이 있었다.

"죽음의 원인은 의사가 밝혀야 할 일이고 의사도 모르는 것을 뭐하러 계속한다는 거요?"

차장은 답답하단 듯이 혀를 찼다. 그는 오늘 많은 자제심을 발휘하고 있었다. 그는 이전부터 지검장이 마음에 들지 않았다. 석 달 전 지검장이 발령 받기 전 법무장관이나 대통령께 쌍수를 들어 반대를 했었다. 그러나 대통령은 소장파 검사들의 사기진작을 이유로 지금의 지검장을 진급시켰다. 그 결정은 잘못된 것이라고 차장은 지금도 아쉬워하고 있는 터였다.

"언론에서 당신이 수사하고 있다는 걸 알아보시오. 어떻게 되겠소. 당신이 책임질 거요?"

차장은 음성도 높아지고 말도 낮춰서 하고 있었다.

지검장은 응원을 바라는 마음으로 총장을 바라보았다. 그러나 총장은 들러리처럼 여전히 손을 깍지 낀 채 입을 다물고 있었다. 그렇다. 총장은 들러리였다. 검찰의 전권은 실제로 차장이 잡고 있었다. 총장은 신임대통령이 임명했다. 하지만 실제로 신임하는 사람은 차장이었다. 총장과 차장은 고시 동기였다. 원래 총장은 항상 차장의 밑에 있었다. 얼마 전 새 대통령이 나오기 전까지도 차장의 밑에 있었다. 그러나 신임대통령은 지금까지 소외됐던 호남권 인사의 보답으로 총장을 앉혔다. 그래도 대통령은 차장을 더 신임했다. 서울 출신이고 이전부터 대통령을 많이 도와줬고 능력 또한 탁월했다. 검찰내부에서 그가 가장 구심점이 되는 사람이라는 사실을 대통령은 알고 있었다. 그래서 대통령 독대는 차장의 횟수가 월등히 많았다. 얼마 전 어느 고검장의 항명파동도 차장이 깨끗이 처리했다. 대통령은 더욱 차장을 신임했다.

"잘 좀 생각하시오. 우연일지 모르지만 졸지에 횡사한 사람들이 대통령과 정치적으로 연관된 사람들 아니오. 아직까지는 사람들이 사망에 큰 의미를 두지 않고 있는 상황인데 언론에서 검찰수사가 진행되고 있다는 걸 알아보시오. 벌떼 같이 취재진들이 몰려들어 취재하게 되면 그때는 망자들이 대통령과 어떤 사이고 의문사가 어떻고 떠들어댈 것이고, 그런 내용들이 신문에 실린다면 그 땐 어떻게 수습할 거요?"

차장의 입술 양 언저리에 침이 묻어 나왔다. 총장은 동의한다는 듯이 고개를 끄떡였다. 그래도 지검장은 물러서지 않았다.

"그렇다면 만약 우리가 경찰수사를 인계받아 중간에 중지를 한 것이 언론에 노출된다면 그 수습은 어떻게 할 생각이십니까? 지금도 몇 개의 언론은 냄새를 맡은 것 같은데. 이런 상황에서는 명확하게 수사를 해서 의문을 확실히 풀어버려야 합니다. 그것이 검찰이나 청와대를 위해서도 바람직한 방향이고요."

그때 총장이 말했다.

"그쪽에서 무슨 얘기가 있었습니까?"

차장을 보며 물었다. 지검장은 속으로 총장은 바보라고 동시에 생각했다. 유일하게 의견이 일치하는 순간이었다. 그런 질문은 하지 않아야 하는 것이었다. 언론이 냄새를 맡고도 취재조차 하지 않듯이….

차장은 총장의 말은 못들은 것으로 무시해 버리고 지검장을 향해 쐐기를 박았다.

"어찌됐든 수사는 보류하시오. 보류요. 중지가 아니라 보류란 말이오. 의사들이 자연사는 아니면 신종 세균성이든 원인을 밝힐 때까지. 가시죠!"

차장은 지검장에게 못을 박고 총장과 함께 밖으로 나갔다.

† 공통점

회의는 의미가 없었다. 어제의 회의는 비서실장과 국가정보원장의 전쟁터였다. 하지만 오늘은 두 사람이 서로 쳐다보지 않는 것으로 어제의 설전의 감정을 대신하고 있었다. 오늘은 어제 모였던 사람이 다 나오지 않았다. 어제는 비서실장, 국정원장, 당 총재대행, 세 사람이 모두 모였었다. 그리고 오늘 조찬모임을 약속했었다. 그러나 오늘은 국정원장과 비서실장만 나왔다.

어제 내리지 못한 결론을 내리려고 다시 모이기로 했었으나 오늘의 모임은 의미가 없어져 버렸다. 그들의 논쟁대상이 없어졌기 때문이었다. 권 의원이 어제 오후에 죽어 버린 것이었다. 어제 권 의원의 처리를 놓고 비서실장과 국정원장은 체면과 인격을 던져버리고 싸웠었다. 포문은 국정원장이 열었다. 비서실장이 권 의원의 비리는 이쯤해서 덮어 버리자고 한 직후에 설전이 시작되었다.

"말이 됩니까? 지금 여론 때문에 중진의원도 줄줄이 엮어서 검찰로 수사 의뢰를 시켰는데 봐줘야 합니까?"

얼마 전 국정원장은 여당 의원 몇 명을 조사해 검찰로 정보를 넘겼었다.

"정부장이 권 의원에 대해 검찰수사를 계속 시키면 우리 꼴만 더 어렵게 됩니다."

비서실장은 우리란 말에 힘을 주었다. 그러나 우리가 어디까지를 얘기하는지 아는 사람은 없었다. 특히 검찰 수사를 정지시키고 언론으로 정보를 흘리던 것을 중지하게 되면 국정원이 어렵게 되는 것은 불을 보듯 뻔한데 비서실장은 우리라고 하면서 국정원만 망신살이 뻗히도록 하고 있었다.

"비리가 나온 이상 수사는 해야죠."

국정원장은 단호했다. 어제는 그 일로 두 사람이 싸웠다. 오늘은 두 사람만 나왔는데 둘 다 한동안 말없이 있었다.

"그는 불나방이었소."

비서실장은 알 수 없는 말을 내뱉었다. 국정원장은 그 말의 뜻을 알았다. 권 의원은 미친놈처럼 덤볐다. 자신의 비리가 언론으로 흐르자 즉각 반격해 왔다. 그는 기자회견을 하며 마구 떠들어댔다. 과거 정권에서 국정원장을 했던 전력과 채널을 최대한 사용해서 반격을 해왔다. 그리고 현 국정원장에게 직격탄을 날렸다. '자신의 근거 없는 비리를 검찰과 언론에 흘린 곳이 다름 아닌 국정원'이라고 성토했다.

그리고 은밀하게 자신도 현대통령이 과거 공직시절 비자금 리스트를 가지고 있다고 비서실장 라인으로 압력을 넣어 왔다. 지금 마주하고 있는 국정원장과 비서실장은 당황했다. 그리고 당 총재대행을 원망했다. 시작은 총재대행이었다. 그는 비서실장에게 권 의원을 여당으로 영입하고 싶다고 했다. 권 의원은 좋은 타겟이었다. 호남권의 요지의 시장이고 현 호남권 정치인으로는 가장 대중적인 인기가 있는 사람이었다. 그가 오기만 한다면 이번 총선을 대비해서 월척 중에 월척을 낚는 셈이 되는 것이었다.

그리고 호남에 여당의 국회의원도 몇 명 안정권으로 바라볼 수도 있었다. 대통령은 총재대행이란 딱지를 떼 줄지도 모를 일이었다. 그렇지 않더라도 최소한 두 달 뒤에 있을 전당대회에서 그의 자리를 넘보는 자는 없어질 것은 틀림없었다. 그래서 손발이 맞는 비서실장에게 협조를 요청했고 비서실장은 국정원장을 움직였다. 국정원에서 가지고 있는 자료만으로도 권 의원을 흔들 수 있을 것 같았다. 더 캐낼 수도 있지만, 그럴 필요도 없을 것이라 예상했다. 먼저 언론에 슬쩍 맛배기로 흘리고, 검찰에서는 언론에 떠밀려서 수사를 개시하는 시늉만 해도 권 의원 쪽에서 먼저 고개 숙이고 협상이 들어올 줄 알았다. 그러면 일단 입당시키고 검찰은 수사를 슬로우 템포로 바꾸는 것이다. 그리고 몇 달 후 무혐의 처리시키면 그만이었다. 물론 국민과 언론의 추이를 봐서.

그러나 권 의원은 말을 듣지 않았다. 그리고 덤볐다. 그냥 덤비는 것이 아니라 사생결단으로 덤비는 것이었다. 과거 국정원장을 했던 경험으로 협박까지 하는 것이었다. 벌집 쑤셔 놓은 격이었다. 그래서 어제 이 자리에서 세 사람이 모였다. 국정원장, 비서실장, 총재대행 세 사람이 모여 대책을 세워 보려했으나 국정원장과 비서실장의 설전만 오가고는 대책이 없었다.

국정원장은 칼을 뽑은 김에 끝을 보자고 버텼다. 더 캐면 더 나올 것이고 몽땅 검찰로 넘길 테니 이참에 권 의원을 끝장내 버리자고 했다. 털어서 먼지 안 나는 의원 있느냐고 우겼다. 권 의원은 야당의 핵심이니 잘하면 야당총재선까지 걸고 흔들 수 있다고 국정원장은 자신했다. 과거 병역비리 못지 않은 큰 사건으로 만들 수 있으니 끝까지 가자고 국정원장은 고집을 부렸다.

비서실장은 반대했다. 이쯤해서 언론의 해프닝으로 끝내자는 쪽으로 말했었다. 그러면 국정원은 체면을 구기는 셈이었다. 정보를 언론에 흘린 것이 국정원이고 그러면 언론의 수족들은 앞으로 국정원 정보를 신뢰하지 않을 것이었다. 국정원장은 길길이 날뛰었고 비서실장은 안 그래도 인심이 곱지 않은 데 이쯤에서 수습하자고 삿대질을 했다. 정 그럴려면 당신이 직접 대통령에게 보고하라고 소리쳤었다. 싸움을 말리고 내일 다시 보자고 총재대행이 건의하자 별 결론 없이 어제 헤어졌다. 그런데 권 의원이 죽어 버린 것이다.

어제 오후, 세 사람이 권 의원의 처리문제를 놓고 설전을 벌이고 있었던 그 시각에 당사자는 골프장에서 멀쩡히 걸어 다니다 죽어버린 것이었다. 정확히 말해서 죽지는 않았다. 얼마 전에 사망한 홍 의원과 같은 증세로 의식을 잃은 것이었다. 살아날 가망은 없다고 생각했다. 요 근래 몇몇이 그렇게 갔으니까.

지금은 국정원장과 비서실장이 마주앉아 있었다. 참석하기로 한 총재대행은 지역구 지구당들 방문 평계로 나오지 않았다. 공석이 된 권 의원자리에 선거채비가 벌써 준비되는 모양이었다. 죽은 지 만 하루가 채 되지 않았는데. 그로서는 권 의원이 죽은 마당에 모일 필요가 없다고 판단한 모양이었다. 죽음이란 의외로 문제를 간단히 만드는 경우가 있었다. 국정원과 비서실장은 마주 앉아 있어도 얼굴을 돌리고 있었다. 어제의 감정이 남아 있었다.

"그는 정말 불나방이었다니까. 겁도 없이 불에 뛰어드는…."

비서실장은 여전히 고개를 벽에 걸린 국기에 고정시키고 또 중얼거렸다.

"닭 쫓던 개 지붕 쳐다보는 격이 되어 버렸군."

국정원장도 구시렁 거렸다.

"큼지막한 것이 두어 개 더 나왔는데…."

권 의원의 비리를 더 찾았다는 말이었다.

끝까지 비서실장의 비위를 건드려 보려는 심사였다.

"이걸로 끝냅시다."

비서실장은 상대하기 싫다는 듯이 간다는 말도 않고 일어나 걸어나갔다. 대화의 가치를 못 느끼겠다는 듯이 고개를 절래절래 흔들며.

"그런데 어찌된 것이 죽고 싶은 놈들만 죽어나가는 것일까?"

국정원장은 물끄러미 비서실장이 나가는 뒤통수에다 대고 무심코 중얼거렸다. 나가던 비서실장은 뒤돌아보며 한심하다는 듯이 쏘아보았다. 국정원장은 비서실장과 눈이 마주치자 빙그레 웃었다. 실없게 웃었지만 두 사람의 만남 중에서 첫 미소였다.

청와대로 돌아온 비서실장은 자신의 의자에 깊숙이 앉았다. 그는 의자의 감촉을 즐겼다. 그에게는 그 의자만이 안식처였다. 대통령만이 그의 위에 있었다. 일인지하 만인지상이었다.

이 의자에 앉아 있는 한, 그는 영의정이었다. 국정원장도 총재대행도 국방장관도 모두가 그의 존재를 높이 여겼다. 그는 책상 위에 결재 서류를 들고 일어섰다. 정확히 시간을 확인하고는 대통령 집무실로 들어섰다. 대통령은 연필을 들고 줄을 그으면서 서류를 읽고 있었다. 비서실장을 보고는 보던 서류를 조용히 덮고 비서실장이 건네는 서류를 받았다. 그리고 다시 서류를 연필로 그으면서 읽어 나갔다. 대통령은 결재하기 전에 두 가지를 지적하고 수정을 요구했다. 비서실장의 의견을 확인하고, 비서실장의 표정도 검토하고 난 뒤에 서류를 덮어 건넸다. 비서실장은 결재를 받을 때마다 대통령보다 뛰어난 지도자는 없다고 생각을 했다. 그는 수정이 없는 결재를 받는 것이 그 날의 목표가 되어 있었다. 대통령은 가장 완벽한 권력가면서 중립적인 권력가였다. 그는 그렇게 생각했다. 대통령은 고개 숙인 채 물러나는 비서실장을 불렀다. 권 의원의 부인에게 위로의 말을 전해달라고 지시했다. 그리고는 무슨 말인가 하려는 듯이 비서실장을 조용히 바라보았다. 대통령은 눈으로 비서실장에게 말했다.

'안돼. 우리와 연관된 사람이 이렇게 죽어나가면 안돼. 나는 걱정이 되네. 자네도 걱정이 되네.'

비서실장은 다시 한번 고개를 깊이 숙였다. 그것은 깊은 존경심에 우러나는 행동이었다. 비서실장은 대통령의 방을 나와 검찰차장에게 전화를 걸었다. 차장은 그들의 죽음의 원인이 밝혀지지 않았다고 했다.

그리고 의사들의 소견이 명확해질 때까지 수사를 중지시켰다고 했다. 그것이 언론과 국민들의 경거망동한 추측을 사전에 방지하는 최선책이라고 말했다. 비서실장은 차장에게 현명하게 처리했다고 말해

주고 전화를 끊었다.

비서실장은 세 번째 서랍을 열었다. 그는 노트를 하나 꺼내서 펼쳤다. 노트에는 정확하게 스물 한 명의 이름이 적혀있었다. 비서실장이 되고 난 후에 일주일을 밤 새워 작성한 이름들이다. 그는 그 중에 하나의 이름에 동그라미를 쳤다. 다섯 번째 동그라미다. 그리고 그들을 처리할 방법도 세세히 짜놓았다. 그들은 어떤 방법으로든 변화를 시켜야 할 사람들이었다. 그들은 대통령의 걸림돌이었다. 그들만 협조한다면 대통령의 임기는 순항할 수 있다. 그래서 그는 그들의 비리와 약점을 모두 파악하고 그것을 가지고 순차별로 하나하나 처리할 계획이었다. 영입, 파면, 회유, 제적, 그는 치밀하게 계획을 짜놓았다. 그러나 그의 계획과는 상관없이 지금 그들이 죽어 가고 있다.

홍 의원은 비리를 빌미로 파면시킬 참이었다. 그는 야당시절 대통령과 동고동락했지만 대선 직전의 항명과 당선된 직후의 당권 장악을 위해 반당적인 행동을 서슴지 않았다. 그런데 손을 쓰려고 하는 찰라에 젊은 여인의 배 위에서 죽었다. 당의 얼굴에 먹칠만 하고 가버린 것이다. 나 의원은 비리로 협박해서 영입하려 했다. 그가 오면 그의 계보에 몇 명은 자동적으로 따라오게 될 것이었다. 그런데 우리의 공비서관을 만나기로 약속하고 오는 도중에 차안에서 사망했다.

권 의원도 마찬가지 경우였다. 국정원 정보를 빌려 회유하려고 했을때 강하게 반발했었다. 그래도 목표는 영입이었다. 그러나 그도 죽었다. 다른 사람도 마찬가지였다. 그가 지목한 사람은 차례로 죽어가고 있다. 그는 자신의 손을 그리고 손에 쥐고 있는 펜을 바라보았다. 신기하게도 자신이 펜으로 적은 사람은 차례대로 죽어가고 있는 것이다. 그는 제발 지금 일어나고 있는 일들이 신이 저지른 일이기를 기도했다. 비서실장은 대통령을 존경했다. 대통령을 보호하고 싶고 대통령이 성공하는 모습을 보고 싶다. 그는 최근 일어난 일련의 사건들이 제발 타살이 아니고 자연사라고 빨리 결론이 나기를 바랬다. 그는 다음에 누가 죽을 것인가 예상하며 표시를 한다.

신이라면 이놈부터 죽일 것이라고 믿으면서 노트를 덮는다.

'신이여, 이놈입니다.'

후배는 때마침 낮 근무를 하고 있었다.

"정말 이상하단 말예요."

"뭐가?"

"며칠간 형사들이 이것저것 물어 보고, 법의학 전문가까지 데리고 다니더니만 어제부터 한 사람도 오지 않네요."

후배는 밤샘을 했는지 오전인데도 피곤해 보이는 얼굴로 커피 자판기을 향해 걸어가며 말했다.

"검찰에서 수사중지 요청이 들어온 것 같더라고 단순사망으로."

"아! 그래서 원장이 입 조심하라고 했구나! 이상한 소문으로 나돌지 모른다고!"

"이상한 소문이라니?"

"아, 거 있잖아요. 죽은 사람 전부 다 대통령한테 한 방씩 먹였던 관록이 있잖아요."

박 기자도 죽은 사람들이 모두 대통령에게 미운 살이 박힌 사람들이었다는 것 정도는 알고 있었다.

야당 의원은 물론이고 영남권 도지사, 시장도 전 정권 때 현대통령을 신랄하게 비판하고 물귀신처럼 물고 늘어진 사람들이었다. 정권이 바뀌자 사정 대상 1호라고 점 찍힌 사람들이었다. 사정이 되기 전에 죽은 것이 다행이었지, 아니었더라면 알거지가 될 것이 뻔한 사람들이었다. 여당의원 홍 의원도 마찬가지였다. 대선 직전 자기 계보를 이끌고 자신도 출마한다고 설치는 바람에 대통령을 가장 힘들게 했던 사람이었다. 그 당시 주변 사람들이 그의 마음을 잘 돌려서 대통령을 도와 정권을 잡았지만 지금도 다음 대권이 어쩌고저쩌고 하던 인물이었다.

"그럼 타살이란 거냐?"

"그럴 리가 있어요? 단지 행여 누가 추측으로라도 그런 루머를 퍼뜨릴까봐 쉬쉬하는 거죠."

"아무튼 제가 봐도 타살은 아닙니다. 의문사이긴 하지만."

후배는 커피를 박 기자에게 한 잔 건네며 결론을 맺듯이 말했다.

"시신은?"

"S대병원으로 옮겼어요."

"왜?"

"생전에 잘 가던 병원인가 봐요. 원래 주치의도 그 병원 원장이라나? 장례식은 거기서 한다던데요."

박 기자는 S대병원으로 향했다. 유족들을 만나 그들의 말을 들어보고 싶었다. 이런 경우 간혹 유족들의 입에서 실마리가 풀리는 말이 툭 튀어나오는 경우가 있었다. 내친김에 그곳에서 의식불명으로 있다가 사망한 다른 의원에 대해서도 알아볼 참이었다.

점심시간이 끝나가는 듯 차량들이 많아지고 있었다. S대병원은 시장바닥 같은 기분이 들었다. 관록 붙은 건물에서 풍기는 야릇한 분위기와 실내의 소독약 냄새는 정말로 병원다운 면을 보여주기도 했다.

박 기자는 우선 원무과로 향했다. 사망자의 담당 의사부터 확인해야 하기 때문이었다. 담당 의사는 외과 과장이었다. 사십 대 중반은 족히 되어 보일 듯한 담당 의사는 깨끗한 가운을 걸치고 있었다. 가운을 보면 그 깨끗한 정도로 직급과 관록을 대충 알아볼 수가 있다. 특히 응급실이나 외과 인턴들은 정육점 주인 같이 피고름을 가운에 달고 다닌다. 담당의사는 벌써 경찰과 취재진에게 지쳐있는 것 같아 보였다. 그래도 박 기자는 늦게 간 편이라 다른 취재진과는 부딪치지 않고 아주 잠깐이지만 단독으로 면담을 할 수 있었다.

"돌연사입니다. 법석 떨건 없어요."

귀찮은 탓도 있겠지만 이 사람은 원래 말투가 건방진 듯 했다.

"기자들이나 경찰에서는 색다른 면이 있나 해서 오시는데 그런 돌연사야 요즘 비일비재한 것 아니겠습니까?"

"다섯 명이나 똑같은 증상으로 사망했는데도요?"

그것도 정치인만 그렇게 단시일에 죽을 수 있느냐고 묻고 싶었지만 목구멍에서 박 기자는 그 말을 애써 눌렀다.

"아마 전국적으로 따진다면 오늘도 몇 명은 그런 심장마비로 사망했고 지금도 사망중인 사람이 있을 겁니다."

"엄밀히 말해 심장마비는 아니잖습니까? 그전에 의식이 없어졌으니까요."

박 기자는 꼬투리 잡는 양 물고 늘어졌다.

"글쎄요. 그 점은 우리가 연구할 만한 대목이라 생각합니다. 심장이 약해져서 뇌혈관의 산소공급이 원활하지 못해 의식을 먼저 잃고 사망한 것인지, 아니면 뇌의 이상으로 해서 며칠간의 시간을 두고 심장 발작이 일어난 것인지, 여하튼 부검 결과만 보아서는 뇌도 심장도 사망에 이를 정도의 질환은 감지되고 있진 않지만 사실 아직까지의 의학으로도 명확하게 원인을 찾지 못하는 것이 많이 있습니다."

의사는 자신의 설명이 조금 부족했다는 생각이 들었는지 보충 설명을 이어나갔다.

"분명히 말해서 기자님이 의심하는 타살은 의학적으로 있을 수 없다는 것만큼은 분명 자신할 수 있습니다."

박 기자의 의도를 알고 있으니까 이제 그만 얘기하자는 투였다.

"부검결과를 좀 볼 수 있을까요?"

"원무과에 가서 자료담당을 찾으세요."

"고맙습니다!"

원무과 사무실 내부는 한산해 보였다. 밖의 초, 재진 카운터는 전쟁터 같은데 안쪽의 사무실은 남자 둘만이 앉아 서로 잡담을 나누고 있었다. 사정을 얘기하자 남자는 미리 연락을 받았는지 프린트 뭉치 두 묶음을 내놓았다. 앞장의 신상명세서에 이름이 있어 홍 의원과 나 의원을 쉽게 구분할 수 있었다. 뒤적뒤적 서류를 훑어보고 있으려니 자료를 건넸던 남자가 농담을 하고 싶었는지 아니면 원래가 실없는 사람인지 해죽 웃으면서 오늘만 이 서류 받아간 사람이 족히 이십 명은 될 것이라 했다.

"아예 복사를 해서 주고 있습니다."

"강도지사 것도 있습니다. 필요하면 드릴까요?"

"강도지사도 여기서 부검했습니까?"

"아니요, 부검은 대구병원에서 했지만 장례식을 여기서 했거든요. 사망진단서에 첨부된 것이 있으니까 필요하면 말씀만 하세요. 복사해 드릴게요."

"왜 여기서 장례식을 많이 하죠?"

"사망하신 분들이 이곳 주위에 많이 사시고요. 모두 생존 당시 이곳 주치의로부터 많이 치료를 받았습니다."

박 기자는 번뜩 스치는 생각이 있었다.

"이곳에서 무슨 치료를?"

"뭐, 간단한 건강진단 정도죠. 거물급 인사들이야 거의 저희 병원에 주치의를 두고 있잖습니까?"

"대통령께서도 전에는 저희 병원 주치의를 두고 계셨고, 지금도 청와대의 많은 분들이 저희 병원 주치의한테 진료를 받고 계시는데요."

"사망자들이 여기서 받은 진료기록 좀 볼 수 있습니까?"

"시간이 걸릴 텐데요."

"기다리겠습니다."

박 기자는 한참을 기다려서 자료를 받아 병원을 나왔다. 공교롭게도 사망한 사람들 모두가 이 병원에서 치료를 받은 경력들이 있었다. 박 기자는 야릇한 흥분이 일었다. 여기서 장례식을 치르지 않은 두 사람도 일, 이년 전에 이곳에서 치료받은 경력이 자세히 나와 있었다. 한 사람은 간 조직검사, 한 사람은 신장 조직검사, 그리고 다른 사람들도 간단하지만 혈액검사나 기타검사를 이 병원에서 받았던 것이다. 모두

다 조직검사는 한번 이상 받은 것으로 진료기록에는 나와 있었다.

'뭔가 있다' 박 기자는 직감으로 감지하고 있었다. 박 기자는 병원을 나오면서 자신도 모르게 뒤를 자꾸 돌아보았다. 왠지 모르게 뒤에서 누가 보는 느낌이 들었기 때문이었다.

을씨년스런 날씨다. 빗방울의 굵기가 일정치 않은 것도 태석은 마음에 들지 않았다. 이런 날씨엔 쇠침을 뽑기엔 안성맞춤이지만 그렇다고 없는 쇠침을 박고 뺄 수도 없는 일, 그는 개명산을 철벅철벅 투덜거리며 내려가고 있는 중이다. 태석은 몇 년 전부터 산이란 산은 모두 뒤지면서 철심을 빼내는 일을 하고 있었다. 의외로 우리나라 곳곳에는 철심이 많이 박혀 있었다. 거슬러 올라가자면 거란족이 우리 땅을 침범했을 때부터 일제 때까지, 정확한 숫자는 어느 문서나 책에도 기록되어 있지 않지만 그 수는 헤아릴 수 없을 정도로 많았다. 풍수를 알고 땅의 지기를 읽을 줄 아는 태석이 산마다 다니면서 뽑아낸 것만 해도 수십여 개가 된다. 이제는 철심들이 오랜 세월이 지나 그 효력이 없어 더 이상 땅의 기운이나 민족 정기에 별 영향을 주지는 못하지만 그래도 태석에게는 철심을 모두 뽑아내는 것이 나름대로 자신의 목표가 되었다. 불가능한 목표지만 그래도 그는 사명감을 갖고 오랑캐들과 왜놈들이 이 땅에 인재를 죽이고 또 태어나지 못하게 하려는 의도로 박아놓은 철심을 찾아 산을 뒤지고 다녔다. 철심은 의외로 많았다. 그래서 그는 항상 산을 뒤지고 다녔다. 초라한 등산복 차림으로 태석은 오늘도 비를 맞으면서 풍수학적으로 인재가 날만한 기를 보유한 듯한 산을 찾아다니고 있었다. 그런 곳에는 철심이 박혀있는 경우가 많기 때문이다.

산허리쯤 내려 왔을 때 태석은 갑자기 걸음을 멈췄다. 뒤를 돌아 내려온 길을 되짚어 보던 태석은 이상한 기운에 한동안 그 자리에 말뚝처럼 우뚝 섰다. 빗줄기가 고장난 샤워기처럼 들쑥날쑥 많지도 않은 양의 비를 약 올리듯 뿌려대 시야만 괴롭히고 있었다. 내려왔던 길에 물안개가 자욱하게 피어오르고 있었다.

그 순간 태석의 입가에 옅은 미소가 번졌다. 예상했던 대로 이 산에는 뭔가가 있다. 물안개는 마치 소독차가 소독약을 뿌리고 내려온 듯이 길다란 뱀 모양을 한 채로 태석이 내려온 발자국과 한치도 벗어남이 없이 따라오고 있었다. 굵기도 어른의 키에 맞춘 듯 한 안개는 뒤돌아보는 태석과는 열 보 정도 사이를 주고서 멈춰서 있었다. 마치 먹이를 덮치기 전에 자세를 가다듬는 독사의 형상을 하고 있었다.

태석은 천천히 주위를 둘러보았다. 성미 급한 마(魔)는 아닌 듯하다. 물안개의 색깔로 봐도 옅은 흰 회색에 초록빛이 감도는 것이, 땅에서 뻗은 기운보다 태석의 몸에서 뻗어 나온 보신귀의 열도 많이 섞여 있었다. 그래도 방심할 것은 아닌 듯 태석은 산의 지형을 꼼꼼히 훑어보았으나 특별한 것은 보이지 않았다. 산세, 지세, 수세 등 있을 자리에서 크게 벗어나지 않은 것으로 보아 괴이한 느낌은 들지 않았다. 다만 체감에 유독 음기가 많고 비 때문인지 땅속의 수맥이 중심이 잡히지 않고 멀리 보이는 마을 쪽으로 모여드는 것처럼 빗물을 타고 하강하는 것을 느낄 수가 있었다.

태석은 주위를 둘러보다가 멀지 않은 곳에 있는 참나무쪽으로 천천히 걸어갔다. 안개는 여전히 태석의 걸음걸이에 맞춰 똑같은 속도로 뒤따르고 있었다. 참나무를 유심히 살핀 태석은 갓 싹이 트는 새순 중에 붉은 빛깔이 서린 것을 조심스럽게 부서지지 않도록 솎아내고는 그 새순 몽이를 안개 속으로 내던졌다. 아니나 다를까 뱀 같은 형상의 안개는 터진 물풍선처럼 스르르 땅 속으로 스며들듯 사라지고 초록 빛의 보신귀는 물 흐르듯 마을을 향해 수맥과 같은 방향으로 사라졌다.

마을에 뭔가가 있다!

태석은 자신의 예상이 적중하자 흐뭇한 듯, 회심의 미소를 지으며 마을을 내려다보았다. 마을에서 강한 음기가 꿈틀대고 있었다. 특이한 것은 그 힘이 일정치가 않다는 것이었다. 그렇다면 그 음기는 살아 있는 생명체에서 발산되는 것이리라! 낮은 곳으로 갈수록 강해지는 것도 그것을 증명하고 있지 않은가. 약한 영체인 참나무 새순을 던졌는 데도 안개가 흩어지는 것으로 보아 산 위에까지는 음기가 타고 오르지 못한 것이다. 태석의 초록 보신귀가 겁도 없이 마을 쪽으로 내려간 것도 힘이 일정치 않은 음기를 얕보고 그런 것이리라. 태석은 숨을 가다듬고 긴장하려고 애를 썼다.

태석은 언젠가 사소한 실수로 큰 대가를 치른 적이 있었다. 마을로 내려가기 전에 사방의 맥을 살펴보기로 했다. 마을은 한눈에 보아도 논농사가 알차게 잘될 성 싶었다. 마을 앞으로는 너비가 이십 보쯤 됨직한 개울이 흐르고 흐름의 수직 방향으로 마을이 있었다. 그 마을을 가로질러 삼백여 보 뒤쯤에 지금 태석이 서 있는 것이다.

이 산은 소백산맥의 끝자락이다. 산과 개울 사이에 십여 가구의 집들이 개울다리와 이어진 신작로를 사이에 두고 위치해서, 산 위에서 보면 마치 나비가 날개를 펼친 모양으로 모여 있다. 마을의 양옆으로 넓은 평야처럼 논들이 펼쳐져 있다. 넓고 탁 트인 마을주변으로 보아 지세 때문에 음기가 모일 만한 곳은 어디에도 찾을 수 없다. 나비모양의 몸체부분 즉 마을 중앙 쯤에 위치한 마을회관의 지붕에 나팔 스피커가 양쪽 농가를 향해 달려 있다. 태석은 천천히 마을을 향해 걸어 내려갔다.

음기는 한순간 강하다가 다시 약해지기를 반복하고 있었다. 산에서 내려와 마을 가운데까지 왔어도 특별한 기미가 보이지 않자 태석은 웬만한 마을에서 흔히 볼 수 있는 지기인데 잘못 판단하지 않았나 하는 의심이 들기 시작했다.

마을을 가로질러 중앙의 회관을 지나 앞개울에 다다르고 보니 간헐적으로 나타나던 기운도 깨끗이 사라졌다. 음기는 항상 물에 약한 법! 뒤돌아서 마을로 들어섰다. 마을 중앙에 위치한 회관에 다가서자 또 다른 기운이 태석의 몸을 감싸돌아 소름이 돋게 했다.

삼 년 전 동물원에서였다. 병이 들어 죽어가던 곰의 영이 빠져나가면서 발작적으로 태석의 등짝에 부딪쳐 애원할 때 느꼈던 그때와 같은 소름이다. 약하지만 분명히 감지되었다.

'아기의 영이다!' 그는 직감적으로 알 수 있었다. 약하고 부드러운 영으로 비린내도 섞여있었다.

'갓 태어난 아기 영이다!' 주위를 둘러보자 이내 모든 것이 분명해졌다. 갓 태어난 아기의 생명이 위험하다. 아기의 신생 영이 이곳 마을의 이상한 음기와 맞지 않는 것이다.

아기 영은 다른 영과는 다르게 주위의 미세한 음기나 신기에도 예민하게 반응한다. 저항력도 약해서 쉽게 놀라고, 심할 경우 아기 영이 태아의 육신에 자리잡지도 못하고 저승으로 들려가고 말 때가 있다.

아기가 생명을 잃는 것이다. 지금이 바로 그런 때이다. 이 마을에 있는 음기가 아기의 생명을 노리고 있다.

'저기다!' 두리번거리던 태석의 눈에서 멀지 않은 집, 지붕에 겉돌고 있는 아기 영이 보였다.

회관에서 산 쪽으로 세 번째 집의 파란 지붕에 아기의 영이 애처롭게 떨고 있었다.

태석은 그 집 쪽으로 뛰었다. 시골집이라 대문은 없었다. 마당으로 들어서자 아기의 울음소리가 들려왔다. 곧이어 중년의 여인이 플라스틱 대야를 들고 나오며 소리쳤다.

"강서방! 강서방!"

그때 삼십대 중반의 사내가 헐레벌떡 뛰어들어오며 물었다.

"벌써 애가 나왔소? 아기는 어떻소?"

사내는 숨을 쉴 사이도 없이 연거푸 질문 세례를 퍼부으며 아내의 눈치를 살폈다.

"모르겠어요. 살아있는 것 같기는 한데…."

산모는 기진한 듯한 음성으로 겨우 남자의 질문에 대꾸했다.

"그런데 부르러간 의사는 어찌하고 혼자왔어요?"

산모가 핏기 없는 얼굴로 남편을 처다보며 하는 말이었다.

"일요일이라 보건소 문을 닫아 의사는 없고 조산소 계동댁이 지금 오고 있소."

그때 계동댁이라는 조산소 여자가 뛰어 들어왔다. 사내는 계동댁을 끌어 안을듯이 방으로 몰고 들어가며 빨리 아기를 봐 달라고 재촉했다. 당장 탯줄을 자를 참이다. 태석은 지붕을 처다봤다. 아직도 아기 영은 지붕에서 오들오들 떨고 있다. 마을곳곳에 퍼져있는 음기에 놀라 감히 지붕에서 내려와 방안의 아기에게 갈 생각을 못하고 있었다. 태석은 급한 김에 양손에 기를 모아 단전에 있는 보신귀를 손으로 끌어 모았다. 그리고 아기의 영이 있는 방향으로 팔을 쭉 뻗어 초록 보신귀를 쏘았다. 보신귀는 단숨에 아기 영을 덮쳐 동그랗게 감쌌다. 아기 영은 더욱 놀라서 날뛰었다. 하지만 농구공 모양으로 감싼 보신귀를 빠져 나올 수는 없었다. 일단 시간은 번 셈이다. 구천으로 달아나려는 영을 잡아놓고 태석은 다음 일을 궁리했다. 먼저 음기의 근원을 찾아 없애야 영이 아기에게 들어갈 수 있다.

영을 가두고 있는 보신귀는 반 시간 이상을 태석의 몸을 떠나 있을 수 없다. 그전에 음기를 마을에서 없애야한다. 그때였다. 문제가 또 터졌다. 방안에서 계동댁의 비명 섞인 탄식 소리가 들려나왔다. 기어이 탯줄을 자른 모양이다. 영이 자리 잡지 못한 상태에서 엄마와 연결 고리인 탯줄을 잘랐으니 아기의 심장이 멎을 수밖에. 안에서 먼저 아기를 받았던 여인이 뛰쳐나왔다.

"강서방! 얼른 한의원이라도 가서 누구라도 좀 불러오소! 아기가 울지도 않고 이상하네! 계동댁이 손은 쓰고 있지만 심상치가 않아."

사내는 사색이 되어 밖으로 뛰쳐나갔다. 태석은 사내의 뒷모습을 보다 사내가 시야에서 사라지자 여인을 밀치고 방안으로 들어갔다. 방안에 있던 사람들이 모두 놀란 듯 일제히 태석을 올려다봤다. 그도 그럴 것이, 첩첩산중 산골마을의 아기 낳는 집에 난데없이 웬 사람이 뛰어들어 왔으니 이 어찌 놀랄 일이 아니겠는가. 그러나 태석에게는 긴 설명을 할 시간적 여유가 없었다.

"비키세요!"

태석은 아기의 이마를 살폈다. 이미 인중이 검정 빛을 띄고 있었다. 재빨리 아기를 엎었다. 엉덩이의 몽고반점이 덩어리 중간의 요추부분까지 올라가 있었다. 태석은 밀려나 멍하니 앉은 계동댁에게 더운물을 가져오라고 소리쳤다. 그리고 아기의 요추부분을 두 손바닥으로 지그시 눌렀다. 벌써 차가운 느낌이 들 정도로 아기의 체온이 내려가 있었다. 태석은 자신의 쇄골 아래 부분의 심 정기를 천천히 아기의 요추로 옮겨주기 시작했다. 그러자 요추까지 올라가 있던 몽고반점이 다시 내려가기 시작했다. 태석은 아기를 바로 눕히고 오른손은 아기의 인중에, 왼손은 가슴에 대고 다시 한번 심 정기를 쾌압하듯 빠르게 쏘고 손을 떼었다. 그러자 아기가 마치 전기 충격을 받은 듯이 움찔하더니 심장이 뛰기 시작하며 인중의 검은 기가 없어졌다. 일단 아기의 숨은 살린 셈이다. 계동댁이 더운 물을 가져오자 아기의 몸 온도에 맞춰서 아기의 머리만 빼고 물에 담가 뒀다. 산모는 아직 기운이 없는 듯 반듯이 누워만 있었다.

"저 선반에 있는 명주실 좀 주시오."

계동댁은 신기한 듯 태석을 쳐다보며 군말 없이 시키는 대로 했다.

태석은 아기의 손목 맥과 산모의 손목 맥을 명주실로 묶어 연결했다 그리고 그 실을 약간 팽팽하게 탄력을 주고 아기와 엄마의 진맥을 보니 두 사람의 맥이 같아지고 있었다.

"이대로 아기와 산모를 놔두시오. 그리고 아기가 있는 대야에 수시로 더운 물로 보충을 해서 아기가 아직 엄마 뱃속에 있는 것처럼 느끼도록 해주시오. 당분간 아기가 울진 않을 겁니다."

태석은 계동댁에게 몇 번이나 당부를 하고 집을 나섰다.

"아이고 의원님, 아니 신령님, 어디 계신 누구신지 성함이라도 알려주고 떠나셔야지요."

그러나 태석은 그 말에 대꾸할 만큼 한가하지가 않았다. 빨리 음기의 주인공을 찾아야 했다. 마을에 살아있는 사람의 기이든 짐승의 기이든 생명체의 기를 찾으려면 마을에 있는 성황당보다 더 빨리 찾을 수 있는 곳은 없다. 태석은 산 입구에 자리 잡은 성황당으로 걸음을 옮겼다. 시간이 촉박하다. 무엇이 건강하게 태어난 아기의 영을 육신에서 빼갔을까?

성황당에는 커다란 소나무에 갖가지 색의 천들이 걸려있고 반들반들한 돌들이 수북이 쌓여 있다. 이 마을은 마을 앞개울 돌을 가져다 성황당에 비는 모양이다. 태석은 곧바로 이상한 점을 발견할 수 있었다. 쌓여 있는 몇 개의 돌에서 아까 산에서 태석을 뒤따르던 안개기운이, 그것들을 감싸고 있었다. 그 중 한 개의 돌을 살며시 들어 올렸다. 그리고 단전에 힘을 지그시 주자 돌을 감싸고 있던 작은 안개가 살아 도망가는 고양이같이 휙 하고 다른 돌로 옮겨 달아났다. 그냥 돌이 아니라 똑같이 안개 기운이 서려 있는 돌로 옮겨가는 것이었다. 그런 돌이 십여 개는 되는 듯했다.

이것은 분명 사람의 음기가 묻혀 있는 곳이다! 여자다! 여자의 음기가 마을과 맞지 않는 강한 힘으로 곳곳에 퍼져 있는 것이다.

남자의 기는 안개 모양을 하고 회색을 발하지만 연한 초록빛이 섞여 있기 마련인데 이것은 거의 흰색에 가까운 회색이다. 돌덩이에 오래 머물 수 있는 끈기로 봐서는 분명 여인의 음기가 분명하다. 이 기운이 원래 악한 것인지, 단순히 이 고장의 기와 수맥에 맞지 않아서인지 알아내야 했다. 그리고 그보다도 더 급한 것은 음기의 원천을 찾아야 했다.

태석은 산중턱으로 빠르게 올랐다. 마을이 한눈에 보이는 곳에 자리를 잡고 마을을 찬찬히 훑어갔다. 눈에 띄는 기운은 보이지 않았다. 점점이 안개기운이 서려 있긴 하지만 성황당의 돌처럼 여인이 만졌거나 앉았던 자리같이 점점이 흩어진 모양뿐이었다. 크게 뭉친 기운이 안 보이는 것은 지금은 기가 잠복하는 시간 때문인 듯하다. 난감하다. 여인의 기는 남자와 달리 잠을 잘 때나 성적욕구가 강할 때 발산되기 때문에 얼른 찾아낼 방법이 떠오르지 않았다. 남자의 기라면 정신적으로 긴장하거나 화가 나면 강해지므로 주의만 끌면 금방 찾을 수 있지만 여자의 기는 자연스럽게 나타날 때까지는 별 방법이 없다. 그 기의 주인공과 맞닥뜨리지 않고는 찾을 방법이 없을 것 같다.

난감해진 태석은 빠른 걸음으로 마을로 내려 왔지만 마땅한 방법이 떠오르지 않았다.

하는 수없이 눈을 부릅뜨고 점점이 마을에 흘려진 음기들을 역추적할 수밖에 없었다.

간혹 뭉쳐진 덩이는 마을회관이나 구멍가게 혹은 음기의 주인공이 자주 드나들었던 곳에서 발견되지만 특별히 그녀를 발견할 수 있는 방법은 없었다.

마을 중앙에 위치한 회관 앞에 이르러 태석은 사향덩이 주머니를 꺼내 불을 붙였다. 진하다 못해 독하기까지 한 사향의 향기가 마을 전체를 향해 번져나갔다. 일단 음기의 주인공의 주의를 끌 필요가 있었다. 또 사향은 어떤 여인에게는 성적인 자극을 주는 경향이 있었다. 그런 여인은 기름 냄새를 좋아한다든지 신나 냄새 등 싸한 페파민트향 같은 것을 좋아하는 경우가 많다. 음기의 주인공이 그런 부류가 아니더라도 강한 사향의 냄새는 마을을 타고 나갈 것이고 음기가 강한 그 여인의 주의를 충분히 끌 수 있으리라.

일단 태석은 맞닥뜨리기만 하면 그 주인공을 알아볼 수 있을 것이다.

사향의 냄새는 독한 냄새를 풍기며 빠르게 퍼져나갔지만, 몇몇 짜증을 내며 모여든 마을 사람들 중에는 눈에 띄는 사람은 없었다. 태석은 모여든 사람들 중에 음기의 주인공이 없는 것을 확인하고, 불이 붙은 사향 덩이에 모래를 끼얹어 꺼버렸다.

마땅한 묘안이 떠오르지 않아 다시 아기의 집을 향해 발걸음을 옮길 때였다. 마을 회관 뒷집에서 회색빛의 강한 음기가 피어오르는 것이었다. 아기의 집에서 바로 하나 건넌 집이었다.

저기다! 태석은 사람들의 시선을 끌지 않도록 주의하면서 그 집으로 향했다. 그 집은 산골의 집 답지 않게 현대식으로 잘 지어진 양옥 2층집이었다. 태석이 아기집과 성황당을 왔다갔다 할 때는 2층짜리 마을회관에 가려서 잘 보이지 않았지만 마을회관 보다 더 크게 지어진 집이었다. 버스가 지나는 길에서 이 삼 킬로나 떨어진 산골에 이런 집이 있는 것이 신기할 정도였다.

마을 유지의 집인가 보다, 생각하며 태석은 안으로 들어섰다. 집은 현대식이지만 시골이라 대문이 없었다. 태석은 마당을 지나 현관문 앞에 이르자 조심스럽게 문을 두드렸다. 아무런 기척이 없었다. 마을 사람들이 혹시 자신을 보고 있지나 않을까 해서 주위를 둘러보았지만 대부분 아기의 집으로 몰려가 태석을 주목하는 사람은 없었다. 음기의 기운은 그 집에서 계속 나오고 있었다. 음기의 주인공은 지금 잠들어 있는 것이 틀림없었다.

태석은 다시 한번 지켜보는 사람이 없는 것을 확인하고 현관문을 열었다. 문은 잠겨있지 않았다. 태석은 서슴없이 거실로 들어갔다. 1층에는 아무도 없었다. 망설임 없이 2층으로 올라갔다. 거기에 있었다. 1층과 같이 조그만 거실이 있고 소파가 놓여 있는데 그 위에 여인이 잠을 자고 잠들어 있었다. 깨울까 생각했지만 시간이 촉박했다. 여인을 깨우고 당신 몸에서 심상치 않은 기가 나오고 있어서 지금 태어나는 아기의 혼을 죽이려 한다. 그리고 당신이 어딘가 문제가 있어서 이런 강한 음기가 발산되는지 조사할 수 있도록 협조를 구한다? 태석은 막상 음기의 주인공을 찾아내자 난감했다. 여인은 삼십이 채 되지 않아 보였다. 하지만 음기의 원인이라도 알아야겠기에 태석은 여인에게 다가갔다.

그때였다. 여인이 살며시 눈을 떴다. 태석은 아차 싶었다. 그녀 몸에서 발산하는 음기가 태석이 다가감으로 위압감을 느끼고 여인을 깨워 버린 것이었다. 음기를 달래면서 다가서야 하는 것인데 실수를 한 것이다. 여인은 눈을 뜨고 태석을 바라보았다. 잠에서 덜 깬 듯 자신의 거실을 휘 둘러보더니 태석을 다시 쳐다보았다. 여인은 그제야 상황을 판단한 모양이었다. 웬 불한당이 자신의 집에 몰래 들어와 자신을 노리고 있는 것이었다. 여인은 비명을 질러야 했다. 태석도 지금의 상황에서 어떤 행동을 해야할지 빠르게 판단을 해 보았다. 여인이 소리를 지를 것이고 온통 마을은 혼란에 빠질 것이다. 자신은 졸지에 강도나 강간범, 아니면 최소한 도둑놈으로 몰릴 것이다. 태석은 지체 없이 움직였다. 여인에게 달려들어 오른 손으로 그녀의 입부터 막았다. 그리고 왼손의 검지에 탄지기를 넣어 관자놀이에 눌렀다.

그녀는 의식을 잃고 다시 소파에 쓰러졌다. 그녀가 쓰러질 때 그도 같이 쓰러졌고, 당연히 그는 그녀의 위에 누운 태가 되어 버렸다. 태석은 천천히 그녀 위에서 떨어졌다. 그녀는 약간 미간을 찡그린 듯이 잠들어 있었다. 잠들었다기보다는 아주 편한 상태에서 기절했다고 해야 옳을 것이다.

태석은 다시 한번 그녀의 관상을 읽어 내려갔다. 미간에 연한 분홍빛이 서려있고 얼굴 턱선을 따라 같은 빛이 서려있었다. 눈 꼬리가 살며시 눈썹 끝으로 말려 올라가 있는 것이 예상치 않아 보였다. 검지손가락에 기를 살짝 넣어 눈썹과 눈 사이의 눈두덩이를 문지르자 눈꼬리와 눈썹 끝에 얇은 실 같은 초록 선으로 이어진 것이 나타났다. 그리고 귓볼의 끝 선에서 코끝으로 일직선상의 볼에 어색하게 점이 나 있었다. 관상학적으로 이마의 선이 고른 얼굴에 점은 분명, 이차적인 기의 침투로 생긴 것이 분명하다. 그리고 목의 어느 곳에도 같은 크기의 점은 찾아 볼 수가 없었다. 볼 중앙의 점이 사춘기 이전에 생길 경우 열에 아홉은 같은 크기의 점이 목에도 분명히 생기기 마련이다.

그녀의 이상한 신기가 어디가 잘못되어 생긴 것인지는 차후에 밝히더라도 급한 것은 맞지 않는 그녀의 기를 빨리 빼내는 일이 우선이었다. 아기의 생명은 촉각을 다투고 있었다. 태석은 그녀의 남방단추를 열었다. 다음에는 바지를 벗기고 속옷까지 모두 벗기자 그녀의 알몸이 드러났다.

아름다운 몸이었다. 군데군데 미간에 보이던 분홍빛이 몸에 퍼져 있는 것 이외에는 특별한 것은 느낄 수가 없었다. 시선을 아래로 해서 음부를 보자 질이 촉촉이 젖어 있었다. 손을 뻗어 그녀의 턱을 벌려 혀를 보자 붉은 빛이 역력하고 맥은 가늘면서 빠르다. 태석이 그녀의 의식을 뺏을 때 그녀의 신체 어디에도 자극한 곳이 없음을 미루어 짐작컨데 그녀의 기는 화선풍의 증상도 심하게 있다고 봐야 할 것이다.

화선풍은 여성의 음기가 너무 왕성해 생기는 병이다. 여성의 성욕과 성적흥분이 과다한 질병으로 한 번 발병하면 조순한 유부녀도 거리로 뛰쳐나와 몇 남성과 관계를 봐야 음욕이 진정되고 제정신으로 돌아오는 병이다. 대개 신장이 허약하고 심장의 양이 항진되어 발병한다. 여성에게서 흔치않게 발병하는 성욕불억제병이라 할 수 있다. 하지만 이 여인의 경우 맥과 혈로 보아서는 신체적인 원인이 아닌 것으로 보인다. 그녀의 원인은 신기에 의한 것이라는 확신이 들었다.

태석은 자신의 옷을 벗기 시작했다. 여성의 신기에 의한 광적 부작용은 남성의 정기발합법 이상 빠르고 확실한 처방은 없는 것, 태석은 여성의 몸을 보며 심호흡을 했다. 그녀의 신기는 영이 깔려 있는 것이라 단전의 기를 이용해 치료를 해야 했다. 태석은 단전의 기를 최대한 끌어올려 가슴 양편에 골고루 힘을 분산시켜 놓았다. 그 다음 엄지발가락에 기혈을 지압해 남성 정의 기운을 엉덩이 중앙 미골 부분에 맞추어 놓았다. 이제 그녀를 제압하고 있는 영을 끌어내기 위한 준비를 끝냈다.

그는 천천히 그녀의 경추를 주물렀다. 즉 목뼈 맨 윗부분에 주무르던 손으로 검지를 이용해 탄지기를 부드럽게 쿡 찔러 넣었다. 그러자 그녀의 양손이 의식을 차린 사람의 행동처럼 그녀의 음부를 포개어 감쌌다. 영이 방어 자세로 들어간 것이었다. 자연히 포개진 두 손 때문에 다리는 벌어지고 무릎은 구부려 졌다. 태석은 몸에서 강한 정의 기운을 발하기 시작했다. 그의 음경은 미골의 정기가 모여 붉은 흑색으로 강한 기의 상을 나타내었다. 태석은 입김을 살며시 그녀의 이마에 불었다. 그녀의 의식을 살리며 그의 애정표현을 거부반응 없이 받아들일 수 있도록 하기 위함이었다. 다음으로 그녀의 가슴을 부드럽게 감싸 안았다. 그녀의 손이 스르르 맥없이 떨어졌다.

태석의 옥경은 천천히 그녀의 몸속으로 들어갔다.

미경은 누군가에게 탄지기를 맞는 순간 밀려오는 졸음을 이기지 못하고 깊은 잠에 빠져들기 시작했다. 이상하게도 눈은 감겨 가는데 누군지 모를 괴한의 모습은 더욱 또렷하게 보였다. 마치 눈꺼풀이 투명한 것처럼 상대의 모습이 선명하게 보이는 것이었다. 꿈이란 것은 확실하게 알 수 있었으나 정신이 생시처럼 말짱한 것도 그렇고 맞은편의 괴한이 미경이 생각한 자신의 본능을 마음대로 움직여 주는 것이 이상했다. 기분 좋은 꿈처럼 미남자의 몸이 이렇게 쉽게 그녀의 의지대로 되는 것이 야릇한 쾌감을 동반하기 시작했다. 그녀의 의지대로 태석은 그녀의 옷을 벗기기 시작했다. 미경은 즐기고 있었다. 미경은 자신이 명령하는 데로 움직이는 상대가 신기하기까지 해서 그의 옷을 벗기는 명령까지 내렸다. 그 괴한은 명령대로 했다.

그때였다. 또 그 소리가 들렸다. 항상 악몽 속에서 몇 년 동안을 괴롭힌 그 음성이었다. 그 음성과 악몽 때문에 미경은 결혼을 하고도 남편과 잠자리를 못했다. 심한 남성 거부증세가 일어 끝내는 남편과 이혼까지 하게 만든 그 음성이 이혼한 후 친정에까지 악몽처럼 따라다녔다.

'안돼! 그놈을 취하지 마라.'

미경은 항상 무섭게 느끼던 명령에 반사적으로 두 손으로 자신의 음부를 가려 감쌌다. 그러나 곧 후회하고 말았다. 자기를 누르고 있는 정체불명의 괴한의 아름다운 미소와 그의 감미로운 키스에 어느 덧 그를 자신의 안으로 끌어들이고 있었다.

태석은 그의 몸이 그녀의 속으로 들어갈 때 그녀의 손이 그의 등을 살며시 끌어안는 것을 느꼈다. 그녀는 본성이 건강하고 사랑스런 여인인 것을 알아보았다. 그녀의 본성은 그를 원하고 있었다. 그는 응치 뼈의 마무리 부분에 기를 모았다. 그의 음경은 그녀의 몸 깊숙이 들어가 있었으므로 자연히 그의 가슴은 그녀의 가슴을 누르고 있었다. 그는 왼팔을 돌려 그녀의 뒷골 부분 밑에 자리 잡은 경추 윗 부분을 떠받히듯이 손바닥으로 감쌌다. 그리고 양 발가락과 특히 엄지발가락에 힘을 주어 엉치까지 기가 솟아오르게 했다. 자연히 두 사람은 사지가 일직선으로 포개졌다. 그는 온몸의 기를 모아 단전을 위주로 해 음경으로 집중시켰다. 그의 몸이 음경으로 힘이 모이는 기미가 보이자 그녀는 미세한 요동을 일으켰다. 태석은 단전의 기를 서서히 아래로 내렸다. 음경을 통해 그의 기를 그녀의 몸으로 넣었다. 그녀의 몸에서는 즉각적으로 반응을 했다. 아까와 같은 거부반응이 몸 전체의 경련으로 나타났다. 그러나 그것은 잠시, 그녀는 그와의 관계를 즐기는 반응으로 나타났다. 특히 그녀의 경추를 부드럽게 애무하듯 주물러 주자 그녀의 온몸에 실핏줄 같이 퍼져있던 분홍색 기운도 사라지기 시작했다. 그녀의 몸에 깊이 도사리던 음기의 기운은 서서히 사라졌다.

태석은 그녀의 의식을 돌리고 옷을 입었다. 그녀는 소파에 누운 채로 그를 보고 있었다. 어찌 보면 갑작스런 성관계이고 겁탈당한 여인과 남자의 관계이나, 둘은 그런 생각을 가지지 않았다. 태석은 어떤 치료차원이라 생각했고 미경은 혼란스러우나 속세에서 해방된 자유로움을 느끼고 있었다.

"길게 설명할 시간이 없어 그냥 갑니다. 하여간 앞으로는 당신 몸에서 이상한 느낌이나 악몽 같은 것은 없을 겁니다."

아직도 정신이 없어 흐리멍텅한 눈으로 자신을 게슴츠레 올려다보고 있는 여인에게 태석은 한마디를 더 했다.

"옆 마을에 아기가 생명이 위독하니 가 봐야겠습니다."

태석은 대답이 없는 그녀를 두고 서둘러 집을 나왔다.

태석은 아기가 있는 집으로 다시 뛰어갔다. 지붕에 보신귀로 잡아두었던 아기 영은 없었다. 시간이 너무 지난 탓이다. 대문에 들어서자 마루 귀퉁이에 앉아 멍하게 담배를 피우던 남자를 볼 수 있었다. 가만히 다가가서 남자에게 말했다.

"아기를 좀 볼 수 없습니까?"

멍하니 있던 남자는

"뭐요?"

처음에는 어처구니없어 하던 남자는 점점 분노의 얼굴로 변해가더니 냅다 소리를 질렀다.

"뭣 땜에요?"

마치 태석이 자기자식을 죽인 양 분노의 분출구를 찾던 남자는 태석을 때려 눕힐듯이 일어섰다.

태석은 재빨리,

"제가 의학을 좀 공부한 사람이라…."

하고 거짓말로 변명했다.

그제서야 남자는 '휴' 하고 한숨을 쉬고는

"다 끝났소. 아기가 숨이 멎은 지 꽤 됩니다."

"그래도 한번…."

태석의 말이 끝나기도 전에 남자는 방문을 열어주고는 애절한 눈으로 태석을 바라보았다. 지푸라기라도 잡고 싶은 심정이리라. 태석은 방안으로 들어갔다.

옆에는 계동댁이 조그만 천으로 싸여진 아기의 시신을 멍하니 보고 있었다. 아기 엄마는 허탈해서인지 실신을 해선지 미동도 없이 천장만 보고 있었다. 방안이 아수라장이 된 것으로 봐서 산모가 발작을 하다 실신한 것 같았다.

"저도 의술을 좀 배운 사람이니 조금만 같이 노력해 보시죠."

태석은 아기의 코에 입을 대고 불었다.

'아기 영이 멀리 가지 않았다면 다시 올 것이다. 이젠 마을의 음기도 다 사라졌으니 심장만 뛰어라.'

태석은 기도하는 심정으로 그의 기를 아기에게 힘껏 불어 넣었다. 의사도 땀을 흘리면서 가슴 마사지를 하고 있었다. 잠시 후 아기의 코에서 비릿한 냄새가 느껴졌다.

'왔다. 아기의 영이 왔다.' 태석은 있는 힘을 다해 아기의 코에다 자신의 정기를 불었다.

기침과 함께 아기의 심장은 뛰기 시작하고 아기는 온 동네가 놀라도록 울어대기 시작했다. 태석은 지쳤지만 홀가분한 마음으로 마을을 빠져나왔다.

마을 끝에 다리를 건너자 미경이 다리 이름이 적힌 큰 시멘트 뒤에 쪼그리고 앉아 있는 것이 보였다. 태석의 마음이 갑자기 혼란스러워졌다.

"당신이 저희 집에서 나오는 것을 사람들이 본 모양이에요. 다들 누구냐고 묻더군요."

아차! 싶었다. 급한 마음에 그녀의 집에서 나올 때 주위의 동정을 살피지 않은 것이 실수였다.

"뭐라고 했소?"

"동창인데 근처에 등산 왔다가 잠깐 들렀다고 했어요."

영리한 여자였다.

"그래도 마을 사람들은 색안경을 끼고 볼 거요."

태석은 자신과는 상관없는 듯이 말했다.

"그럴 거예요. 때마침 부모님이 서울 간 날 외간남자가 다녀갔으니."

여자는 소문에 못 견딜 것이라는 생각이 들었다. 그러나 책임감은 느껴지지 않았다. 자신은 지금 한 아기의 생명을 구했다.

"결혼했소?"

태석은 궁금하진 않았으나 외간남자라는 표현이 마음에 걸려 물어보았다.

"이혼했어요. 두 달 됐죠."

미경은 자신이 놀라왔다. 처음 보는 남자에게 이혼경력을 쉽게 말하는 자신이 놀라웠고, 말하고도 전혀 부끄럽지 않은 자신이 놀라왔다. 꼭 성관계를 가진 남자라서 자연스러운 것만은 아니었다. 그는 이런 대화도 자연스럽게 받아줄 것 같았다. 마치 십 년을 함께 산 사이처럼 태석과 미경은 자연스럽게 읍내 쪽으로 걸어갔다. 읍내는 삼 킬로는 가야한다. 그곳에 차를 세워 두었었다. 처음에 이 길로 온 것이 아니라 읍내 뒷산으로 올라서 이 마을로 내려온 것이다.

"당신한테 씌어 있던 혼 때문에 이혼한 거군."

태석은 혼자 말처럼 중얼거렸다.

"뭐라구요?"

미경은 이 사람이 알 수 없는 말을 하는 것이 대체 무슨 내용인지 알아야 했다. 사실 그 궁금증 때문에 몰래 마을을 빠져 나와 그를 기다리고 있었다. 마을을 나가는 길은 하나였기에 길목을 지키고 있었던 것이다. 태석은 굳이 설명하고 싶은 생각은 없었지만 그녀가 묻는 이상 얘기를 해줘야겠다고 생각했다. 아직 여인은 자신이 겁탈당했다고 생각할 테니 오해도 풀어줘야 한다고 생각했다.

"당신은 오랫동안 귀신에 씌어 있었던 겁니다. 그 혼이 당신으로 하여금 남자와 성관계를 못하도록 한 거죠."

"귀신이라구요?"

"아, 귀신 씌었다고 너무 놀라지 말아요. 당신 말고도 많은 사람이 귀신에 씌어서 살고 있으니 못 느끼고 사는 사람이 더 많지만."

"당신은 좀 괴팍한 혼에 씌어 있었던 거요. 아마 그 상태라면 평생 남자를 거부할 뻔했소. 그러니 화선풍도 쉽게 걸린 거고 내가 아니었으면 당신은 무당 신내림굿을 하고 무당이 됐을 거요. 무당병인 줄 알고."

"내가 병이 있었다구요?"

"당신은 혼자 있을 때면 미칠 듯이 성욕이 일다가 막상 남편을 보면 역겹지 않았소?"

족집게였다. 사실 그런 시간이 지나자 남편은 외도를 하고 둘의 사랑은 미움과 원망으로 바뀌어 끝내는 이혼을 하게 되었다.

"이젠 그럴 일이 없을 거요. 그러니 다시 남편에게 돌아가시오."

태석은 지금 당장 돌아가라는 듯이 발걸음을 멈추었다. 미경은 남편과 다시 합친다는 것은 상상도 하지 않았다. 그만큼 남편과는 성격적으로도 맞지 않았다.

"실례지만 뭐하는 분이세요?"

태석이 잠깐 멈춘 사이 미경이 앞장서서 걷는 모양이 되었다.

"뭐, 이거저것, 전생최면술로 생활하고, 남의 묘자리도 좀 봐주고, 가끔 친구 철학관에서 점도 보고 그러죠."

태석은 자신의 직업을 최대한 낮춰서 말했다. 높일 것도 없지만. 여자는 남자의 직업이 신통찮으면 관심을 잃는다는 것을 태석은 알기 때문이다. 미경이 자신에게 호감을 갖고 있는 것 같아 부담이 되던 터였다.

"오! 그래서 나를 최면에 빠뜨려 범했군요?"

당돌한 말에 태석은 그녀를 보았다. 그녀도 그를 보았다. 그녀는 예쁜 얼굴이었다. 귀엽고 애교 있어 보였다. 그녀는 그에게 살짝 웃어 보였다. 태석은 이 여자가 좋아질지도 모른다는 생각이 들자 두려웠다.

둘이는 한참을 걸어 읍에 당도했다. 그 둘은 마치 연인처럼 많은 말을 했다. 미경은 배고프다고 태석에게 말했다. 미경은 태석을 끌고 식당으로 들어갔다. 당연히 밥을 사야 한다는 듯이.

태석은 순진한 여인을 정복한 자가 되었고 여자는 소유된 여자로서의 권리를 애교 있게 행사했다. 시간이 지나면 당연히 여자가 정복자가 되는 순서를 자연스럽게 밟고 있었다.

식사를 마치고 미경과 일어서려다 태석은 자신의 옆 의자에 놓인 신문기사에 시선을 멈췄다.

'또 정치인 사망! 같은 증상!'

†
동의

박 기자는 S대병원을 나서자 바로 목동병원으로 향했다. 희생자들의 자료를 가지고 먼저 후배가 근무하는 병원으로 갈 참이었다. 우선 자료를 면밀히 검토해야 했고 이 자료에서 사망자들의 원인이나 공통점을 찾을 수 있을 것 같았다. 그러기 위해서는 의학에 정통한 사람이 필요했고 또한 믿을 수 있는 사람이라야 했다. 단 한 사람 후배 조석현 뿐이었다.

운전하는 박 기자의 마음은 조급하기만 했다. 길은 더욱더 막히는 것 같았다. 병원에 도착한 것은 저녁이 다 된 시간인지 교대하려는 병원 직원들이 출근하는 모습이 많이 눈에 띄었다. 현관로비에서 두리번거리며 기다리던 후배는 옆구리에 서류봉투를 들고 있었다.

"차가 막힌 모양이죠?"

하며 서류봉투를 건넸다.

"뭐야?"

"이 병원에서 사망한 홍 의원의 서류입니다. 필요할 것 같아서요." 후배도 뭔가가 느꼈는지 아니면 막연한 흥미에서인지 사뭇 진지하게 말했다.

"삼십 분만 있으면 퇴근인데 밖에서 잠깐 기다리시죠."

박 기자가 S대병원에서 가져온 서류 중에 홍 의원 부분과 후배가 가져온 홍 의원의 서류는 별로 차이점을 느낄 수가 없었다.

박 기자가 후배를 기다리는 동안 실내포장마차는 퇴근길에 한잔하려는 샐러리맨과 병원 앞 도로공사를 하고 있는 노동자들이 뒤섞여 마치 잔치집처럼 북적거리고 있었다. 박 기자는 혼자서 먼저 한잔하려고 소주와 닭발을 시켰다. 포장마차는 사방이 비닐로 둘러쳐 밀폐돼있어 노동자들의 땀 냄새가 음식 끓이는 수증기와 섞여 퀴퀴한 냄새를 풍기고 있었다. 후배는 삼십 분이 채 되지 않아 포장마차로 들어섰다. 그의 뒤를 따라 안면이 없는 사람이 같이 들어섰다. 나를 찾느라 두리번거리는 후배의 뒤를 바짝 붙어 들어서는 것으로 보아 일행은 틀림없는 것 같으나 박 기자는 모르는 사람이었다.

포장마차는 말이 포장마차지 크기가 어마어마했다. 병원 건너편에 주차장만 한 큰 공터를 차지하고, 테이블이 이삼십 개가 넘는 기업형 포장마차라 후배는 박 기자가 먼저 손을 들어 아는체 하지 않았으면 한참을 더 찾아 헤맸을 것이다. 후배와 일행은 앉으라는 손짓을 하기도 전에 털썩 빈자리에 앉았다. 마치 방금 화장실을 다녀온 사람처럼 자연스러웠다. 박 기자는 같이 온 사람이 의사는 아니라고 생각했다. 오랜 기자생활로 첫눈에 웬만한 사람의 직업은 알아맞추는 능력은 있었다. 그런데 의사가 아니라는 것은 알겠는데, 후배와는 어떤 관계일지 전혀 감이 잡히지 않았다. 낯선 사람을 앞에 두고 탐색하듯 살피는 박 기자의 눈치를 뒤늦게 챘는지 후배는 일행을 가리키며 소개했다.

"이분은 서태석 씨라고 최면술사입니다."

의외의 직업이라 박 기자는 자신을 소개할 생각을 잊고 있었다. 그러자 후배가 박 기자의 소개를 마저 했다.

"이분은 D일보의 사회부 박 기자님이시고, 개인적으로는 저의 고교 선배님이십니다."

후배의 소개가 끝나자 두 사람은 눈인사만 나누고 악수를 했다. 후배의 부연설명이 시작됐다. 박 기자가 실제로 궁금했던 부분의 내용이었다.

"이분, 서태석 씨는 저도 오늘 처음 만났습니다. 그때가 점심시간이었죠?"

마치 서태석의 확인이 중요한 듯, 서태석이 동의하듯 고개를 끄떡일 때까지 말을 끊었다가 계속했다.

"제가 지하식당에서 점심을 마치고 내과로 올라오니까 이 분이 저희 과장과 실랑이를 하고 계시더라고요. 그래서 무슨 일인가 하고 가보니까 과장은 이분 보고 실없는 소리 말고 가라고 하지 않겠어요. 그래도 이분은 계속해서 알 수 없는 얘기를 하고 있더라고요. 내용인즉 죽은 홍 의원이 누군가에 의해 혼을 뺏기고 죽었다고 하고 과장은 듣다가 미친 사람이라며 경비원까지 부른 그 상황이었죠. 그래서 제가 과장을 떼어놓고 이분께 선배님을 만나보라고 했죠. 그래서 전화한 거예요."

박 기자는 주머니에서 휴대폰를 꺼내보았다. 후배의 병원번호가 부재중으로 찍혀있었다. 아까 S대병원에서 볼일을 보느라 휴대폰이 진동으로 울리는 것을 느끼지 못했다. 이심전심이었을까, 박 기자도 S 대병원에서 의문사한 의원들의 자료를 가지고 후배에게 왔으니.

후배의 설명이 끝나자, 박 기자는 서태석 씨를 유심히 다시 살펴보았다.

나이는 사십이 채 안 돼 보이는 박 기자와 비슷해 보였고 옷차림은 수수하면서 촌스러움도 있지만 깔끔하게 차려입었고 고집은 있어 보이지만 첫인상은 깨끗해 보였다. 피부도 도시인처럼 말끔해서 최면술사라는 특이한 직업의 소유자라는 것이 쉽게 연상되지 않았다. 잠자코 있던 서태석 씨가 헛기침을 한 번하고 후배의 말을 이었다.

"저도 신문만 보고 사망자들의 소식을 접했지만 그들은 단순하게 심장마비로 죽은 것이 아니라는 확신이 듭니다. 뭔가가 석연치 않은 점이 있다는 생각입니다. 심장이 멎으면서 사망했지만, 외부로부터 어떤 충격도 없이 의식이 사라졌다는 것은 혼과 최면의 관계가 있을 수 있다는 겁니다. 그래서 나 의원의 상태를 보려고 왔는데 벌써 사망했다고 하더군요. 그래서 시체라도 볼 수 없냐고 담당의사에게 부탁을 하니까 그 사람 나를 미친 사람 취급하더군요."

서태석은 아직도 과장과의 실랑이 하던 감정이 삭지 않은 모양이었다. 박 기자는 서태석의 이야기를 듣고 있자니 뭔가 끌리는 느낌을 받았다. 기자의 육감이랄까?

"그러면 타살이란 말입니까?"

박 기자는 질문이 너무 빠르다는 생각은 하면서도 급하게 해버렸다.

"그럴 가능성이 많다 할 수 있죠."

서태석이 너무 쉽게 대답을 했다. 박 기자는 갑자기 서태석이 오랜 친구보다 더 친근감이 갔다. 자신도 그럴지 모른다는 예감이 들었지만 혼자서 감히 입 밖에 내지도 못하던 타살이란 말을 서태석으로부터 쉽게 '그럴지도 모른다'는 대답을 듣자 마치 가려운 곳을 시원스럽게 긁어 주는 듯 했던 것이다.

부장에게 타살일거라고 큰소리치고 나왔는데 이제 유일한 동료가 생긴 것이었다. 하지만 서태석의 의문과 박 기자의 사망에 관한 의문은 차이가 있었다. 박 기자는 S대병원에서 사망자들의 공통점을 찾았다. 같은 병원에서 진료를 받았고 또 비슷한 치료도 받았다. 그래서 내심 병원과의 연관관계에서 실마리를 풀어보려고 후배를 찾아왔는데 난데없이 혼과 최면의 문제라니. 타살이라는 공통점은 있지만 서태석의 의문 제기는 조금 황당한 부분이 있었다.

"저도 조사를 좀 해봤는데요. 사망자들이 같은 병원에서 비슷한 시기에 치료를 받은 적이 있어서. 일년 전에 말입니다. 그래서 잠복기가 있는 어떤 세균성에 의한 사망이 아닐까 하고 의문을 가지고 조사중입니다. 그것이 병원과 정치적인 면, 뭐 그런 종합적인 원인 때문으로 생각하는데요. 타살이든, 고의성이 없는 감염이든 말입니다."

박 기자는 서태석에게 동료애와 친근감을 가지고 설명했다.

"글쎄요, 저는 그런 것까진 모릅니다. 어찌됐든 사망의 형태가 혼과 최면이 관련된 것은 확신할 수 있습니다."

서태석은 자신에 차 있는 듯했다.

"강한 염력을 가진 최면이면 손 하나 까딱하지 않고도 사람을 미치게 만들 수도 있거든요. 사망까지 시키는 경우는 본적이 없지만 이 경우를 보니까 그럴 수도 있겠다는 생각이 들어서 제가 찾아온 겁니다."

서태석은 박 기자를 설득하듯이 말했다. 박 기자는 서태석의 이야기에 점점 빠져 들고 있는 자신을 느꼈지만 그의 주장에 전적으로 동의하고 싶지는 않았다. 우선은 황당했고 박 기자가 나름대로 과학적으로 조사하고 있는 내용이 전혀 백지가 되는 것은 기자의 자존심 문제이기도 했다.

"서태석 씨의 생각을 객관적으로 저한테 증명할 수는 없습니까?"

박 기자는 질문을 하면서 서태석이 보통 점쟁이처럼 과학과 신의 세계는 다르다는 등, 통상적인 변명의 말이 나오지 않기를 기대했다.

"아직 의식만 잃고 살아있는 사람이 있지요. 그 사람을 만나게 해주면 증명해 보일 수 있습니다."

의외의 시원스런 대답에 박 기자는 희망과 동시에 알 수 없는 의문이 더 커졌다.

"S대병원에 아직 장 시장은 살아있습니다."

후배는 대화에 끼어들 기회만 엿보고 있었던지 재빠르게 말했다.

"그 사람은 골프장에서 변을 당했다고 하던데요."

"신문에서는 스윙과 동시에 쓰러졌다면서요?"

기자들까지만 알 만한 일을 알고 있는 것이 후배는 자랑스러운 모양이었다. 사실은 박 기자가 얘기해 줘서 알았지만.

"그럼 장 시장을 찾아가 봅시다."

박 기자는 소주잔을 들며 서태석에게 건배를 청했다. 어찌됐던 지금은 가장 의기투합된 사이였다.

"아, 그보다 D대 김 교수를 찾아보세요. 심령학회에 같이 있죠."

서태석은 김 교수를 추천했다.

"그 분은 누구죠?"

박 기자는 물었다.

"최면과 심령학 쪽으로는 거의 독보적인 인물입니다. 그 분 같으면 쉽게 장 시장의 의식으로 들어가서 그가 사망할 당시의 상황을 다시 끌어 낼 수 있을 겁니다."

"교수로 재직 중인가 보죠?"

"네, 실제로 D대학 사회심리학 교수입니다."

"사회심리학과? 한번 연락을 취해 봅시다."

캠퍼스는 초여름의 싱싱함을 그대로 분출하고 있었다. 김 교수는 포장도 되지 않은 학교주차장에 차를 주차하곤 천천히 교내 주도로를 걸어 올라갔다. 개교한 지 얼마되지 않은 학교라 여기저기서 공사 중인 곳이 눈에 띄었다. 김 교수의 전공은 사회심리학이었다. 그의 과목이 인기과목은 아니었으나 그래도 그의 강의만큼은 항상 만원이었다. 인기를 감안해서 조정한 것은 아니지만 작년부터 짬짬이 수업시간에 그가 보여주는 심령학 시범이 필수과목이 아닌 학생들도 강의실을 찾아오게 하는 역할을 톡톡히 하고 있었다.

오십대에 들어선 나이답지 않게 그가 학생들에게 인기를 누릴 수 있는 것은 몇 가지 이유 때문이다. 나이를 가늠할 수 없는 동안에다 비만 걱정은 평생 하지 않을 듯한 날렵한 몸매, 두꺼운 안경을 써도 어린애 같은 순진한 눈매는 제자 여학생과 숱한 염문설이 나돌게 했다.

가정을 갖지 않은 미혼이라는 것도 여학생뿐만 아니라 술 좋아하는 남학생들과도 스스럼없이 친해질 수 있는 장점으로 작용하고 있었다. 격식과 위엄 같은 것에는 전혀 미련을 두지 않는 그의 부담 없는 행동은 자신과 안면 있는 학생들이 친한 선배를 대하듯 편하게 접근하게 하는 가장 큰 요인이었다.

오늘도 그의 옷차림은 교수라기보다는 오히려 부수입 없는 가난한 대학원생으로 보인다. 밤색 체크무늬의 남방에 몇 년 전 유행했던 헐렁한 골덴바지는 사시사철 신고 다니는 랜드로바와는 거의 일 년째 파트너 구실을 하고 있었다. 강의실은 백 명이 넘는 인원으로 북적대고 있었다. 전 시간처럼 자리가 없어 서있던 학생들은 없었다. 아마 옆 강의실에서 책상을 몇 개 집어온 것이 분명했다.

맨 뒷줄의 학생은 앞의 학생 책상과 뒤 벽면에 끼어 강의가 끝나고 나가려면 교수 단상까지 걸어 나와 앞문으로 나가야 할 상황이었다. 김 교수는 손수건을 꺼내 안경을 닦으면서 강의실의 학생들을 둘러보았다. 안경을 벗은 흐릿한 시야에는 강의실 전체가 까만 머리들과 알록달록한 물감으로 채워져 있는 것 같았다. 교수의 잠 덜 깬 듯한 시선이 강의실을 훑어가자 소곤거리던 실내는 오페라 시작 전과 같이 조용해졌다.

"이것이 가상 최면이라네. 네가 자네들을 쏘아보니까 자네들은 조용해졌잖아? 이것도 최면의 하나지."

교수가 미소를 머금고 이야기를 하자 학생들의 웃음소리가 낮은 톤으로 여기저기서 깔렸다. 마치 웃어야만 최면에서 빠져나오기라도 하듯, 한 학생은 웃지 않는 옆의 친구의 얼굴에다 손바닥을 왔다 갔다 했다. 교수의 농담에 반응이 없는 것이 정말로 최면 중인가 확인해 보는 것이었다.

"자, 전 시간에 배운 전생체험 최면을 시험해 본 사람, 아니 전부 시험은 해봤을 거고, 최면에 성공한 사람?"

삼분의 일은 손을 들었다.

"오! 이번 클래스는 굉장히 실력들이 있구먼. 좋아, 앞으로 약장사가 될 소지가 많은 여러분들에게 오늘은 독심술의 원리를 알려주겠네."

웃음소리와 함께 잠시 필기구를 준비하는 소란이 일었다. 수업은 실제로 교수가 최면이라도 건 것처럼 집중력이 있었다. 아마 부드러운 수업분위기만 아니었다면 단 한 명도 한눈을 팔지 않는 이 수업을 제삼자가 보면 집단 최면으로 착각할 정도였다.

"독심술은 천부적인 재능이 있어야 할 수 있는 겁니다. 나도 독심술은 못해요. 하지만 독심술의 원리는 내가 알려줄 수가 있으니 혹시 압니까? 여러분 중의 누군가가 독심술의 대가가 될지. 물론, 여자의 마음만 읽고 다니겠지만."

웃음소리가 터지고 기대에 찬 몇 명의 학생은 손바닥으로 책상을 치는 소리가 들렸다. 김 교수는 다시 한번 안경을 벗고 쩨려봄으로써 소란을 잠재웠다.

박 기자는 터미널로 마중을 나와 달라는 김 교수의 전화를 받고 의외였다. 잠깐 조언을 부탁하고, 괜찮다면 박 기자가 학교로 찾아가겠다고 했는데, 직접 올라오면서 마중까지 나와 달라니 굉장한 고마움을 느꼈다. 박 기자의 사건이 김 교수의 흥미를 상당히 끌어 들였음을 알았다. 아니면 박 기자가 국민일보 기자라서 자기 피알을 하려는 시간 많은 어용 교수던가. 박 기자는 대학시절 매스컴 병에 걸린 듯한 교수를 몇몇 본 적이 있었다.

그들은 TV에 나가는 것이나 이름을 알릴 수 있는 일이라면 어떤 일이든 가리지 않고 자신의 전공과 연관지어서 나가는 것을 흔히 보아왔다. 심지어 천문학교수가 유아교육 프로에서 장황하게 현실교육을 비판하는 것을 보고 어이없어 했던 적이 있다. 그 교수는 박 기자의 출신 대학교수였는데 교내 유아교육학과의 위치도 잘 모르는 사람이었다. 박 기자는 김 교수가 그런 부류의 사람이 아니길 바랬다. 어찌되었던 박 기자의 일이 수월해진 것만은 확실했다. 아니 최소한 박 기자의 궁금증은 어느 정도 풀리리라.

터미널에서 만나보니 김 교수는 오십대로 알고 있던 나이와는 다르게 동안의 이미지를 가진 인상이 좋은 교수였다. 실력 있어 뵈는 인상이라 신뢰감이 갔다. 터미널은 시장 바닥같이 복잡했다. 박 기자는 김 교수를 근처 커피숍으로 안내했다. 박 기자는 이렇게 관심 가져주신 것과 번거롭게 해서 죄송하다는 말부터 정중하고도 장황하게 늘어놓았다. 김 교수는 개의치 않고 바로 사건의 본론부터 알고 싶어하는 눈치였다. 형식을 부담스러워하는 성격 같았다.

"의원들의 죽음이 전화상으로 나에게 한 얘기한대로 혼이 나가서 사망한 것으로 보입니까?"

"저도 그렇게 확신을 하지는 않습니다. 다만 사망원인이 전혀 밝혀지지가 않는 데다, 지푸라기라도 잡는 심정으로 교수님의 고견을 듣고 싶었습니다. 게다가 교수님을 추천한 서태석 씨의 의견이 하도 강하고 해서요."

"저도 서태석 씨와는 안면이 있습니다. 제가 과외로 짬짬이 참가하는 심령학회에서 몇 번 본 적이 있지요."

"그 서태석 씨 얘기로는 교수님이 최면에 관해서는 국내 제일이라고 하더군요. 교수님이라면 그들이 사망한 경위에 관해서 알아낼 수가 있을 거라고 하면서요. 사망원인이 혼이 나가서 사망한 것이라면…."

"과찬의 말씀입니다. 저는 사회심리학 전공을 하고 있는 교수일 따름입니다. 취미 삼아 심령학회에 좀 나가다 보니 몇 가지 재주가 생긴 것뿐이고, 그것도 심령학에 완전히 몰입하는 서태석 씨나 그의 그룹에 있는 분들에 비하면 보잘 것 없는 수준입니다."

박 기자는 김 교수가 강한 자기부정의 말이 겸손의 표현이라기보다 자신의 실력을 감추려 한다는 인상을 언뜻 갖게 되었다.

"구체적으로 제가 어떤 것을 도와 드리면 되겠습니까?"

"네, 먼저 아직 심장이 멎지 않은 장 시장의 영혼에 접근하는 방법이 있다고 서태석 씨가 말하더군요. 만약 그가 혼을 잃기 전 그러니까 골프장에서 의식을 잃기 직전으로 최면을 통해 들어갈 수가 있다면 사망원인이 무엇인지 알 수가 있지 않을까요?"

"그것은 불가능한 얘기입니다. 저도 그분이 골프장에서 쓰러져 사망한 것은 신문을 통해 압니다마는 혼이 나간 것은 벌써 사망했다는 것이고 사망한 사람을 최면을 걸어 들어갈 방법은 없는 걸로 알고 있습니다. 장 시장은 지금 식물인간과 같으니까요. 서태석 씨가 무슨 착각을 하고 있는 모양이군요."

박 기자는 김 교수로부터 이런 부정적인 견해를 들을 것이라고 생각지 못했다. 그러면 그는 무엇 때문에 여기까지 왔단 말인가?

"그렇다면 교수님께서는 장 시장의 사망원인을 알 수가 없단 말씀이십니까? 서태석 씨는 외부의 강한 염력에 의한 타살 가능성도 제기하던데요."

"글쎄요, 저는 사망원인을 신문에 난 것과 크게 다르게 생각하지는 않습니다. 보통 몸이 허하다 보면 혼이 나간 것처럼 의식을 먼저 잃고 사망하는 경우가 있지 않겠습니까? 실제로 심장마비라고 하는데 저도 그것에 동의하는 사람입니다. 외부의 강한 염력에 의해서라, 제가 보기에는 좀 황당하군요?"

박 기자는 김 교수가 기대했던 것과는 다르게 대답을 하자 당황했다.

"아무래도 오신 김에 가능하다면 시장의 의식 속으로 들어갈 방법을 찾아서 한 번 시도해 주시면 좋겠습니다만…"

"유가족이 동의했습니까?"

"지금 제가 협의 중입니다만, 가능할 거라고 봅니다."

"제가 도움이 되지 못해서 죄송하군요. 저는 단지 먼저 사망한 사람들이 혼이 나간 후 심장마비가 왔다고 해서 그것이 무슨 질병인가 궁금해서 온 것이지. 박 기자님이 말씀하신 대로 혼이 원인이라고는 생각지 않습니다. 또 지금 뇌사중인 사람을 최면을 걸어 들어갈 능력도 없습니다. 도움이 되지 못해서 죄송합니다."

깨끗한 거절에 더 이상 김 교수를 붙잡을 수 없다는 것을 느꼈다. 최면의 달인이라는 사람이 부정을 하는데 멋모르는 박 기자가 혼에 의한 타살 의혹을 가진 것 자체가 이상스러운 상황이 되었다. 그리고 김 교수는 서태석과 박 기자의 궁금증을 풀어줄 수 있는 인물이 아니라는 것을 확신할 수 있었다. 괜히 수고를 끼쳐서 죄송하다는 말을 하고 바로 터미널에서 배웅을 하던 박 기자는 김 교수란 사람을 좀더 알아봐야 할 것 같다는 생각이 들었다. 그는 박 기자의 의혹을 풀어주려고 온 것이 아니라 오히려 그 의혹을 터무니없는 망상으로 몰아서 의혹자체를 없애려 온 것 같은 느낌이 왔다. 마치 검찰과 경찰이 수사중지를 하고 자연사라고 보려는 것을 대변하러 온 것 같은. 아니면 박 기자가 어느 정도 조사를 했는지 염탐하러 온 것 같은 기분이 들었다. 그 생각에까지 미치자 박 기자는 자신도 황당하게 된다는 생각이 들어 애써 잊기로 했다.

김 교수가 무슨 이해관계가 있어 그럴까, 생각을 하니 혼란이 가시는 듯했다. 실망한 박 기자의 목소리가 전화로 전해지자 서태석도 무척 의외이고 당황해 하는 것이 역력하게 전화로 전해졌다.

"그럴 리가 없을 텐데요. 그분이라면 충분히 장 시장의 의식에 접근할 수 있을 텐데요. 갑자기 흥미를 잃었다고 봐야겠군요."

"제가 그 분을 만나고 보니 우리가 너무 황당한 생각을 하고 있지 않았나 싶습니다."

박 기자는 이 황당한 생각이 서태석 당신 때문이라고 얘기하려다 그만두었다. 그래도 그 생각이 전해졌는지 서태석은 한동안 말을 않고 있었다.

"그래도 장 시장 유가족과 협의중이니까, 그들이 허락을 한다면 서태석 씨가 한 번 시장을 만나 최면을 걸어보겠습니까?"

서태석 쪽에서 김 교수로 인해 난감해 하는 것 같아 박 기자가 먼저 제안했다.
　"그러죠. 박 기자님이 제 생각과 같다면 저는 얼마든지 해보겠습니다."
　약간 토라진 것 같았다.
　"저는 물론 서태석 씨와 같은 의혹을 가지고 있습니다."
　박 기자도 왠지 서태석과 생각을 같이하고 싶었다.

✝
클론

연구소는 어둠에 싸여 적막했다. 안개가 자욱한 날이라 회색 빛 건물은 광택 타일로 외벽을 하지 않았다면 정문에서 잘 보이지 않았을 것이다. 폐교한 구식 학교를 개조한 곳이라 정문에 수위실이 붙어있었다. 임익체는 정문에서 차를 정차했다. 경비가 다가오고 있었다. 창문을 내리자 절반밖에 내려가질 않았다. 또 고장이었다. 족히 십 년이 지난 고물차라서 하루도 빠짐없이 고장이 나는 것이었다. 그것도 항상 새로운 부분에서 고장을 일으켰다. 조금만 더 몰고 다니면 생물학도에서 정비사로 전업해도 될 판이다.

"이 건만 끝나면 차를 꼭 바꿔야지."

엑스가 이번에는 금액을 많이 쳐주기로 약속했다.

"또 왔어요?"

며칠째 야근을 자청하니 야간경비가 아는 체를 했다.

"네, 좀 남은 일이 있어서요."

경비는 임익체가 내미는 신분증을 형식적으로 보고 돌려주며 수고

하란 말과 깍듯한 경례를 했다. 실험실에 들어서 불을 켜자 실험도구들이 즐비하게 널려 있었다. 임익체는 자신의 실험대에서 낮에 하던 것들을 치웠다. 지금부터는 연구소에서 하는 작업이 아닌 것을 해야했다. 가난한 대학원생에게 행운이랄 수 있는 일거리를 임익체는 외부로부터 은밀히 청탁을 받았었다. 연구소 보조연구원으로 일한 지 얼마 되지 않았을 때였다. 소를 복제하는 연구팀원으로 대학에서 추천을 받아 전공분야의 한 부분인 클론 작업에 몇 달간 매달려 있을 때였다. 엑스가 일거리를 의뢰해 왔다. 벌써 일 년 전의 일이었다. 그는 자신을 제약회사 직원이라고만 밝혔다. 그리고 연구소에서 우량소 복제연구가 거의 마무리 단계이고 그 수준이 세계적인 것도 안다고 했다. 또 임교수가 그 팀에서 중추적인 사람이라고 생각한다는 말도 잊지 않고 했었다.

그는 대학원 조교인 임익체를 항상 교수라고 불렀다. 듣기에 거북하지는 않았다. 그는 임익채에게 연구소에서 연구를 하면서 남는 시간에 자신이 가져오는 세포와 난자를 가지고 따로 클론을 해줄 것을 요구했다. 보수는 넉넉히 준다고도 했다. 제안을 듣고보니 넉넉한 정도가 아니라 임익체가 연구보조로 받는 월급의 반 년 치가 넘는 거액이었다. 세포하나 클론을 해주는 것으로는 너무 고액이었다. 그가 혼자서 세포하나를 클론하는 시간은 며칠 걸리지 않는다. 그만큼 연구소의 시설과 연구수준은 세계적이었다. 임익체는 별다른 갈등 없이 조건을 수락했다.

제약회사의 일을 조금 돕는다고 자신이 손해 볼 것은 없고, 어차피 매일 하던 연구를 저녁에 다시 와서 하는 것도 별 무리가 없었다. 재료가 되는 세포와 난자도 엑스가 가져다주었으니 연구소에서는 아무도 눈치 챌 일도 없을 것이었다.

일 년 전 여섯 개의 클론을 해주었다. 그때 그는 목돈을 만졌지만 전부 포커 판에서 날려 버렸다. 한동안 연락이 없던 엑스가 이번에 또 두 개의 클론을 요구했다. 임익체는 지난번 보다 배나 되는 보수를 요구했고 엑스는 이번에도 순순히 들어주었다. 이번에는 포커판의 근처도 가지 않을 작정이었다.

책상 정리가 끝나자 그는 가져온 가방을 열었다. 가방 속에는 은빛으로 된 휴대용 소형냉장고가 있었다. 냉장고 속에는 두 종류의 세포가 담긴 용기가 두 개 있고 조금 큰 소독용기에는 난자들이 냉동되어 들어있다. 이젠 클론이란 고차원적인 작업을 해야 했다. 그는 자신의 실력을 자랑하고 싶었다. 연구소의 박사급들도 혼자서는 어려운 작업을 그가 해낸다는 것이 은근히 자랑스러웠다. 그가 박사들보다 못한 것이 있다면 나이가 어리고 가난하다는 것뿐이라고 그는 확신했다. 그러나 그가 맡은 일은 거액을 받았노라고 자랑하면서 할 수는 없는 일이었다. 아무도 없는 작업실에서 혼자 비밀리에 해야만 했다. 동료들의 탄성과 칭찬의 말을 들으면서 하지 못하는 것이 안타까웠지만 그래도 돈 만큼은 혼자의 몫이라는 사실이 위안이 된다.

먼저 한 종류의 세포용기를 꺼냈다. 엑스가 세포를 주며 소의 세포라고 했지만 그는 믿지 않았다. 소의 세포와는 조금 달랐고 세포와 융합시킬 난소의 크기도 소의 그것과는 조금 달랐다. 상관없었다. 소면 어떻고 또 개면 무슨 상관인가. 포유동물의 세포라는 것만은 확실했다. 그는 돼지일 거라 추측하는 편이 오히려 마음이 편했다.

그는 한 종류의 세포에서 핵을 꺼내는 작업부터 시작했다. 연구소의 첨단 기기는 한치의 오차도 없이 세포에서 핵만을 추출해 냈다. 그리고 현미경을 통해 작업하는 동안 그는 오직 신만이 하는 일을 하고 있다는 자부심이 들었다. 그는 지체 없이 난소에서도 핵을 빨아냈다. 이제는 조직세포에서 추출된 세포의 핵과 핵만이 제거된 난자가 결합하는 작업을 해야 한다. 가장 어려운 부분이다. 신의 손과도 같은 첨단 기기는 그 일도 무리 없이 해내고 있다. 몇 번의 실패는 했지만 세포는 넉넉하다. 그는 세포의 핵을 난자의 막 밑으로 조심스럽게 끼워 넣었다. 조심스럽고 정밀하게 해야 한다.

그는 재빨리 핵이 끼워진 난자에 몇 마이크로초동안 전기충격을 주었다. 충격은 세포의 핵막과 난자의 난자 막에 작은 구멍들을 열어젖혔다. 그 구멍사이로 염색체를 비롯해 세포의 내용물이 난자 내로 스며들어 자리 잡히는 것이 현미경을 통해 보였다.

성공이다! 그는 신만이 할 수 있는 생명 창조를 해냈다. 난자는 이제 난자의 주인과는 전혀 다른 세포를 가진 채 수정된 것이다. 난자의 유전자는 일체 전달받지 않은 채, 전혀 다른 세포에서 유전자를 고스란히 복제한 새로운 생명체가 탄생한 것이다. 불과 몇 년 전만 해도 이런 작업은 불가능할 것이라고 세계과학자들은 믿고 있었다. 그러나 영국에서 양의 복제가 이루어졌고 그 뒤를 이어 소나 돼지의 복제가 몇 나라에서 성공하게 되었다. 그 후 임익체가 속한 연구소에서도 소의 복제에 성공한 것이다.

임익체도 그 첨단의 그룹에 끼어 있다. 그는 오늘의 작업에 너무도 만족했다. 시간은 새벽 네 시가 넘었다. 보통 하나의 클론을 하는 시간이 이삼일 걸리는데 그것을 하루밤새 해치웠으니 기록적이라 할 수 있다. 내일은 다른 세포 작업을 해야 한다. 내일도 모든 일이 오늘처럼 순조롭기를 바랬다.

임익체는 자신의 창조물이 시험관에서 살아있는 것을 다시 현미경 화면을 통해 바라보았다. 문득 그는 정말로 신이 되어 사람도 복제 할 수 있을 것이라는 생각을 해보았다. 엑스가 준 세포가 사람의 세포일 지도 모른다는 생각이 잠시 번득이며 머리를 스쳐갔다. 그렇다면 이 건 세계적인 뉴스일 뿐 아니라 자신은 역사적인 인물이 되는 것이다. 그러나 그는 이내 머리를 흔들며 그런 생각을 지웠다. 아직은 인간복 제는 논쟁의 대상으로도 거부되는 시대인 만큼, 생각하는 것조차 위험한 일이다 그리고 설마 엑스가 준 세포가 인간의 세포일 리가 없다. 그것은 소름끼치는 일이기도 하니까. 임익체는 보수만을 생각하기로 하고 가방을 챙겼다.

윤박사는 다시 전화기를 들고 신경질적으로 다이얼을 돌렸다. 꼬쟁이 아줌마는 최소한 서너 번은 호출을 해야 통화가 되는 줄은 알고 있었지만 이번은 좀 심하다 싶었다. 아침에 출근하자마자 윤박사는 꼬쟁이 할머니와 통화를 하기 위해 전화통만 두들기고 있었지만 점심 시간이 다 지난 시간인데도 할머니는 전화 한통 해주지 않고 있다. 신경이 쓰여 임산부 몇 명을 오전에 낙태 시술했지만 무슨 정신으로 환자를 봤는지 기억이 하나도 없다. 지금쯤 고아원이나 지체아 보호소를 기웃거리고 있을 주제에 의학박사 윤용섭의 호출을 등한시하는 것은 자신의 복을 차고 있다는 것을 모르는 것이 분명했다. 비록 가짜 의학박사지만.

그는 회전의자를 빙그르 돌려 머리 위에 걸려있는 의학박사 액자를 바라보며 분을 삭이고 있다.

"내가 저것을 사려고 투자한 것이 얼만데…."

천동의 윤 산부인과는 요즘 같은 불경기에도 최고의 호황을 누리고 있었다. 천동은 택시기사들 사이에는 오천 궁녀가 산다고 할 만큼 다닥다닥한 원룸에 술집아가씨들이 많이 살았고 윤 박사의 특기인 낙태시술은 일년 내내 호황을 누리고 있었다.

"망할 놈의 할망구는 돈을 벌게 해주려는 데도 연락을 하지 않는군."

윤박사는 주머니에서 손수건을 꺼내며 일어섰다. 그리고 아버지 초상화를 닦듯이 자격증 액자의 먼지를 깨끗이 닦았다. 엑스에게서 전화가 온 것은 어제 저녁 늦게였다. 여전히 쇠 갈리는 듯한 기계음 소리로 이번에도 대리모가 셋이 필요하다고 했다. 윤박사는 의학자의 양심상 더 이상 이런 일을 할 수 없다고 거절해 보았다. 예상대로 엑스는 금액을 올려주겠다고 했다. 윤박사는 의학자의 양심에 대해 잠깐 얘기하고, 엑스의 인품을 믿고 있고 친분관계를 소중히 여기는 자신의 성격 때문에 어쩔 수 없이 해주는 것이라고 했다. 그리고 수정란을 가지고 오라고 했다. 금액은 한 건에 오천만 원으로 정해졌다. 저 번에 해준 여섯 건은 한 건마다 삼천만 원에 해줬었다. 너무 싸게 해주었다는 생각이 들었다. 하긴 여섯이 전부 기형아이기는 했지만 그래도 엑스는 만족해 했고 그 기형아들을 소중하게 가져갔다. 윤박사는 대리모를 데리고 오는 꼬쟁이 할머니에게는 천만 원씩 집어주었다. 할망구는 연신 고맙면서 다음에도 필요하면 언제든지 연락을 달라고 했다. 대리모를 할 수 있는 여자는 얼마든지 구할 수 있다는 말도 덧붙였다. 그런데 지금 그 꼬쟁이 할머니는 어디를 쏘다니는지 연락이 닿질 않는다. 실제로 엑스의 일을 해주기 전에도 윤박사는 할망구를 통해 몇 번 대리모를 구해왔었다.

그 때는 엑스의 기형아들이 아닌 임신을 못하는 부인을 대신해서 부부의 수정체를 가지고 하거나 아니면 남성의 정자를 대리모에 착상시켜 임신시키는 작업을 했었다. 자식을 갖고 싶어 하는 부부를 위한 일이었으니까. 윤박사는 하등의 거리낌이 없었다. 그러나 엑스의 일은 돈은 많이 받지만 조금 꺼림칙했다. 전부 기형아로 태어나는 것이 정상적으로 정자와 난자가 수정된 수정체가 아닌 것 같았다.

윤박사는 너무 깊게 생각하지 않기로 했다. 할망구는 주로 자신이 데리고 있는 앵벌이 여자 애들이나 정신박약아를 데리고 와서 대리모로 시술을 받게 하고 몇 백이나 천만 원씩 돈을 챙겼다. 그 중에는 열다섯도 되어 보이지 않는 여자아이도 있었다. 한 여자는 세 번이나 대리모로 윤박사에게 시술을 받았는데 열여섯부터 지금 스물 하나니까 일 년 반마다 출산을 한 셈이었다.

그녀는 좀 모자라는데 만삭이 되어서도 할망구가 시키는 대로 지하철에서 본업인 앵벌이 일을 한다고 했다. 윤박사는 그녀가 세 번째 제왕절개를 했을 때를 기억했다. 그것은 종합병원에서도 위험한 일이었지만 윤박사는 무사히 산모와 아기를 살려냈다. 그것은 오로지 자신의 뛰어난 실력 때문이라는 생각에 한편으로는 뿌듯하기도 했다. 비록 세 번째 아기는 엑스의 수정란이라 기형이었지만, 그것은 윤박사의 책임이 아니었다.

엑스는 자신을 모 종합병원의 연구실 팀장이라고 소개했다. 새로운 시험관아기를 연구하는데, 거의 활동이 멈춘 남성의 정자도 무사히 수정할 수 있도록 새로운 방법으로 시험관 아기를 수정시켰다고도 했다. 그러나 대리모를 구하는 것은 종합병원의 윤리상 할 수 없는 일이므로 의학의 발전을 위해 윤박사의 도움이 필요하다면서 접근해 온 것이다. 기형의 확률이 높기 때문에 윤박사와 같이 진취적인 의학자가 해주어야 한다고 했다. 윤박사가 제시할 금액을 고민하는 사이에 엑스는 '박사님처럼 이렇게 의술이 뛰어난 분에게 정식 박사학위를 주지 않은 의학계가 원망스럽다.'는 식의 위로의 말도 해주었다. 그것은 칭찬같기도 하지만 '당신이 박사 학위가 없는 가짜'라는 사실을 알고 있다는 은근한 압력이기도 했다. 윤박사는 그 말은 못들은 척하고 금액을 제시했다. 자신은 장사꾼이 아니므로 정상적인 불임여성을 위해 하듯이 절대 비싸지 않다고 말했다. 그때의 아기들은 전부가 기형이었다. 팔이 없는 아기. 다리가 등에 붙은 아기, 머리가 가슴에 붙은 아기, 그러나 신기하게도 모두가 살아있었고 혀와 턱이 없는 아기를 제외하고는 울기도 했다. 윤박사가 보기엔 일년을, 아니 몇 달을 넘길 만한 아기가 없었다. 그래도 엑스는 회심의 미소를 머금고 인큐베이터가 달린 봉고차에 아기들을 싣고는 사라져버렸다. 그것이 서너 달 전이었다. 윤박사는 이번에 오는 수정란은 기형이 되지 않기를 바라고 있다.

꼬쟁이 할망구로부터는 저녁이 다 되어서 전화가 왔다. 경찰서에서 간단한 진술서 하나 써주고 오느라 연락이 늦어졌다고 변명하며, 요즘은 단속 때문에 앵벌이도 못해 먹겠다고 투덜거렸다. 윤박사는 용건을 말하고 앞으로는 연락이 빨리 되지 않으면 곤란하다고 못 박았다. 일주일 안에 연락을 다시 할 테니 대리모를 대기시키고 있으라고 했다. 할망구는 월경이 시작된 것이 두 달밖에 안된 여자애도 되냐고 물었다. 나이가 좀 먹은 것들은 말을 잘 듣지 않는다고 했다. 윤박사는 상관없으니 연락할 때 빨리 오기나 하라고 다시 강조했다. 외국사람들의 시간 약속에 관한 정확성을 예로 들어주고는 전화를 끊었다. 전화를 끊고는 금액을 말하지 않은 것을 깨달았다. 이번에는 백만 원씩 더 줘야겠다고 생각했다. 윤박사는 자신이 나이가 들수록 동정심만 늘어나는 것을 느꼈다.

환자는 쇄석위 자세를 취하고 있다. 고관절은 구부려 외전된 상태이고 슬관절은 굴곡시켰다. 모든 분만이나 여성 골반 검사 때, 항시 하는 자세이다. 골반검사 때처럼 환자의 엉덩이를 베개 한 개를 넣은 것처럼 수술 침대의 중간 부분을 조정해서 엉덩이 부분만 상향시켰다. 회음부가 약간 올라오자 윤박사의 시야가 한결 편해졌다. 윤박사는 장비를 점검했다. 제대검자, 가위, 스포이드 등이 가지런히 놓여있다. 응급분만이라 산모에게 과정을 설명해야 마땅하지만 윤박사는 그럴 필요성을 느끼지 못한다. 선택의 여지가 없는 응급분만에 산모는 이제 겨우 18세이다. 설명을 해보았자 지능적으로 설명을 이해하지 못할 가능성이 크다. 보호자인 꼬쟁이 할멈에게 알려주고 싶지만 지금 어디선지 앵벌이 아이들을 진두지휘하고 있을 것이므로 연락이 될 리 없고 연락을 한다한들 산모의 안위에 관해 할멈은 관심이 없을 것이다. 이미 환자가 대리모로 확정되어 인공수정을 했을 때 할멈은 사후 아기와 산모의 안위에 관계없이 대리모의 보수를 미리 받아 챙겼으므로 할멈이 점이라고 부르는 이 미성년의 응급분만에 관심 가질 리가 없는 것이다. 아기의 생사는 할멈과는 더욱 관계없고 다만 대리모가 죽지 않고 건강해서 빠른 시일 내에 앵벌이의 생업에 복귀한다면 할멈은 더 할 나위 없이 만족할 것이다. 그러므로 윤박사는 편한 마음으로 분만에 임할 수 있었다.

소독장갑을 끼고 산모의 다리 사이에 서서 얼굴을 마주 보았다. 산모는 전에도 두 번의 경험이 있어서인지 약간 긴장을 하고 있지만, 정상적인 산모에게서 보이는 공포는 어디에도 찾을 수 없다. 모자라는 듯한 표정으로 윤박사를 올려보는 것을 보면 자신의 몸에서 새 생명이 태어난다는 것을 아는지 의심스럽기까지 하다.

회음부를 포비딘 용액으로 소독한다. 간호사가 용액으로 적신 솜을 가지고 회음부를 문지르자 산모가 움찔한다. 회음부 양쪽, 허벅지 안쪽 근육이 긴장함을 알 수 있다. 아파서가 아니라 포비딘 용액이 차가워서다. 진통주기와 기간을 써놓은 차트를 살폈다. 별다른 사항은 없다. 만약을 대비해서 응급시 제왕절개 준비를 할까 했지만 그것은 포기를 했다. 어차피 배속의 아기는 CT촬영으로 봐서도 기형이고 크기는 일반 태아의 절반밖에 되지 않았다. 산모는 이전에도 두 번이나 건강한 태아를 자연분만한 경험이 있으므로 이번에는 태아가 죽는 일이 있을 수 있으나 산모가 위험할 확률은 거의 없다. 산모는 이전에 분만 후 소음순 봉합을 하지 않은 상태라 평상시 임신 상태가 아닐 때도 성인 주먹하나는 쉽게 들어가는 질을 가지고 있다. 골반만 조금 벌어지면 어렵지 않게 분만이 될 것이다. 태아는 기형이지만 CT촬

영으로 봐서는 두정위로 머리가 정상적으로 잡고 있다. 분만이 오히려 갑작스럽게 진행하지 않도록 조절하는 것이 주된 임무가 될 듯싶다. 간호사에게 엑스가 보낸 앰뷸런스가 있는지 확인했다. 잠시 후 간호사가 앰뷸런스가 지하주차장에 와서 대기중이라고 했다. 이번에도 엑스는 기사와 앰뷸런스만 보냈지만 그건 아무래도 상관없다. 윤박사는 이 기형의 아기를 산모의 몸에서 빼내어 인큐베이터에 실어주기만 하면 된다. 생사에 관계없지만 기왕이면 살아있다면 더욱 좋다 보너스를 얹어주니까.

골반이 벌어졌다. 머리가 보인다. 왼손으로 태아의 머리를 조심스럽게 잡았다. 이 손으로 태아의 분만을 부드럽게 조절한다. 오른손은 멸균포를 감싸고 회음부를 통해 태아의 얼굴을 감싼다. 왼손은 태아의 머리를 회전시켜서 머리가 잘 나오도록 도와준다. 머리가 분만되는 순간이다. 산모는 비명도 지르지 않는다. '으' 하는 신음을 앙 다문 이빨 사이로 흘려내고 있을 뿐이다. 땀에 젖은 얼굴과 내는 신음소리만 보면 분만중이 아니라 격렬한 정사를 마지못해 견디고 있는 불감증 여자의 얼굴과 흡사하다.

머리가 분만되자 옆에 있던 간호사의 눈이 커졌다. 태아의 머리는 왼쪽이 거의 함몰되어 있고 눈이 생기다 만 모양이었다. 머리의 크기도 일반 아기의 절반 정도에 불과했다. 윤박사는 왼손으로 머리를 받치고 오른손으로 태아의 목을 살폈다. 역시 탯줄이 감겨 있다. 조심스럽게 풀어 머리위로 벗겨내려 했지만 의외로 세게 감겨 있다. 이를 눈치 챈 간호가사 재빨리 두 개의 겸자로 탯줄을 약간의 거리를 두고 묶었다. 거의 동시에 겸자 사이의 태줄을 소독한 가위로 잘랐다. 윤박사의 손놀림이 빨라지기 시작했다. 흡인기를 찾았지만 준비되어 있지 않았다. 항상 간호사는 습관적으로 한두 가지를 빠뜨린다. 윤박사는 스포이드를 집었다. 청소기처럼 흡인기 대용으로 안성맞춤이다. 태아의 구강과 비강을 청소기처럼 흡인한다. 콧구멍은 왼쪽이 붙어 있어 오른쪽만 흡인했다. 전신을 다 꺼내봐야 흉측한 기형의 시체일 것 같다.

　태아의 머리를 아래로 당겨서 앞쪽 어깨를 분만시켰다. 부드럽게 앞쪽 어깨는 분만되었다. 그러면 거의 끝난 셈이다. 앞쪽어깨가 분만되면 뒤쪽 어깨는 쉽게 분만된다. 태아의 머리를 다시 뒤쪽으로 당겨서 뒤쪽의 어깨를 꺼내려는데 빠져나오지가 않는다. 어깨가 질아래 부분의 뒤쪽으로 걸린 것이다. 그럴 경우는 없는데 이상하다. 통상적으로 앞쪽 어깨가 빠지면 뒤쪽어깨는 자동으로 빠지게 마련이다. 그런데 무슨 이유인지 태아의 왼쪽 어깨가 질 아래쪽에 걸려 나오지가 않는 것이다.

　다시 태아를 살며시 밀어 넣고 질과 공간을 만들어 손을 넣어 왼쪽 어깨를 만져 보았다. 제기랄! 어깨가 휘었다. 오른쪽 어깨는 정상적이라 쉽게 빠져 나왔지만 왼쪽 어깨가 90도로 태아의 가슴 앞쪽으로 꺾여 앞으로 튀어나와 있다. 하는 수 없이 태아의 머리를 잡고 몸체를 90도로 돌려서 빼야 한다. 절대로 정상적인 분만은 아기의 머리를 돌리지 않는다. 목뼈가 탈골될 수 있기 때문이다. 그래도 윤박사는 먼저 분만된 오른쪽 어깨를 중지와 검지에 끼우고 손바닥으로 머리를 감싼 후 태아의 몸을 회전시켰다. '투툭' 태아의 목뼈가 빠지는 느낌이 손바닥에 전해졌다. 어찌되었건 몸을 돌리자 태아의 몸이 쭉 빠져 나왔다.

빠져나온 아기의 신체를 보았다. 다리의 길이가 달랐다. 왼쪽 다리는 삼분의 일 길이밖에 되지를 않았다. 태아의 몸은 왼쪽도 성한 곳 없이 함몰되고 휘어져 있었다. 목뼈가 부러졌으므로 조심스럽게 머리를 바치며 낮추어 기도 내에 흡입된 이 물질들이 배출되도록 했다. 탯줄은 목에 감겨있어 분만도중에 잘랐으므로 일단 구강과 비강을 다시 흡입했다. 흡인하면서 구강을 살펴보니 혀가 없다.

자발적으로 호흡하지 않아서 태아의 등을 문질러 보았다. 왼쪽 어깨가 휘어져 있어 심장이 제자리를 잡고 있는지도 의심스럽다. 발바닥을 쳐보아도 태아는 반응이 없다. 윤박사는 그만 손을 쓸까 하다가 혹시나 해서 심폐소생술을 해보았다. 태아의 생명에 미련이 있어서 하는 것은 아니다, 어차피 이런 기형의 신생아는 얼마 살지를 못하지만 엑스와의 계약에서 살아있는 신생아를 넘길 경우 소득이 월등하게 많았으므로 성의를 들여 소생술을 시행했다. 두세 번 휘어있는 가슴과 등을 리드미컬하게 누르자 태아의 한쪽 밖에 없는 코 구멍에서 비누거품 같은 끈끈한 이 물질이 나오며 태아가 호흡을 시작했다.

혀가 없어 울음소리가 쇠가 갈리듯 '쉭쉭' 거리며 나온다. 부러진 목뼈를 작은 부목으로 고정시키자 쉭쉭거리는 울음소리가 좀더 커졌다. 조심스럽게 세척을 하고 인큐베이터에 넣었다. 며칠은 인공으로 생명을 유지할 것 같았다. 뒤에 일어나는 아기의 생사에 관해서는 관심이 없다. 빨리 앰뷸런스에 실려서 이 기형의 아기를 병원에서 내보내야 했다. 윤박사는 간호사에게 지하 주차장에 있는 엑스의 앰뷸런스로 서둘러 가지고 나가게 했다.

산모는 숨을 아직도 헐떡이며 멍한 눈을 한 채 윤박사를 보고 있다. 윤박사가 산모를 내려다보니 그야말로 모든 게 엉망이었다. 탯줄은 나와 늘어져 있고 아직 태반은 나오지 않았다. 기형을 낳아서인지 상태가 좋지 않았다. 이 산모에게는 이제 엑스의 수정체를 임신시키지 말아야겠다는 생각을 했다.

하복부에 손을 대고 한 손으로 탯줄을 팽팽히 당기자 태반이 나왔다. 태반을 꺼내고 자궁을 만져서 위로 올려주었다. 산모의 얼굴을 살폈다. 태반을 적출하자 통증이 가시는지 눈을 감고 있다. 고통은 크지 않아 보였다. 자궁을 올려 주었는데도 출혈이 계속되어서 자궁을 가볍게 마사지를 했다. 출혈이 조금 멈추는 듯하더니 다시 시작됐다.

"옥시토신!"

윤박사는 간호사에게 신경질적으로 요구하고 정맥주사를 했다. 산모는 10일 이상 요양을 해야 할 것 같다. 비용은 엑스에게 청구하기로 마음먹었다.

✝ 찰나간의 의식

　박 기자는 병원의 시설이 이렇게나 좋은지 처음으로 알았다. 서태석은 병원의 분위기가 어색한 듯 사지의 움직임이 경직되어 보였다. 박 기자는 다시 한번 서태석을 부른 자신의 처사가 현명한 것인지 되짚어 보았지만 지금으로서는 마땅한 해답이 없는 터였다.

　장주학 시장은 산소 마스크를 쓰고 자는 듯 누워있다. 특실은 중환자실의 의료기를 모두 옮겨놓은 듯했다. 여당 시절에 몇 번 본 적이 있는 시장 부인은 박 기자를 보고 자리에서 일어나 조용히 다가왔다. 갑작스럽고 어이없게 남편이 이렇게 된 심정이 어떨까 잠시 생각했으나 부인의 정숙한 자태에는 흐트러짐이 없었다. 위로의 말을 몇 마디하고 본론의 의도를 말하자 부인은 긍정적으로 받아 주었다. 그전에 협의 겸 양해를 구해 놓았지만 박 기자는 다시 한번 부인과 가족들에게 감사를 표했다. 서태석은 박 기자가 부인과 가족들에게 양해를 구하는 동안 물끄러미 시장을 쳐다보고 있었다.

　얘기가 끝나자 그때서야 생각이 난 듯 서태석은 혼자서 '일'을 하고 싶다고 했고 부인은 정중하게 자신은 남아 있겠다고 했다. 그는 습관적으로 자신이 하는 최면작업을 '일'이라고 표현했다. 자연스럽게 부인 이외의 가족은 조용히 병실을 나갔고 최면술사와 부인 그리고 어느 측도 아닌 박 기자, 세 사람만이 병실에 남았다. 박 기자와 부인은 서태석의 뒤편 의자에 앉았다.

서태석은 한참을 서서 시장을 내려다보고 있었다. 그러다가 자신도 의자를 끌어 편안히 앉았다. 시장은 방금 잠이든 사람처럼 누워있었다. 요즈음 영양제는 활동하는 사람과 식물인간이 구분이 가지 않을 정도로 잘 관리되고 있었다. 산소 마스크만 빼면 낮잠 자는 것으로 착각이 될 정도였다. 서태석은 먼저 맥을 짚어보았다. 심장이 건강하게 활동하는 것이 느껴졌다. 그는 먼저 자신의 맥박 속도를 장 시장의 맥박과 같은 속도로 맞추어 나갔다. 시장의 심장은 상당히 느리게 뛰고 있었는데 잠시 후부터는 시장의 심장이 뛸 적마다 자신의 심장도 동시에 뛰는 것이 느껴졌다. 마치 큰북을 쳤을 때 다른 한쪽 면의 북의 피가 같이 요동치듯이 일치해진 것이다.

이제는 서태석의 심장이 요동치고 그 진동이 그의 머리에까지 미칠 때 그는 자기 최면에 들어가기 시작했다. 그는 먼저 바다를 연상했다. 바다는 잔잔하고 편안하다. 그 다음 파도를 연상했다. 그의 의식의 위치는 조그만 배에 고정시켰다. 그의 의식은 배를 타고 있었다. 파도는 서서히 속도를 더해갔다. 그의 의식의 시선은 먼 수평선에 두었다. 파도의 속도는 점차 시장의 심장의 속도와 같아지고 있었다. 장 시장의 심장이 뛸 적마다 배는 흔들렸다. 서태석의 최면 속 의식도 흔들렸다. 의식의 시선도 흔들렸다. 심장이 뛸 때마다 파도와 배와 의식과 의식의 시선이 동시에 흔들렸다. 심장의 박동은 천천히 뛰었고 그 모든 것이 동시에 흔들렸다.

이제 최면 속 의식은 시장의 의식을 찾아가야 했다. 시장의 의식은 수평선 너머에 있었다. 서태석의 의식은 서서히 배를 앞으로 전진시켰다. 심장의 요동에 맡긴 채로 수평선을 향해 나아갔다. 천천히 파도에 맡긴 채 장 시장의 의식은 수평선 너머에 있었다.

박 기자는 서태석의 자기 최면을 지켜보고 있었다. 서태석은 시장의 맥박을 짚고 마치 한의사가 진맥을 보듯이 지긋이 앉아 있었다.

서태석의 몸에서 조금씩 경련이 일어나는 것이 육안으로 보였다. 느리지만 일정한 속도의 경련이었다. 박 기자는 신기한 듯 조금 다가가 보았다. 부인도 궁금한지 상체를 조금 구부려 시선을 서태석에게 고정시켰다. 그 순간 박 기자는 신기한 것을 발견했다.

서태석의 경련은 마치 약한 전기에 감전된 것처럼 보였는데 그 전기의 원천은 시장의 맥에서 나오는 듯했다. 그의 맥박을 잡은 손에서 전기가 생긴 듯, 그곳에서부터 경련이 시작되는 것이었다. 그리고 또한 가지 신기한 것은 서태석의 경련의 속도는 시장이 부착하고 있는 심장박동기의 그래프 속도와 일치하고 이 심장박동기는 심장이 뛸 적에 그래프가 상한선을 그렸는데 그 상한점에서 서태석의 몸이 전체가 경련을 일으키는 것이었다. 시간이 갈수록 경련은 크게 일어났다. 속도는 정확하게 그래프와 일치했다. 그리고는 한참의 시간이 흘렀다.

삼십 분은 족히 됐다 싶을 때 크게 일으키던 서태석의 경련이 조금씩 강도가 약하게 줄어갔다. 그리고 잠시 후에 서태석은 눈을 떴다.

박 기자와 부인은 서태석이 눈을 돌려 자신들을 쳐다보아도 멍하게 서태석을 바라볼 뿐이었다.

"제가 예상했던 대로입니다."

서태석이 말문을 열었지만 박 기자와 부인은 홀린 듯 듣기만 했다.

"혼이 없어요."

여전히 두 사람은 서태석의 말을 듣기만 했다.

"육체에서 완전히 혼이 떠났다는 말입니다."

"그럼 뇌사란 말입니까?"

정신을 추스린 박 기자가 물었다.

"뇌사와는 의미가 다릅니다. 의학적으로는 같다고 볼 수 있겠지만, 저희 같은 술사들은 다르게 봅니다."

"뭐가 다르죠?"

부인도 최면에서 깨어난 듯이 말했다.

"뇌사는 혼은 살아 있는 상태입니다."

서태석의 말이 이해가 되지 않는지 박 기자와 부인은 서로 눈길을 마주쳤다.

"예를 들어 교통사고로 뇌사가 된 사람도 최면에 들어가 보면 그 사람의 혼을 만날 수 있어요. 그 사람의 과거나 현재 뇌사상태의 의식도 만날 수가 있지요. 하지만 시장님의 의식 속에서는 의식자체를 만날 수가 없어요. 과거는 물론 현재도, 완전히 백지상태의 혼에 육체만 있는 겁니다. 쉽게 말해 사람이 기절하면 의식을 잃는다고 하지요. 그리고 정신을 차리면 의식이 돌아왔다고 합니다. 그런 경우 혼은 사람의 몸에 있기 때문에 의식이 돌아오는 겁니다. 뇌사도 그와 비슷하죠. 강도가 다르다고 할 수 있겠지만 뇌사상태로 몇 년을 지난 사람도 전이 최면으로 그 사람의 의식을 찾아 들어가면 그 의식을 만날 수 있습니다. 심지어는 자신이 뇌사에 빠져있으니 살려달라고 애원하는 혼도 있습니다. 하지만 그런 사람도 뇌가 너무 손상돼서 혼이 다시 안주할 수가 없어 죽는 경우도 봤습니다. 시장님은 경우가 달라요. 제 의식이 들어가 시장님의 육체를 구석구석 뒤졌지만 혼 자체를 만날 수가 없더군요."

"잘못 뒤진 것 아니오?"

질문한 박 기자 자신도 웃을 뻔한 질문이었다.

"전생도 없었습니다."

서태석은 인내심을 가지고 대답하고 있었다.

"제가 시장님의 내면에는 들어갔습니다. 망망대해 백지상태이더군요. 내면의 끝에는 그러니까 수평선의 끝에 가면 전생을 찾을 수가 있습니다. 사망한 시체에서도 이 삼일 안에는 내면세계로 들어가면 그 사람의 전생을 볼 수가 있습니다. 하지만 장 시장님은 그것이 없어요. 의식뿐만이 아니고 혼 즉, 전생, 과거 그 모든 것 윤회에서 말하는 그 모든 것, 컴퓨터로 말하면 하드디스크가 통째로 없어졌단 말입니다. 디스크가 부서졌다던가. 지워졌다던가 하는 의미가 아니고 전생에 개, 돼지, 아니면 독립투사, 그런 전생의 전체가 없다는 거지요. 그런 경우는 있을 수가 없는데 말입니다."

박 기자는 서태석의 말이 이해가 가지는 않지만 질문을 해야 했다.

"그럼 어디로 갔다는 말입니까?"

"그게 이상해요. 혼은 죽어서나 살아서는 물론 육체와의 연결고리는 있기 마련인데, 제 생각에는 혼이 어디론가 옮겨 갔다고 밖에 볼수가 없군요. 전체가 말입니다."

서태석은 그 전체라는 말에 힘을 주었다.

"그런데 말입니다."

박 기자는 한참을 생각하다 말문을 열었다.

"지금까지 비슷하게 사망한 사람들을 보면 죽기 전에 잠깐 의식이 돌아왔다가 죽었거든요."

"거기다가 엄청난 공포를 느끼고 발작을 일으키고 죽었단 말입니다."

박 기자는 바로 옆에서 죽음을 지켜본 사람답게 말했다.

"글쎄요, 그렇다면 그 순간은 혼이 돌아왔다고 봐야하는데. 그러면 죽자마자 다시 내면으로 최면을 걸어 들어가 보면 되겠군요. 그때 들어가 보면 현재든, 과거든 전생을 한번 읽을 수가 있겠군요. 사망한 사람들은 한동안은 혼이 육체에 연결되어 있으니까요."

서태석은 아차 싶었다. 장 시장의 부인이 옆에 있다는 걸 잊고 있었고 설사 없다하더라도 그런 대화는 인간으로서는 할 것이 아니다 싶었다. 시장이 죽기를 기다리는 수밖에 없다는 듯이 보였으니, 말하던 서태석도, 박 기자도 일순 냉랭한 분위기로 빠졌다. 부인은 조용히 듣고만 있었다. 감정의 변화를 쉽사리 밖으로 나타내지 않는 사람인 듯했다. 한참 시간이 흘렀을까 싸늘한 분위기가 견딜 수 없을 시점에 부인이 의외의 말을 서태석에게 했다.

"연락처를 주시고 가시겠습니까? 바깥양반이 변화가 있으면 연락을 드리지요. 그때 오셔서 봐주세요."

변화란 시장의 죽음을 의미하는 것이었다.

"죄송합니다."

박 기자 자신도 모르게 말이 튀어나왔다.

"아닙니다. 미안해하실 필요 없습니다. 어찌됐던 바깥어른이 이 지경이 됐고 저도 이분이 살 수 있을 거라는 기대는 별로 안 합니다. 정치하시는 분들의 죽음도 전해 들었고. 의문이 많기 때문에 저는 이 어른이 돌아가신다면 사망의 원인이라도 꼭 알고 싶습니다. 그렇다고 내면세계라던가 전생이니 혼이니 하는 것을 꼭 믿는 것은 아니지만 지금은 믿을 곳이 선생님밖에 없군요. 병원에서도 의사들의 눈치가 먼저가신 정치인들과 똑같다고 수군거리기만 하고 딱히 손을 쓰지도 못하고 있으니까요."

"죄송합니다."

이번에는 서태석이 고개 숙여 사과했다. 물론 주머니에서 명함을 꺼내서 부인에게 주는 것은 잊지 않았다.

삼일 쩨였다. 서태석으로부터 연락이 왔다. 한참 바쁠 때였다. 인쇄 교정 마감이 한 시간 남았을 때였다. 오후 네 시쯤, 그때는 조간은 전쟁터나 다름없는 상황이니까, 용건만 간단히 들을 생각으로 무슨 일이냐고 물었다. 한 손에는 교정원고를 들고….

"장 시장이 사망했습니다."

서태석이 있는 위치만 묻고 수화기를 내던진 박 기자는 뛰쳐나갔다. 지켜보던 후배기자는 어느 틈에 교정원고가 자기 손에 들려졌는지 알지 못했다.

숨이 턱에 찰 즈음에 박 기자는 서태석이 있다는 커피숍에 도착했다. 의외로 서태석은 느긋하게 커피와 담배를 번갈아 즐기고 있었다.

"갑시다!"

박 기자는 급했다. 사망한 지 빠르면 빠를수록 전이최면이 쉽다는 것쯤은 이제 알고 있었다.

"갔다 왔어요!"

"뭐라고요?"

박 기자는 마치 부모님의 임종을 놓친 듯이 쏘아보았다.

"아침에 연락이 왔더라고요, 부인한테서. 박 기자님이 통화가 되지 않아 혼자 갔다 왔습니다."

"뭐라고요?"

이번에는 궁금증이 넘쳐서 또 쏘아보았다. 시장 혼의 행방은? 박 기자의 혼을 뺄 참이었다.

"자, 차 한 잔하고 가보자고요. 퇴근하신 거죠?"

"어딜 또 가요?"

박 기자는 궁금해서 미칠 지경이었다.

"나도 최면을 받아야겠습니다. 나 못지않게 최면에 능통한 친구가 있으니까 거기나 같이 갑시다."

"왜요?"

박 기자는 약간 진정이 되었는지 서태석의 식은 커피를 집어 들고 물었다.

"시장의 혼을 찾아 들긴 했는데 찰나간의 기억밖에 얻지 못했거든요."

"어땠는데요?"

박 기자는 식은 커피를 꿀꺽 삼켰다. 굉장한 대답을 기다리면서.

"제가 부인의 연락을 받고 갔을 때에는 시장이 사망한 지 대 여섯 시간이 지났을 때였거든요. 혼은 충분히 만날 수 있을 거라고 예상했는데 그게 아니더라고요."

"아니라면?"

"흔적만 있었어요. 혼이 다녀간 흔적만, 그래서 전생으로 들어갔죠. 그곳에서 찰나간의 기억만 느꼈어요."

"느꼈다면?"

박 기자는 계속해서 속이 탔다. 이번에는 엽차 잔을 들었다.

"기억을 잠깐 읽었다고 할 수 있죠. 그것도 최근 것만…. 골프장, 비, 여자, 병원, 아기, 아기에게 약물 주사, 이게 다예요. 그리고는 시장의 혼과 모든 것이 이승을 떠난 거죠. 심장이 멎어 있었고 육체에 남아있던 혼의 모든 흔적들이 또 다른 세계로 사라진 거죠. 완전한 퇴장인 거죠. 이승에서는 저승사자와 함께 떠난 겁니다."

서태석은 퇴장이란 말을 썼다. 박 기자는 그 말의 느낌이 이상했다.

"골프장, 비 그리고 뭐죠? 아기? 그것뿐이에요?"

"그래요. 그래서 내가 최면에 들어가겠다는 겁니다. 장 시장의 의식에서 찰나간의 기억을 받았으니 내 최면으로 다시 들어가면 분명히 최근의 기억, 그러니까 골프장 사람이나 병원 등 이런 것들을 자세히 조합할 수 있을 거라 생각돼요. 그것도 빨리 해야죠 기억이 흐려지기 전에."

"이해가 잘 되지 않는군요. 시장의 의식에 들어가서도 조금밖에 얻은 것이 없는데 서태석씨의 기억에서 자세히 알 수 있다니요?"

"전이최면에서는 내의식도 몽롱한 상태에서 장 시장의 기억을 받았으니, 내가 시장의 의식에서 빠져 나오는 순간에 현실에서는 기억을 못 한다는 겁니다. 마치 꿈을 꾸다가 잠에서 깨면 꿈속의 현실에서는 기억이 잘되지 않듯이…. 그러나 지금도 내 의식 깊은 곳에는 장 시장에게서 받은 정보가 고스란히 있을 거라고 믿으니까 내가 친구한테 최면을 부탁해서 그 기억들을 끄집어내자는 것입니다."

"그건 또 어떻게 하는 겁니까?"

박 기자는 갈수록 신기하면서 궁금한 것도 더 많아지는 것 같았다.

"가보면 압니다."

서태석에게 이끌려간 곳은 미아리 뒷골목이었다. 승용차가 간신히 비껴갈 정도의 소방도로를 사이에 두고 점집이며 철학관이 양쪽으로 즐비하게 들어서 있었다.

"IMF때 여기는 호황이었다더군."

얼마 전 박 기자는 자신의 신문사에서 칼럼으로 올렸던 '불황 중에 더욱 호황인 점집들'이란 내용이 생각나 중얼거렸다.

"요즘 같은 불경기엔 이곳의 경기가 가장 좋을걸요."

서태석은 맞장구를 쳤다. 박 기자는 주차할 곳을 찾느라 얼굴을 거의 핸들에 걸치고 두리번거렸지만 마땅한 곳이 보이지 않았다. 결국 서태석의 친구 철학관에서 십여 개의 점집을 지나서야 간신히 차를 댈 수가 있었다.

"어려울수록 점 보러 다니는 사람들은 대개가 좀 산다는 사람들이지요."라며, 서태석은 점집 앞을 가리고 있는 고급 승용차들을 손가락

질했다. 자신들의 주차를 힘들게 한 원망의 투다.

친구의 철학관은 내부를 복덕방처럼 별로 성의 없이 꾸며놓아 별로 특수를 누리고 있는 것 같지는 않아 보였다. 게다가 주인처럼 보이는 친구는 커피 배달 온 아가씨와 잡담을 나누다 서태석을 보자 한쪽 손만 들며 반겼다. 그리고는 다시 아가씨와 음담패설을 계속했다. 그는 아가씨의 퇴근 시간을 알아내는 것을 서태석의 방문보다 더 무게를 두고 있었다. 잠깐 사이에 박 기자와 서태석도 본의 아니게 아가씨의 성과 이름과 티켓 가격까지 알게 되었다.

서태석의 얘기를 대충 듣고서야 손님대접을 하려는지 아가씨를 보내며 커피 두 잔을 더 주문했다. 서태석은 장 시장이란 말은 하지 않고 갑자기 급사한 사람의 기억을 알고 싶다고 했다. 그리고는 자기들끼리의 가격흥정도 대충 끝내고 지난날의 안부를 나누며 커피를 기다렸다.

박 기자는 이들로부터 혼이나 영, 최면 등을 다루는 도사들이라는 신비감이 전혀 보이지 않는 것이 이상했다. 특히 친구라는 사람은 더욱더 신비스러움과는 거리가 있었다. 커피를 마시고 한참 뒤에, 박 기자가 괜히 따라왔다고 후회할 쯤에 친구는 서태석과 박 기자를 사무실 구석의 잘 보이지도 않던 쪽문 안으로 안내했다.

문을 들어서자 조그만 방에 이발소에서 가져온 듯 젖힐 수 있는 큰 의자가 하나 덩그러니 놓여있었다. 창문이 없어 암실처럼 어두웠다.

서태석은 이곳에 자주 왔던 사람처럼 먼저 의자에 눕듯이 앉았다.

"자, 시작하지!"

친구는 누워있는 서태석의 혁대를 느슨하게 풀어주면서 말했다.

서태석은 친구가 최면을 걸자 쉽게 최면에 빠져들었다. 박 기자는 병원에서 서태석이 장 시장의 의식에 들어가는 힘겨운 과정을 본 후라 이번에 친구가 서태석에게 최면을 거는 것은 정말로 눈 깜짝할 사이에 진행되었다.

"메모할 것이 있으면 준비하세요."

친구는 서태석을 큰 의자에 편히 눕히고 모든 준비가 끝났는지 박 기자에게 나직이 말했다.

천장의 백열등이 밝기가 조절되는 것인지 친구가 벽에 붙어있는 동그란 스위치를 돌리자, 방은 더욱 어두워져 박 기자는 서태석의 얼굴을 보기 위해 바짝 붙어 섰다. 메모지를 꼭 쥐고서…

서태석은 자는 듯이 누웠다.

"자, 당신은 편안히 누워있습니다."

친구는 은근한 목소리로 바꿔 일정한 톤으로 중얼거렸다.

"당신은 눈을 감고 편안히 누워있습니다."

친구는 가만히 손바닥을 서태석의 이마에 얹었다.

"자, 당신은 편안히 잠이 듭니다. 두 손을 펴서 허벅지에 올려놓습니다."

서태석은 조용히 자신의 손을 펴서 허벅지에 올려놓았다.

"자, 당신은 내 손의 체온을 느낍니다. 나의 따뜻한 체온이 느껴집니까?"

서태석은 반응이 없었다. 친구도 서태석의 반응이 필요 없는 듯 계속 말했다.

"자, 내 손에서 따뜻한 풀이 나옵니다."

"따뜻하고 끈끈한 풀이 나옵니다."

"가만히 그 풀의 촉감을 느낍니다."

"풀이 흐르고 있습니다."

"당신의 머리를 흐릅니다."

"따뜻하고 끈끈한 풀은 당신의 가슴도 적십니다."

"풀은 당신의 배를 흐릅니다."

"당신의 다리도 적십니다."

"당신의 발까지 적십니다."

"자, 내 손에서 풀이 계속 나옵니다."

"당신의 온몸은 풀에 젖어있습니다."

"당신은 엄마의 뱃속에 있듯이 따뜻한 풀에 잠겨있습니다."

"따뜻하고 포근한 풀에 감싸여 있습니다."

"나는 손을 뗍니다. 더 이상 풀은 나오지 않습니다."

"당신은 자유롭고 편안합니다."

"당신의 손은 풀에 붙었습니다."

"당신의 몸은 풀에 굳었습니다."

"당신은 눈도 붙었습니다."

"당신은 손을 뗄 수가 없습니다."

"당신은 눈도 뜰 수가 없습니다."

서태석은 손을 떼어보려는지 꿈틀 했지만 움직이질 못했다. 박 기자가 보기에도 벌써 서태석은 최면에 빠진 듯했다.

"자, 당신은 자유롭습니다."

"당신은 이제 당신의 굳은 몸에서 빠져 나옵니다."

"내가 셋까지 세면 당신은 눈을 뜨고 일어납니다."

"자, 당신은 이제 자유로워집니다."

"당신은 이제 육체에서 자유로워집니다."

"자, 이제 당신은 눈을 뜹니다. 하나, 두울, 셋!"

박 기자는 서태석의 감긴 눈을 쳐다보고 있었다. 서태석은 눈을 뜨지 못했다. 그 대신 감긴 눈 속에서 눈동자가 빠르게 움직이는 것이 눈꺼풀에 보였다. 매우 빨랐다.

"자, 당신은 눈을 뜨고 일어났습니다."

"당신은 자유롭게 움직일 수 있습니다."

"자, 이제 뭐가 보입니까?"

그때 서태석이 방안이 울리는 은은한 저음으로 대답했다.

"당신과 박 기자가 보입니다."

"당신은 어디에 있습니까?"

친구가 물었다.

"당신들의 머리 위에 있습니다."

"박 기자가 뭘 하고 있습니까?"

또 친구가 물었다.

"박 기자는 머리를 긁고 있습니다."

사실 그랬다. 박 기자는 머리를 긁으면서 서태석의 감긴 채 빠르게 움직이는 눈동자를 보고 있었다. 박 기자는 저도 모르게 천장을 보았다. 희미한 백열등뿐이었다. 저도 모르게 입가에 미소를 머금었다.

"박 기자가 나를 보며 미소를 짓고 있습니다."

서태석이 또 말했다. 박 기자는 까무러칠 뻔했다. 서태석의 혼이 천장에 자유롭게 떠 있는 것을 믿지 않을 수 없었기 때문이었다.

"이제 당신은 어디로 갈 겁니까?"

친구는 여전히 서태석을 바라보며 말했다.

"나는 장 시장에게 갈 겁니다."

"지금 장 시장이 보입니까?"

"네, 장 시장의 병원에 왔습니다."

"시장은 뭘 하고 있습니까?"

"시장은 병실 침대에 누워있습니다"

"시장은 죽어서 시체실에 있지 않습니까?"

친구가 따지듯이 물었다.

"나는 장 시장이 사망 직후의 시간으로 왔습니다."

"이제 뭘 할 겁니까?"

"시장의 눈 속으로 들어갑니다. 아까 들어갔던 곳으로 들어갔습니다."

"지금 시장의 의식 속입니까? 뭐가 보입니까?"

친구가 물었다. 박 기자는 메모지를 바로 잡았다.

"필드에 있습니다. 골프를 치고 있습니다."

"누구와 있습니까?"

"여러 의원들과 함께 있습니다. 걸어가고 있습니다."

"아, 그리고 어디론가 빨려갑니다."

서태석의 얼굴이 공포스럽게 일그러지고 있었다.

"어디로 갑니까?"

친구가 물었다.

"영체가 이탈돼서 끌려갑니다. 나무 위로, 하늘로 깜깜한 어둠으로 끌려갑니다."

서태석의 얼굴에는 공포가 역력했다.

"당신은 안전합니다. 또 뭐가 보입니까?"

친구가 서태석을 안심시키고 다시 물었다.

"산이 보입니다. 산이 가까워지고 있습니다. 산 속에 큰집이 있습니다. 길도 있습니다. 집으로 빨려가고 있습니다."

"무슨 집입니까?"

친구가 물었다.

"영생원입니다. 마리아 영생원, 그 속으로 빨려갑니다. 그 속에 아기들이 있습니다. 갓난아기들이. 아기들이 이상합니다."

서태석은 땀까지 흘리고 있다. 몸에 경련이 일어나기 시작했다.

"자, 당신은 안전합니다. 안전합니다. 안전합니다. 아기가 어떻게 이상합니까?"

"아기가 기형아예요, 아, 아기 속으로 빨려 들어갔습니다. 아악! 누가 날 죽이려고 아아악! 누가, 어떤 남자가 내 머리에 주사를…. 으으악!"

서태석은 의자에서 발버둥치고 있었다. 그러나 몸은 의자에 붙은 듯 비틀기만 하고 있었다.

"아악! 살려줘!"

친구는 급히 서태석에게 말했다. 손은 서태석의 머리를 강하게 누르고.

"당신은 깨어납니다."

"당신의 몸에 따뜻한 물이 부어집니다."

"당신을 감싸고 있던 풀이 녹습니다."

"몸의 풀이 따뜻한 물에 녹아 흘러내립니다."

"당신은 일어납니다."

"내가 손을 떼는 순간 당신은 일어납니다."

친구가 서태석의 머리에서 손을 떼자 그는 스프링처럼 튀듯이 일어났다. 서태석은 일어나서 호흡을 가다듬었다. 친구는 서태석의 등을 탁탁 소리 나게 두 번 쳤다. 서태석은 잠에서, 악몽에서 깨어난 듯 충혈된 눈으로 친구와 박 기자를 번갈아 보았다.

"뭔가 나왔지요?"

서태석은 정상으로 돌아와 박 기자에게 물어 보았다. 최면술사답게 좀 전의 악몽은 아무 것도 아니라는 듯, 그러나 박 기자는 아무 것도 메모하지 못했다. 악몽은 박 기자가 꾼 것 같았다.

"기억이 안 납니까?

도리어 박 기자가 물었다.

"기억은 납니다만, 곁에서 듣고 있던 사람이 더 깨끗하게 기억하지요. 내 기억이 살아나도록 들은 대로 정리를 해보십시오. 내 예상대로 혼을 뺏어 죽인 것이 맞지요?"

박 기자는 맞다고 말해주고 싶었다. 그러나 혼란스럽기만 했다.

암실 같은 방에서 세 사람은 나왔다. 친구는 당연한 듯 전화기를 들어 커피를 두 잔 시켰다. 마치 늘 하는 일의 한 토막을 끝낸 사람이 잠깐의 휴식을 하듯 했다. 박 기자는 아직도 혼란이 가시지 않아 친구란 사람을 쳐다보았다.

"아, 커피는 두 잔 시키면 한 잔은 서비스로 옵니다."

친구가 설명했다. 박 기자가 자신을 보고 있으니 커피를 왜 두 잔만 시키는지 의아해 하는 줄 알았던 모양이다. 커피를 마시면서 세 사람은 정리를 해보았다. 셋은 영생원의 위치를 확인하고 조사하는 것이 답이라고 결론지었다.

"야, 이렇게 강한 염력을 가진 사람이 있구만. 영체 이탈을 멀리 떨어져서 할 정도면 대단한 정도가 아니라 신에 가깝네. 내가 제자로 들어가고 싶을 정도야."

친구는 혼을 빼어간 누군가가 부러운 모양이었다.

"그런데 혼을 뺏는다 치더라도 왜 아기의 속으로 혼이 들어갔지? 아기도 혼이 있어서 들어갈 수가 없는데…."

서태석이 혼자 말처럼 중얼거렸다. 박 기자는 서태석의 말은 이해할 수 없지만 마리아 영생원이란 곳을 찾으면 뭔가 알 수 있을 것 같았다. 박 기자는 일어서면서 서태석에게 마리아 영생원을 찾으면 같이 가겠냐고 물었다. 서태석은 반드시 자기를 데리고 가야 한다고 못 박았다. 박 기자는 후배를 만나러 가야겠다고 하고 철학관을 나왔다. 후배는 박 기자가 S대병원에서 가져다준 자료로 뭔가를 알아냈으면 하는 바램이었다. 후배와 전화통화를 하려면 웬만한 인내심을 발휘할 각오가 아니면 전화를 걸 엄두를 내지 않지만 오늘은 방문하는 것보다 전화를 걸어보는 것이 나을 것 같아 걸었다. 오늘도 예외 없이 두 사람의 간호원을 거치고 한참을 기다리자 후배가 받았다.

세 번째 통화였다. 후배는 상당히 고무되어 있었다.

"서류 검토를 해봤는데요. 호기심이 가는 부분이 있더라고요. 병리과에 김상진 박사라고 있는데 그 사람이 조직검사 책임자인데요, 병원관례상 그 밑에 있는 사람이 보통 사인하고 진료 기록을 남기는데요, 사망자는 그 사람이 직접 사인하고 처리했더라고요. 우리 병원 같은 경우에는 과장은 그러니까 그 사람이 병리과 과장이거든요. 과장급 되면 확인 사인만 하지 직접 하는 경우는 없단 말입니다. 그리고 사망자들 중에 반 이상은 조직검사를 전혀 할 필요가 없는데 과장이 직접 했더라고요. 무슨 이유인지 이상해요. 그 사람을 조사해볼 필요가 있을 것 같아요."

　박 기자는 후배가 형사가 다 됐다고 생각했다.

† 비밀수사

신 검사는 지검장실에서 이렇게 오랫동안 있어 본 적이 없는 것으로 기억한다. 일방적인 수사 보류를 지시 받은 후 수사는 거의 정지 상태였다. 특수부로 차출된 인원은 그대로 있었지만 그나마 오늘부로 모두 복귀될 것으로 보인다.

지금 지검장은 검찰차장과 3자 통화를 하고 있었다.

그들의 통화는 매우 중요하고 비밀을 요하는 전화로 일급비밀만 통화를 하도록 되어있는 흰색 전화를 사용하고 있었다.

그런데 그 통화의 시작부터 신 검사는 지검장실에 들어와 있었다.

지검장의 호출을 받고 들어오자 지검장은 책상에 앉아 있었다.

서류를 검토하던 지검장은 신 검사가 깍듯한 인사를 하자 앉으라는 지시를 손으로만 하고 서류를 책상에 조용히 내려놓았다.

지검장이 검토하던 서류는 신 검사가 의원들의 의문사 조사를 하던 원본임을 알고 있었다. 신 검사는 며칠 전 총장과 차장이 원본을 두고 가라고 했을 때 지검장실에 두고 나왔던 그 서류라는 것을 문을 들어서면서 바로 알아볼 수 있었다. 신 검사는 지검장이 수사를 진행시킬지도 모른다는 희망을 가지고 이 방에 들어왔었다. 그러나 지검장은 자신의 책상에서 일어서지도 않았고, 신 검사에게 한마디 말도 건네지 않고 보란 듯이 차장에게 전화를 걸었던 것이다. 그리고 그곳에서 국정원장과 연결된 것이었다.

그것이 삼십 분 전이었다. 그들의 전화는 신 검사가 들어서는 안 되는 것이었다. 너무도 중요한 얘기라 신 검사는 나가 있겠다는 시늉을 하고 나가려했다. 그러나 지검장은 전화를 거는 중에도 신 검사에게 다시 그 자리에 앉으라는 시늉을 했다. 나가지도 못하고 꼼짝없이 그 중요한 전화를 듣고 있을 수밖에 없었다.

의원들의 의문사에 관한 통화였다. 고위급에서 어떤 시각으로 이 사건을 보는지 신 검사는 전화통화를 들으면서 훤히 알 수 있게 돼 버렸다. 지검장은 전화를 하던 도중에 친절하게도 국정원장이 하는 말을 그대로 따라했다. 국정원장이 한 말을 확인한다는 핑계로 '이렇게 저렇게 하라고요? 이 말씀이 맞습니까?' 이런 식으로 해주니 신 검사는 마치 스피커폰으로 듣고 있는 것 같은 기분이었다.

이야기의 요점은 국정원이나 고위급에서는 수사를 종결하기를 바란다는 명령이었다. 중요한 것은 그들이 수사중지를 지시한 이유였다. 황송하게도 신 검사는 그 이유를 그대로 들었다. 차장과 지검장은 삼십 분 이상을 한참을 더 통화하고는 전화를 끊었다. 통화의 전반부에서는 지검장이 수사를 계속하게 해달라고 차장에게 요구했으니 종반부에 가서는 지시대로 충실히 따르겠다는 말과 함께 통화를 끝냈다. 그러나 지검장은 지시에 따르겠다는 말을 차장에 대한 조소와 비웃음을 가득히 담고 했다. 검찰 내에서는 상사에게 저런 조소 섞인 대답을 할 수 있는 사람은 지검장뿐일 것이라고 신 검사는 생각했다.

그는 별명이 '황소'였다. 황소는 수화기를 내려놓고는 책상에서 신 검사 서류 이외에 두세 장 정도의 얇은 서류를 들고 신 검사가 앉은 소파로 다가왔다. 신 검사가 일어서자 황소는 앉으라는 시늉을 했다. 일어설 것 없다는 손동작이었다. 그래도 일어났다.

"오늘 이것이 왔네. 국정원에서."

지검장은 서류를 신 검사에게 건넸다. 신 검사는 그 서류가 국정원 조사1국에서 보낸 서류라는 것을 알고 있었다. 좀 전에 통화를 들었으므로 그 서류는 국정원에서 조사하던 중 의사들이 확실하다고 내놓은 사망진단서이면서 소견서였다. 검찰에서 해야 할 마무리를 친절히도 국정원에서 끝내준 것이었다.

결론은 심장마비로 인한 자연사라는 것이다. 수사는 종결이었다.

"자네의 의견을 듣고 싶네?"

오늘 지검장의 행동은 이상했다. 평상시에는 부하직원의 의견은 그리 중요치 않던 사람이었다. 오늘같이 자리도 편하게 앉으라는 적은 없었다. 아마 다른 때 같으면 통화가 끝날 때까지 신 검사는 서 있었을 것이다. 신 검사는 꼼꼼히 의사들의 소견서를 읽었다. 다 아는 내용이었지만 마치 맞춤법 틀린 곳을 찾기라도 하듯 자세히 읽었다.

"이걸로 수사는 종결되었네."

지검장은 신 검사가 말없이 서류만 보고 있자 그의 말문을 트려고 대화를 이끌었다.

"나도 계속해야 한다는 사람이네. 하지만 위에서 저렇게 나오니, 자네는 어떤가?"

뭐가 어떻다는 것인지 신 검사는 이해가 되지 않았다.

'위에서 중지를 시키고 당신이 나에게 중지 지시만 내리면 될 것이지 새삼 나 같은 것한테 물어보는 이유가 뭡니까?'

신 검사는 속으로 뇌까렸지만 조금은 후련해졌다.

"색다른 소식이라도 있는가?"

지검장은 신 검사를 똑바로 쳐다보았다. 이젠 대답을 해야 할 것 같았다. 계속 입을 다물면 분위기가 이상해질 것 같았다. 상사에게 대답을 안하는 것도 출세에 영향을 충분히 주고도 남았다.

"몇 가지, 별 건 아닙니다만. 제 생각에는 수사는 진행되어야 할 것이라 생각됩니다만…."

신 검사는 조심스럽게 수사진행을 하겠다고 의견 제시를 하며 지검장의 눈치를 살폈다. 그런데 의외로 지검장의 얼굴이 환해졌다. 이 방에 들어온 이래로 가장 얼굴이 밝았다.

"어째서? 특별한 이유라도 있나?"

"저희 말고도 조사를 하는 사람들이 있습니다."

"누가?"

지검장은 상체를 굽혀 관심을 모였다.

"박 기자란 신문사 기잡니다. 그리고 서태석이란 사람도 있구요."

"그들이 뭘 알겠는가?"

"아닙니다. 거의 우리 만큼 그들도 조사를 했습니다. 그것만이 아닙니다. 그들은 타살이라고 확신하고 있는 것 같았습니다. 그리고 표 박사와의 연관까지도 알아냈습니다."

"표 박사라니?"

신 검사는 지검장이 표 박사에 관해 모른척하는 것이 못마땅했지만 개의치 않고 말을 계속했다.

"문제는 표 박사에게서 사망자들이 조직검사를 받았다는 것을 알았다는 것입니다. 저희도 그 세포를 가지고 표 박사가 무엇을 했는지는 모르지만 충분히 사망자들과의 죽음과 연결을 시켜 상상할 수 있습니다. 그들은 증거는 없지만 표 박사가 그 세포를 가지고 어떤 식으로든 사망자들에게 영향을 끼쳤다고 생각하고 있습니다. 어떤 신종세균 같은…."

"자네도 타살이라고 믿나?"

지검장은 원론적인 질문을 했다.

"제 생각이 중요한 것은 아니라고 봅니다. 저 역시 타살이라고 보진 않습니다. 하지만 만약에 타살이라고 밝혀진다면 그리고 그들이 조사를 계속해서 밝혀져 그것이 신문에서 먼저 발표가 돼버리면, 그땐 어떻게 하시겠습니까?"

신 검사는 지검장을 처음으로 똑바로 쳐다보았다. 중요한 질문이었다. 그들이 타살을 밝혀서 신문에 먼저 발표가 된다면 수사를 중지시킨 검찰은, 아니 지검장은? 지검장은 잠시 침묵을 지켰다.

"자네도 좀 전에 통화를 다 듣지 않았나. 난 그분들에게 수사를 중지한다고 약속했네. 만약에 자연사인 것을 괜히 수사를 한답시고 들쑤셔서 다른 언론까지 대통령과 연관을 짓는 기사라도 써보게. 설령 자연사로 판정이 나도 국민들은 의심을 풀지 않을 거야. 그 책임은 나에게 올 것이고."

황소는 겁을 먹고 있었다.

"제 개인적인 의견을 말씀드려도 되겠습니까?"

"어서 해보게."

신 검사는 지검장이 가장 기다린 말을 할 참이었다. 이 방에 들어올 때부터 지검장이 비밀전화를 듣게 해주고 신 검사를 존중해온 이유에 관해서 신 검사는 그가 기다리던 대답을 해줄 시점이었다.

"제가 개인적으로 수사를 하겠습니다. 지검장님께서는 모르는 일이시고요. 이유는 제가 그들보다 한 발 앞서 수사를 진행하고 있어야 한다는 것입니다. 지금까지는 제가 한발 앞서 있습니다. 하지만 그들의 조사는 의외로 빠르고 정확합니다. 타살일 경우를 대비해서 그들보다 한 발 앞서 수사가 되어야 한다는 것이죠. 그들이 확정을 잡고 신문에 발표하기 전에 우리는 범인을 잡고 있어야 합니다. 그들이 원고를 쓰면서 신문사로 달려가고 있을 때까지는 우리가 먼저 범인을 잡아 기자회견에 들어가야 합니다. 만에 하나 범인이 여당과 연결된 정치적인 인물이라고 하더라도 지검장님은 괜찮다는…."

지검장이 황급히 손을 들어 신 검사의 말을 막았다. 다음 말은 이 새파란 검사의 입에서 들을 소리는 아니었다. 지검장은 담배를 꺼내 물었다. 그렇게 한참을 있었다.

"자네…, 우리 학교 몇 기지?"

지검장은 신 검사의 대학선배였다. 지검장은 신 검사를 남다르게 생각하려 한다는 것을 보여주려고 노력했다. 그러나 기껏 연줄을 넣은 것이 학교라니… 제길! 검찰청 검사는 절반이 신 검사의 대학 선배였다. 어찌됐든 기분이 나쁘지는 않았다. 지검장이 신 검사의 기수까

128

지 안다는 것은 굉장한 것이었다.

"하여간 나는 우리 지검에서는 수사를 중지시켰네, 자연사니까."

신 검사는 끝내는 그냥 끝나는구나 싶었다. 맥이 빠졌다. 지검장은 말을 계속했다.

"그리고 자네가 데리고 있던 임시 형사들은 모두 복귀시켰네. 이젠 김형사 밖에 없군. 그는 자네와 친한가?"

신 검사는 지검장의 김형사란 말에 귀가 번쩍 띄었다. 지검장이 중요한 지시가 있을 것 같았다. 일개 형사의 이름을 알고 있는 것으로 보아 그것도 경찰청 파견형사를….

"자네 내가 대구 비리사건 해결한 것 알고 있나?"

신 검사는 그 전설적인 이야기를 알고 있었다. 여당 의원 비리조사를 하는데 무혐의로 수사를 조기 종결지어진 사건이었다. 그 당시 신참이던 지검장이 수사를 계속하겠다고 하자 위에서 지검장에게 과중한 업무가 주어졌다. 그러자 지검장은 휴가를 신청해서 업무를 미뤄버리고 혼자서 조사를 계속해서 끝내 의원을 구속시킨 사건이었다. 그때 황소라는 별명이 붙었다.

"자네 휴가나 이주일 다녀오게. 그 김형사도 같이…."

아! 이제 명확해졌다. 신 검사는 지검장의 사인을 이제야 알았던 것이다. 그렇다. 지검장은 자신은 안전하길 바란 것이었다. 비밀리에 수사를 해도 좋다는 사인을 보낸 것이다. 나중에 타살로 밝혀지면 지검장은 영웅이 되는 것이고 자연사면 아무 일 없는 것이다. 만약에 신 검사가 몰래 수사를 한다는 것이 밝혀져 언론에서 덩달아 대통령과 연관을 추리해서 떠벌려도 지검장은 지시하지 않은 수사를 신 검사 혼자서 수사를 한 것이니 책임을 줄일 수 있으리라.

"1과장한테 휴가를 신청하게, 내가 얘기해놓지. 안 그래도 1과장이 자네와 술 한잔 하고 싶다더군. 오늘 저녁에 한잔하게. 휴가신청서도 그때 내도록 하게."

1과장은 지검장의 오른팔이었다. 신 검사도 이제 그들의 핫라인에 들어선 것이다. 신 검사는 지검장실을 나오며 앞으로 무척 바빠질 것이라 생각했다. 인원은 줄고 일은 많아진 셈이다. 이제는 의문사 수사만 진행할 것이 아니고 박 기자 일행도 그의 수사권에 넣고 있어야 했다. 그들이 어디까지 조사를 했는지 항상 알고 있어야 하니까. 일이 두 배로 늘어났다. 게다가 비밀수사라니….

표문기박사는 오늘 하루 종일 일손이 잡히지 않았다. 우연이라고는 정말 우연이었다. 그들만 죽을 수가 있단 말인가. 저녁에 김 교수를 만나면 알 수 있는 일이었다. 김 교수도 그렇게 얘기했었다. 전화통화에서 그가 올라온다고 했다. 그가 오랜만에 술이나 한잔하자고 했다. '자네가 요즘 일이 많다고 하더니만 심신이 굉장히 피로한가 보네. 오랜만에 우리 술이나 한잔하고 스트레스나 풀자'고 했다.

그래도 이상했다. 생각하면 할수록 이상했다. 김 교수의 부탁으로 그들의 체세포를 구해준 것이 일년 전이었다. 그들만 죽었다. 그것도 의문사로 죽은 것이다.

며칠 전 검찰도 다녀갔다. 그 전에 경찰에서도 병원자료를 가져갔었다. 그리고 오늘 아침에는 박 기자란 자가 전화를 했다. 표 박사님께서 조직검사를 하셨냐고…. 일손이 잡히지 않았다. 불안해 견딜 수가 없어 김 교수에게 또 전화를 했다. 김 교수는 아무 일도 아니니 걱정 말고 저녁에 술이나 한잔 하자고 했다. 표 박사는 큰딸의 생일이라 일찍 들어가야 한다고 했다. 김 교수는 만나는 곳에서 잠깐 맥주만 한잔하자고 했다.

표 박사는 생각할수록 이상했다. 김 교수가 부탁해서 체세포를 구해준 건 기억이 난다. 그런데 김 교수가 왜 세포를 달라고 한 것인지 기억이 나질 않았다. 어찌된 것인지 표 박사 자신은 김 교수에게 세포를 구해주었다. 정확히 여섯 명을 일 년 전에 그리고 그 후에 세 명, 세포가 구해지면 바로 김 교수에게 먼저 전화를 해서 전해주었다.

왜 그랬는지 자신이 이해가 되지 않았다. 다시 생각해 보아도 그 세포가 왜 필요하다고 했는지 기억이 나질 않았다. 기억나는 것은 오늘 만나기로 한 그 호프집에서 김 교수가 부탁을 했다는 것밖에. 일년이 조금 지난 전에….

김 교수의 말대로 신경을 쓸 필요가 없다고 자의 했다. 실제로 전해준 세포 중에 모두가 사망한 것은 아니니까. 우연이다. 그리고 세포를 준다고 사람이 죽는 것과는 하등의 연관이 없다. 그들은 심장마비로 죽었고, 조직검사 세포를 친구에게 준 것과는 하등의 연관도 없으니까….

비록 의문이 있는 사망이지만 나와는 상관이 없었다. 검사들이 자료만 가져갔지 나를 이상하게 본 것은 없었다. 다만 저녁에 김 교수를 만나면 그 세포가 왜 필요했는지, 그리고 왜 내가 그 부탁을 거절하지 않았는지를 물어볼 참이었다. 의사가 환자의 채취물을 외부에 준다는 건 상상도 못할 일인데, 왜 내가 김 교수의 부탁을 쉽게 들어줬는지,

그것도 일부러 조직검사를 해서 김 교수에게 갖다 바쳤는지…

  종업원은 저 두 사람은 정말 이상한 사이라고 생각했다. 학교 선생
쯤 돼 보이는 두 사람은 만나는 방식부터가 이상했다. 종업원이 테이
블로 안내를 해서 자리에 앉았을 때는 별 이상한 것을 느끼지 못했다.
서로 안부를 묻고는 맥주와 안주를 시켰다. 그리고는 이상했다. 둘은
술은 한잔도 마시지 않고 한사람만 얘기를 하고 한사람은 멍하니 듣
기만 하는 것이었다. 입을 좀 벌린 채…
  이 대형 호프집의 육십 개 테이블 그 많은 손님 중에 그들은 종업
원 주의를 끌었다. 한사람은 뭐라고 계속 얘기하고, 가끔씩 말하던 사
람은 손가락으로 듣는 사람의 눈동자를 빙빙 돌리고, 듣는 사람은 한
마디도 않고 멍하게 말하는 사람의 손가락만 보고 있었다.
  가까이 다가가서야 그들이 어떤 장난을 하는지 알았다. 말하던 사
람이 끝내는 펜듈럼이라는 최면 걸기 장난을 하는 것이었다. 최면을
걸때 돌리는 추를 꺼내서 듣는 사람의 눈앞에서 빙빙 돌리는 것이 그
들이 하는 장난이었다. 한심스러웠다. 요즘은 애나 어른이나 '그것이
알고 싶다'에 나오는 짓을 나이먹은 어른들이 따라 하다니. 그것도 싫
증이 났는지 그들은 일어서 나갔다. 추를 돌리며 말하던 사람이 계산
을 했다. 종업원은 술은 한 모금도 마시지 않은 그들의 술잔을 보면서
혀를 끌끌 찼다.

  표 박사는 집 초인종을 누르면서 오늘은 무척 피곤하다고 생각했
다. 문이 열리고 아내가 표 박사의 가방을 받아들면서 반겼다. 표 박

132

사는 집안에 들어서면서 무척 덥다고 생각했다. 주방에는 딸아이의 생일 케이크가 불을 밝히고 있었다. 그는 먼저 좀 씻어야겠다고 생각했다. 열이 넘치는 몸을 시원한 물에 담갔다 와야 했다. 그는 가방과 웃옷을 아내에게 건네고 베란다로 갔다. 그 너머에 수영장이 있었다. 그는 넥타이를 끌러 베란다에 놓고 창문을 열고 올라섰다.

그는 잠시 뒤를 돌아보았다. 아내가 거실에서 웃옷을 휘저으며 뭐라고 소리치면서 다가오고 있었다. '딸애의 생일날 좀 늦은 것이 아내의 기분을 상하게 했나보다.' 라고 그는 생각했다.

아내의 얼굴이 무엇인가에 공포에 질려있는 것이 마음에 잠깐 걸렸지만 잠시 후에 마음을 풀어주면 될 것이다. 그는 아내에게 웃어 보였다.

'잠깐 수영 좀하고 진희의 멋진 생일 파티를 열자고'

그렇게 웃어 보이고는 그는 멋지게 다이빙했다. 12층 베란다에서….

박 기자는 바로 다음날 S대병원을 찾았다. 그러나 표 박사는 만날 수가 없었다. 그는 어젯밤에 자신의 아파트에서 자살을 했다. 가족들이 지켜보는 앞에서 추락사를 한 것이다 박 기자는 이상하게 기분 나쁜 일만 생긴다고 생각했다. 아니 그 이상의 것이 자꾸 생기는 느낌이 들었다. 확신에 가까운 느낌이 들었다.

표 박사의 장례식은 바로 S대병원 지하였다. 부인은 어제의 충격에서 깨어나지 못한 듯 했다.

"어제가 딸아이 생일이었어요. 저녁에 잠깐 누굴 만나고 온다고 해서 그런 줄 알고 조금 늦게 들어오시길래 한마디 잔소리를 했어요. 그러자 바로 베란다로 가시더니 뛰어내려 버렸어요."

"별다른 기미는 못 느꼈습니까?"

박 기자는 뭔가 집히는 것이 있어 물었다.

"못 느꼈어요. 스스로 목숨을 버릴 이유가 전혀 없어요."

부인은 흐느끼기 시작했다.

"그분이 뛰어내리기 전에 상황을 자세히 말씀해주시면 고맙겠습니다. 기분이 어때 보였습니까? 혹시 아주 참담해 보였다든지, 아니면 너무 기분이 좋아 보였다든지…."

뒷말은 박 기자가 서태석을 만나고 난 후라 혹시나 하는 생각에 물어본 것이었다.

"그러고 보니 이상한 것이 있어요. 뛰어내리기 전에 뒤를 돌아보시고는 저를 보고 웃음을 지어보이셨어요. 평소 처럼요. 전혀 기분이 나빠 보이지 않았어요. 단지 제가 생일인데 웬만한 약속은 취소하고 일찍 오셔야죠.' 라고 말하니까, 다른 때 같으면 이유나 변명을 했을 텐데 전혀 말이 없으시고 베란다로 가셔서는…."

부인은 다시 말끝을 흐렸다. 박 기자는 확신은 할 수 없지만 표 박사가 혹시 최면에 걸리지 않았나 생각이 들었다.

"누굴 만나시고 오셨답니까?"

"동아대 김철호 교수님이요."

박 기자는 수첩에 적을 필요가 없었다. 그 사람은 박 기자도 아는 사람이었다.

박 기자는 표 박사의 영안실에서 나와 병원 1층으로 다시 갔다. 이제는 김 교수가 사건과 연관이 있다는 것을, 그것도 중심에 있다는 것을 확신하게 되었다. 표 박사가 근무하던 병리과로 달려갔다. 병리과 직원은 미로와 같은 연구실을 이리저리 헤매고 다니며 쉴새 없이 떠들었다. 그로서는 신문기자와 이렇게 가까이, 더구나 자신이 기자에게 도움을 줄 수 있다는 것이 흥분되는 모양이었다. 박 기자도 그에게 친밀감이 들었다.

"그분은 난소를 따로 보관하고 계셨습니다. 보통 여기 대형냉장고에 보관하는 것이 원칙인데 개인 사무실 냉장고에 보관하고 계신 것도 상당히 있는 것으로 알고 있습니다."

"개인 냉장고라면?"

"아, 네 저희 병원은 병리과 과장에겐 작은 실험실이 지원되고 있습니다. 특히 표 박사님은 저희병원에 스카웃되어 오실 때 그 조건으로 오셨습니다. 그분은 연구하시는 것을 원하셨습니다. 저서도 가장 많이 내신 분이구요. 그리고…"

병리과 직원은 표 박사를 존경하고 있었다. 그리고 망자를 높이 평가하려고 노력하고 있었다.

"박사님의 연구실을 보고 싶은데요."

박 기자는 그가 자신이 원하는 주제에서 벗어나려는 것을 바로 잡고 싶었다.

"조금만 가면 됩니다."

그는 말이 많은 만큼 눈치도 빨랐다. 표 박사를 더 이상 칭찬하지 않았다. 연구실은 작았으나 각종 실험 기자재가 좁은 공간에 빽빽히 차 있다. 그러나 박 기자는 연구실에서 무엇을 알 수 있을까 의문이 생겼다. 사무실은 연구에 몰두한 흔적이 역력한 고지식한 학자의 사무실일 뿐이었다. 그가 사망자들의 조직검사를 했다는 것 이외에 박 기자가 이곳까지 온 다른 이유는 전혀 없었다. 그리고 그가 자신의 아파트에서 이유 없이 뛰어내렸다는 것, 박 기자는 무작정 병원에 오면 뭔가를 알 수 있을 것 같은 생각으로 왔다.

힘들게 간호사를 구워삶아 표 박사의 연구실까지 왔지만 마땅히 박 기자의 호기심을 풀어줄 것이 없어 보이는 평범한 연구실이 아닌가. 박 기자 또한 자신의 호기심이 무엇인지도 모르고 있었다. 혹시 신종 세균을 연구하고 있지나 않았을까 하고 상상을 해보았으나 역시 상상에 불과한 것 같다. 표 박사와 사망자와의 연결고리 중 아직 확실한 건 조직 검사일 뿐이다.

"표 박사가 조직검사를 하면 그 채취물은 어떻게 합니까?"

"아까 제가 말하려 했던 부분이지요."

그는 박 기자가 자신의 말허리를 잘랐음을 잊지 않고 있었다. 그러나 불쾌감을 보이진 않았다.

"대개는 연구실 대형냉장고에 보관하는 것이 원칙인데, 박사님은 일부를 자신의 연구실 냉장고에 보관하고 있었습니다. 그래서 한번은 말썽이 있었지요."

"말썽이라고요?"

박 기자는 간호사의 얼굴을 처음으로 똑바로 쳐다보며 물었다.

"별 일은 아니구요…"

간호사는 박 기자가 자신에게 집중하자 약간 뜸을 들이고 싶어졌다.

136

"말썽이라고 하셨잖습니까?"

"한번은 내과 과장님과 말다툼을 하시는 것을 본적이 있어요. 그것이 표 박사님의 냉장고에 있던 조직세포 채취물과 난소들의 상당수가 분실이 되어서 내과 과장이 주의를 주다가 감정이 부딪쳤대요. 원래 두 분 사이가 좋은 편은 아니었는데 내과 과장이 원장님께 보고를 하는 바람에 표 박사님의 입장이 곤란한 적이 있었지요. 그리고는 유야무야 진정되었죠. 사실 그런 것들이야 시간이 지나면 폐기처분 하는 것들이라 내과과장이 원장한테 일러바친 것은 좀 심했지요."

"어떤 환자들의 조직세포인지 아십니까?"

박 기자는 여기 온 보람을 느끼기 시작했다. 간호사의 수다도 전혀 짜증스럽지가 않았다.

"그건 저 같은 사람이 알 수 없지요. 원장님과 과장님이라면 몰라도…"

박 기자는 고맙다는 인사를 하고 돌아섰다. 간호사는 방금 자신이 한 얘기는 병원 내부일이니 비밀로 해주길 바란다고 했다. 그러면서도 더하고 싶은 말이 있는 듯 꾸물거렸으나 박 기자는 마음이 조급했다. 원장실을 가는 길을 묻고는 재빨리 나왔다.

원장은 박 기자의 말을 듣고는 묘한 표정을 지었다. 불쾌감인지 두려움인지 한참 동안 박 기자를 노려보고 있었다. 박 기자는 기자 특유의 협박을 정중하게 섞어서 다시 한번 찾아온 이유를 설명했다.

"저는 병원의 채취물에 관한 관리가 허술하다는 얘기를 들었습니다. 예를 들어 병리과 과장이 개인 냉장고에 보관하다 분실된 것에 대해 자세히 알고 싶습니다. 병원입장에서는 사소한 분실로 생각할 수 있겠지만 이것을 기사화해서 나가면 병원의 홍보가 색다른 방향으로 널리 알려질 수도 있을 것이라 봅니다. 하지만 절대로 기사화하지는 않을 거라고 약속드릴 수 있습니다. 다만 궁금한 것은 어떤 환자의 조직 세포 채취물인지 그것이 궁금합니다. 그것만 알려주시면 고맙겠습니다. 그리고 그것을 다시 찾았는지도…."

협박은 먹혀들었다.

"그건 분실된 것이 아닙니다. 표 박사가 개인적으로 친한 친구의 부탁으로 난소와 함께 줬다고 했습니다. 난소 같은 것은 산부인과끼리는 자주 주고받는 것이고 해서 저도 주의만 주고 그 일은 덮었습니다. 그리고 새삼 별일 아닌 것으로 고인의 명예에 누를 끼치고 싶지는 않습니다. 박 기자님이 협조를 부탁하시니, 그 당시 표 박사가 자술서를 쓴 서류를 드리겠습니다. 그리고 그 세포를 누구에게 줬는지도 그 서류에 적혀있습니다".

원장은 인터폰으로 서류를 가져오라 하고 박 기자에게 다시 한번 당부했다. 박 기자는 알겠다고 대답하고 일어섰다. 조금 전까지만 해도 고자세였던 원장은 금방 박 기자와 절친한 사이가 된 듯 악수를 청하고 안녕히 가시라고 하면서 활짝 웃었다. 방을 나서자 원장실 비서가 박 기자에게 서류를 건네주었다. 박 기자는 급한 마음에 그 자리에서 서류를 꺼내봤다. 환자의 이름과 채취물의 부위가 적혀있다. 환자들 속에는 사망자들이 모두 있다. 그리고 난소 주인들의 이름이 있지만 난소의 주인들은 별 연관관계가 없어 보였다. 서류 맨 뒷장에는 표 박사의 자술서가 있었다. 자술서 중간부분에 세포와 난소를 준 대상이 김철호 교수라고 적혀 있었다. 박 기자는 서서히 안개가 걷히는 것을 느낄 수가 있었다.

그 중앙에 김 교수가 있었던 것이다.

임익체는 찌푸린 얼굴로 연구실에 들어섰다. 오늘도 이십 분이나 지각이다. 팀장에게 한마디 들을 상황이었지만 별로 신경 쓰이지 않았다. 최근 들어 상당히 배포가 커진 자신을 느꼈다. 이곳에 오래 붙어 있을 자신이 없어졌지만 그것도 별로 신경이 쓰이지가 않았다. 갈수록 살림은 어려워지고 아이들은 하루하루 커가지만 그것 역시 걱정이 별로 되지 않는 것이 무력감에서인지 엑스의 일감이 있어서인지 자신도 분간이 가지 않았다. 엑스의 또 다른 일감이 기다려졌다.

어제도 새벽까지 하우스에서 판을 벌이다 와서 지금 컨디션은 말이 아니다. 연구실은 텅 비어 있었다. 모두 복도 건너 회의실로 간 모양이다. 회의실에서 모두의 시선을 받으면서 들어서고 싶지가 않아 그냥 실험실에 있기로 했다. 자신의 자리에 앉자 어제와 다른 느낌이 들었다. 자리를 누가 정돈해 놓은 모양이었다. 항상 뒤죽박죽인 자리가 오늘은 깔끔하게 정리되어 있었다. 아마 아르바이트 급사가 정리한 모양이다. 오늘 해야 할 일이 뭔가 하고 차트를 들어 살피는데 회의 갔던 동료들이 들어왔다. 실장은 들어오지 않았다. 달력을 보니 수요일이라 원장실에 업무 보고하는 날이다. 다행히 잔소리가 연기된 것이다. 오늘은 하루의 출발이 괜찮은 듯싶다. 실장은 오후에나 올 것이다. 당연히 자신이 지각한 것 때문에 잔소리 할 정도로 실장은 기억력이 좋지는 않았다. 동료인 석현이 다가와서 옆구리를 쿡쿡 찔렀다. 잠깐 나와 보라는 것이다. 둘은 비어있는 회의실로 들어갔다. 임익체가 먼저 실장의 행방을 물었다. 잔소리를 대비해야 했다.

"원장실에 진행 보고하러 갔어."

"나 늦었다고 실장이 뭐라 안 했어?"

"하루 이틀이냐? 하박사도 이젠 포기했나보더라. 묻지도 않아!"

석현은 주머니에서 꺼내든 것을 임익체 코앞에 내밀었다.

"이게 뭐야?"

석현이 꺼내 든 것은 실험실에서 사용하는 시험관이 아니었다. 실험실 것 보다 길이는 조금 짧고 두께는 조금 두꺼운 밀폐 뚜껑이 달린 시험관이었다. 엑스가 준 것이었다. 소형 냉장고에 넣어서 전해주던 세포용기였다.

"이거 어디서 났어?"

임익체는 아차 싶어 도리어 되물었다.

"어제 야간실험을 하다가 네 책상 밑에 떨어져 있는 걸 주웠어."

아찔했다. 전에 실험하고 실패해서 폐기한다는 걸 깜박한 것이다. 가장 친한 동료이자 친구가 발견했으니 그나마 다행이다.

"응. 그거 내가 박사논문 때문에 개인적으로 실험 좀 하느라고."

석현은 조용히 임익체를 쳐다보았다. 유독 침착하고 듬직한 친구이지만 오늘따라 눈빛이 더 가라 앉아 있었다.

"너 이거 얼마나 위험한 짓인 줄 알아?"

석현은 한마디 더하려다가 어이없다는 듯이 고개를 내저으며 용기를 돌려줬다. 임익체는 변명을 좀 해야 했다.

"너무 신경 쓰지 마. 밤에 다른 실험 방해되지 않게 따로 좀 연구하니까?"

"누가 너 박사논문 쓰는데 뭐라고 할 사람 있어? 왜 사람 난세포로 하냔 말이야. 너 미친 것 야냐? 사람 난자와 세포로 클론해서 박사논 문이 나오냐, 임마! 구속되지나 않으면 다행이다."

익체는 한 대 맞은 듯이 명해졌다. 상상이 현실로 다가온 것이다. 엑스가 준 세포는 사람의 세포이고 난자였다.

"확실해?"

임익체의 말에 돌아서서 나가려던 석현이 다시 돌아봤다. 임익체는 당황해서 말을 돌려서 했다.

"어떻게 사람 것인 줄 알았냐고?"

석현은 길길이 날뛰며 속사포처럼 쏘아댔다.

"어제 저녁에 내가 세포 분류해봤어. 그리고 그거 전부 실패야. 모 두 폐기시켜라. 인간 클론이 그렇게 쉬운 줄 알고 그 짓을 해, 이 미친 놈아! 너 이게 완전한 범죄인 거 알아 몰라! 너 이 바닥에서 생매장 당하고 싶니?"

석현의 말을 듣고보니 자신은 엄청난 일을 저지른 것이다. 인간 체 세포로 복제를 했으니, 석현의 말대로 걸려도 크게 걸릴 범죄가 아닌 가. 엑스가 시켜서 한 것이니 책임을 미룰 수도 있을 것이지만 학자로 서의 그의 생명은 끝날 수도 있다. 자신은 몰랐다고 발뺌을 해도 이 분야의 학자들은 믿지 않을 것이다. 요즘 돼지의 장기를 사람에게 이 식하려는 시도는 많이 있고 실제로 행해지고 있다. 임익체는 그 평계 를 할까 잠깐 생각했다. 돼지의 난소는 사람의 것과 크기가 비슷하 니까. 게다가 돼지의 장기가 사람과 가장 유사해서 장기 대체로 사람의 유전자를 이식시키는 실험을 많이 진행을 하고 있다. 그러나 돼지의 수정란에 인간의 유전자를 삽입하는 실험은 근본적으로 임익체가 행한 체세포 복제, 일명 클론의 실험과는 많은 차이가 있다. 임익체가 한 것은 다른 어떤 착오로 변명하기엔 고급의, 전문적이고 확실한 클론, 인간 복제를 한 것이다. 엑스가 시켜서 한 것이지만 돈만을 노리고 인간복제를 했다는 사실이, 어떤 학자로서도 변명의 여지가 될 수 없는 것이다. 인간복제는 아직 많은 문제점을 안고 있다. DNA구조가 사람보다 훨씬 간단한 동물실험에서도 많은 부작용이 나타나고 있다. 이것은 중범죄다.

석현은 돌아나가다 다시 한 마디 했다.

"전능성은 어떻게 처리했지?"

역시 그도 학자다. 인간 클론에 황당해 하면서도 임익체가 한 성과를 알고 싶어 했다. 전능성이란 수정란에서처럼 한 개의 세포에서 시작하여 개체의 모든 세포로 만들 수 있는 능력을 말한다. 바꾸어 말하면 하나의 체세포가 모든 생명체의 팔, 다리, 심장, 뇌 등 모든 구조물을 만들 수 있는 전능성 세포가 되어야 하는데, 그렇게 되는 과정이 아직 학계에서는 완벽하지 못하다. 이론적으로는 되지만 동물실험에서 많은 실패를 하고 있는 실정이다. 과거에는 그것이 이론적으로도 불가능하다는 결론에서 체세포 클론은 불가능한 것으로 결론지어 왔었다.

"혈청기아 방법을 사용했어."

임익체는 숙제검사 받는 학생처럼 기어 들어가는 소리를 냈다.

"초기화가 되더냐고?"

석현은 야단치는 선생 같았다. 사실 클론은 최근에 세포를 초기화 상태로 돌리는 방법이 발견되면서부터 클론의 실험이 급속하게 과학자들 사이에서 진행되었다. 초기화란 전능성을 가진 세포의 초기상태를 말하는데 그 체세포를 초기화하는데 쓰는 기법이 혈청기아 상태를 만드는 것이다.

"혈청기아에서는 실패율이 많을 텐데?"

석현은 어느 덧 임익체의 성과를 같이 공유하고 있다. 기아상태의 실패율이 문제였다. 혈청기아상태는 혈액에서 혈구와 혈액응고 성분을 제거한 것이 혈청이다. 이 혈청에는 세포분열을 촉진하는 물질이 포함되어 있어 각종 배양에 이용된다. 이전 혈청을 거의 없게 만든 상태를 혈청기아 상태라 하고 이 상태에서 세포를 배양하게 되면 세포 초기화가 되는 것이다. 허나 이 방법이 아직 완전하지 못해 클론의 실패율이 성공률의 몇 십 배에 달했다.

"일단 수정시킨 클론 상태에서 넘겨줬으니까…"

임익체는 작은 소리로 답했다.

"그럼 완전한 초기화가 되었는지 확인도 않고?"

석현은 어이없어 했다. 동물실험에서 클론을 성공한 경우에도 출산 때에 사망률이 엄청나게 높았다. 그리고 대부분이 기형으로 태어나는 현상도 나타난다. 이것은 정상적이고 자연적인 수정이었을 때는 나타나지 않는, 복제에서 세포 초기화에 전능성이 완벽하게 회복되지 않아서 일어나는 현상이다. 만일 무사히 출산이 되어도 과중한 체중으로 태어나고 수명이 짧다는 것이 동물실험에서 나타나고 있다. 사람의 실험이라면 더욱 심각한 문제다.

"너, 복제가 되어도 그것 자체가 기형인 거 알지?"

석현은 차분한 눈으로 임익체를 바라보았다.

그렇다. 복제란 아직도 수정체에서 클론의 과정 중 세포의 전능성에 문제가 완전히 해결되지 않았다. 그래서 기형의 확률이 95%가 넘는다. 그리고 완벽하게 성공해도 복제된 개체는 당연히 제공 세포의 연령을 이어 받는다. 복제가 되어도 세포의 연령 자체는 변하지 않는 것이다. 예를 들어 복제양 둘리의 경우 체세포를 제공한 6살짜리 양의 세포의 것과 같으므로 갓 태어난 둘리의 세포의 수명은 6살이 짧아졌다는 것이다. 사람이 갓난아기로 태어난다면 제공 개체의 나이, 즉 50대의 개체면 그 나이를 잃어버리고 태어나는 것이다. 50대의 세포를 가진 신생아라니. 그 말은 곧 신에 대한 항변이고 인간에 대한 범죄이다.

이 경우는 동물실험에서 많은 부작용이 나타나는 정도의 도덕적 가치로 볼 것이 아니다. 인간 복제는 더욱 많은 사망률과 기형이 나타날 것이 뻔한데, 임익체는 이런 일을 저질러 버리고 만 것이다.

"너 앞으로 또 이딴 짓하면 내가 직접 원장한테 보고 할 테니 알아둬."

문을 쾅 닫고 나가는 석현을 보고 임익체는 앞이 캄캄해졌다. 앞으로 엑스의 작업을 할 수가 없게 된 것이다. 저녁에 작업을 해도 실험기구 사용 내역이 전산으로 전부 입력되는데 이젠 밀린 작업한다는 핑계가 먹히질 않게 되었다. 석현은 임익체가 또다시 클론을 한다면 바로 원장한테 가고도 남을 인물이다. 우직한 성격이라 설득해도 되지 않을 것이 분명했다. 물론 임익체와 달라서 돈으로도 무마가 되지 않는 성격이다. 그나마 오늘 한 번이란 경고로 모른 척 해주는 것도 석현의 마음씀씀이가 넓은 덕이다.

익체는 엑스가 이번에 연락해 오면 꼭 연락처를 받아야겠다고 생각했다. 그리고 돈을 더 요구해야겠다고 생각했다. 자신에게 분명 돼지 세포라고 거짓말을 했으니, 그것에 대한 보상을 받아야 했다. 석현이 인간 게놈이라면 확실한 것이다. 석현은 세포 배양부분을 맡고 있는 수재다. 그는 세포를 현미경으로 한번만 봐도 종류를 알아내는 친구다. 게다가 어제 정식으로 컴퓨터로 DNA분류작업을 해 봤다면 정확한 것이다. 엑스는 여기에 관해 자신에게 무엇으로든 변상을 해야 한다. 엑스에게 협박을 해서라도 돈을 더 받아야만 한다. 현재는 도박으로 전에 받은 것이 거의 바닥나고 있는 중이었다. 집에는 한 푼도 가져다주지 못하고 있었다. 운명이 왜 이렇게 꼬이고 있는지 임익체는 하늘이 원망스러웠다. 대학 때는 친구들과 포커만 치면 돈을 긁어모으는 귀재였는데 요즘은 잃기만 했다. 아무리 하우스이지만 너무 많은 돈을 잃었다.

†
원장회의

회의는 아침 9시에 시작되었다. 원장 주재로 열렸다. 임익체는 오랜만에 회의에 참석했다. 동료들이 어색할 정도로 임익체의 회의 참석은 이례적이었고, 그의 개과천선을 기대하는 동료들의 눈초리도 느낄 수 있었다. 요 며칠 동안 임익체는 다른 사람이 되어 열심히 출근하고 일을 했다. 원장은 임익체의 참석에 반가움의 표정을 자제하느라 회의 전 헛기침이 더욱 많아졌다. 완벽한 회의다. 유전자 분야 13명의 석, 박사 팀원이 모두 모였다. 성공의 절반은 임익체의 참석임을 아무도 부정하지 못했다. 원장은 회중을 둘러보고 회의진행 차트를 펼쳤다. 오늘은 "보체"에 관한 프로젝트팀을 구성하는 일이다. 이런 중요한 날에 모두가 참석해서 원장은 기분이 좋았다. 당연히 항상 빠지던 임익체가 더욱 고마워서 원장은 임익체에게도 일을 맡기기로 결심했다. 깔끔히 면도를 한 임익체의 얼굴을 보며 원장은 성경말씀을 떠올리며 미소 지었다. '아흔아홉 마리의 순한 양보다 잃어버린 한 마리의 양을 찾으라' 했던가, 원장은 되찾은 양을 보면서 자신의 인내심이 한 인간을

146

구원했음을 확신했다.

　'보체' 연구란 최근 외부 연구소에서 의뢰 들어온 '돼지유전자 조직연구'의 일부분으로 돼지를 이용한 인간 장기대체의 가장 핵심적인 부분이다. 원장은 이번 프로젝트를 무사히 끝내면 팀원 모두에게 두둑한 보너스와 함께 열흘간의 휴가를 줄 작정이다.

　이제 돼지의 장기를 이용해 기로에선 뇌사자의 인간 장기를 기다리던 많은 환자들이 돼지의 장기로 혜택을 받을 시기가 코앞에 닥쳤다. 그 완성의 일부를 원장의 팀원들이 해낼 것이다. 돼지의 장기는 인간의 장기와, 크기와 외형피부가 비슷해서 인간 대체장기 대상으로 특히 주목받고 있다. 그래서 많은 연구소가 거부 반응이 없는 돼지장기 생산에 관한 연구를 해오고 있는 중이다.

　이곳 농협연구소도 마찬가지이다. 문제는 돼지 장기의 거부반응이다. 돼지의 장기가 인간의 몸속에 들어갔을 때 인간에게서 나타나는 거부반응만 없앤다면 성공하는 것이다. 돼지의 장기가 인간의 몸속에서 인간의 장기처럼 착각을 일으켜 거부반응이 일어나지 않는다면 위암, 폐암, 심장질환 등 장기대체를 받아야할 많은 환자를 저렴한 수술로 치료할 수 있다. 게다가 수술을 받기까지 뇌사한 사람에게서 대체장기가 나오기를 기다리는 시간도 없어질 것이다.

　원장이 맡은 부분은 돼지의 수정란에 인간의 유전자를 삽입하는 부분이다. 돼지의 수정란에 인간의 유전자를 삽입시키면 돼지가 인간의 유전자를 가지고 태어난다. 그 장기를 사람의 인체에 대체 시켰을 때 사람마다 가지고 있는 다른 종의 장기에 대한 거부반응을 없앨 수 있다. 인간의 면역 시스템 때문에 동물의 장기를 이식했을 때 이식한 직후부터 심한 거부 반응이 일어난다. 이는 면역세포가 아니라 단백질이 일으키는 초급성 거부반응이다. 돼지의 장기를 구성하고 있는 단백질이 인간에게는 이물질이기 때문에 이런 반응을 일으키는 것이다. 이를 막기 위해서 거부반응을 일으키는 복수의 단백질 집단의 기능을 억제시키는 방법이 연구되어 왔다. 원장과 팀원들이 할 부분은 이 억제하는 인자를 만드는 인간의 유전자를 수정란 단계에서 돼지에게 삽입하는 작업이다. 즉 인간의 유전자를 넣어 인간의 장기인 것처럼 착각하게 한다는 것이다. 그래서 인간의 단백질 집단의 공격을 피하려는 것이다. 이런 보체(단백질 집단)억제인자 유전자를 삽입한 돼지는 1992년에 영국 캠브리지대학팀을 중심으로 시작되었으나 아직 완전히 거부되지 않는 수준까지는 이르지 못하고 있다. 원장은 그보다 한발 앞선 기술로 거부반응 0%에 도전하려는 것이다. 수정란에 유전자 이식을 임익체에게 맡길 생각이다. 평상시 그의 섬세하고 높은 이식기술을 믿고 있었다. 특히 말짱한 컨디션의 임익체를 본 순간 원장의 신뢰감은 높아졌다. 오늘 회의에서 각자의 일을 나눌 계획이다. 이 연구소의 능력이면 충분한 실험이다. 더 어렵다던 소의 복제 프로그램의 핵심인 클론을 완벽하게 소화해 냈던 팀이므로 어려움은 없을 것이다.

오늘 수업은 김 교수의 마음에 들지 않았다. 그는 자신이 심리적으로 안정되지 못하고 있다는 것을 알고 있다. 원인은 두 가지였다. 임익체에게 나머지 세포를 받으려고 하자 이번에는 연락처를 주지 않으면 세포를 주지 못한다고 했다. 그는 요리할 수 있었다. 기꺼이 별도의 전화번호를 줬다. 이런 때를 대비해서 전화번호를 준비하고 있었다. 그건 문제가 되지 않았다. 문제는 아침에 박 기자에게 온 전화였다. 전화통화만으로도 박 기자가 많은 의구심을 가지고 있음을 느낄 수 있었다. 전에 터미널에서 봤을 때도 그는 기자다운 의심이 많아 보였었다. 그래서 그가 알고 있는 것만을 알아내고는 그와의 접촉을 끝냈었다. 그런데 그가 다시 접근해온 것이다.

그렇지만 김 교수는 걱정할 것이 없다고 생각했다. 증명이 불가능한 것은 박 기자도 어쩔 수 없을 테니까. 그자는 표 박사가 왜 자신에게 병원의 추출물을 주었는지 이유를 알고 싶다고 했다. 자신은 모르는 일이라고 했다. 그 기자는 예상했던 대답이라고 여기는 것 같았다. 김 교수는 그것이 기분 나빴다. 미리 상대방이 부정할 것을 알면서도 떠보는 듯한 질문, 그러면서도 계속 떠보는 끈질김… 표 박사의 자술서에 자신의 이름이 올라있는데 그것을 읽어본 그 자신도 왜 표 박사가 김 교수님의 이름을 지목했는지 알 수가 없다고 말했다. 그리고 표 박사가 엉뚱한 곳에서 추출물을 분실하고는 상관없는 김 교수를 핑계로 내세운 것으로 자신도 생각된다고 했다. 의학계통과는 연관이 없는 김 교수를 끌어들인 것이 자신도 이해가 되지 않지만 자신은 호기심이 많은 사람이라 교수님을 다시 한번 만나 뵙고 말씀을 나누고 싶다고 예의를 갖추어 청해왔다. 그러나 그는 정중하게 사양했다. 수업과 요즘 준비하는 심리전이실험을 핑계로 댔다.

박 기자는 끈질겼다. 표 박사가 자살하던 날 저녁에 만나신 걸로 아는데 이상한 점은 없었냐며 또 물었다. 만난 것은 사실이지만 간단히 맥주만 하고 헤어졌고 이상한 점은 느낄 수 없었다고 하자, 그래도 몇 가지 궁금한 것이 있으니 잠깐만 시간 좀 내달라고 간절히 청하는 것이었다. 거절할 수가 없었다. 거절할 명분이 없었고 거듭 거절하는 것이 그의 호기심을 더욱 부추겨주는 것 같아 싫었다. 자신은 심리학자고 병원의 추출물은 자신과 상관이 없다는 것을 그 기자에게 확신시킬 수 있었다. 그러나 오늘수업은 망쳤다. 앞으로 할 일이 많아질 것 같았다.

약속 장소로 가면서 생각을 정리하기 시작했다. 그와 만나서 할 얘기들과 앞으로 수습해야 할 것들을 차근히 정리해 보았다. 김 교수는 자신의 발걸음이 무거워지는 것을 느꼈다.

박 기자는 대학 구내식당에 한 시간 정도 먼저 도착했다. 김 교수는 수업이 끝나는 대로 오겠다고 했다. 네 시 반에 수업이 끝난다고 했다. 시간이 남아 카운터에 밥이 되냐고 하자 된다고 했다. 밥값은 시중보다 결코 싸지 않았다. 자신이 대학을 다닐 때의 구내식당은 반값으로 식사를 할 수 있었다. 서둘러 오느라 점심을 먹지 못했다. 밥을 먹을 시간은 충분했다.

김 교수는 네 시 반에 정확히 맞춰 식당에 들어섰다. 박 기자는 내심 흐뭇했다. 뭔가가 있다. 교수가 수업을 일찍 끝내고 정시에 온 것은 자신에 대해 상당히 신경 쓴다는 뜻이기 때문이다. 교수의 얼굴이 전에 만났을 때 보다 더 젊어 보였다. 두 번째 만남이라 얼굴을 자세히 보니 호감이 가는 얼굴이고 순해 보였다. 특히 두상이 예뻤다. 박 기자는 외모로 사람을 판단하지는 않지만 김 교수의 인상은 혼란스러울 만큼 좋았다. 가시 같은 질문을 어떻게 할까 고민이 될 정도였다.

"죄송합니다. 바쁘실 텐데 부득부득 뵙자고 우겨서…"

박 기자는 최대한 웃는 얼굴로 인사를 했다. 김 교수의 좋은 인상에 맞도록 노력했다.

"별말씀을 다 하십니다. 멀리 오시게 해서 미안합니다. 제가 갈 수도 있는데."

김 교수도 미소를 지으면서 악수를 청해왔다. 눈웃음은 여자들 꽤나 울렸을 것 같았다.

"궁금하신 것이 뭔지는 잘 몰라도 아까 만남을 거절한 것은 친한 친구의 죽음 직후라 그랬습니다. 그와 관련된 것은 웬만하면 기억하지 않는 것이 저의 우울증에 도움이 될 것 같아 본의 아니게 거절했습니다. 오해는 말아 주십시오. 그런데 하실 말씀이?"

"네, 사실은 얼마 전에 여쭤봤던 유명 정치인의 의문사에 대해 다시 얘기를 꺼내야겠군요?"

"아, 그래요? 하지만 그때도 말씀드렸듯, 신문을 봐서 알고 있습니다만, 심장마비로 알고 있는데…"

김 교수는 의외라는 표정이었다.

"추정이죠. 정확한 사인은 아닙니다."

"그래서요?"

김 교수는 별 관심을 드러내지 않았다.

"그런데 그분들 모두가 표 박사에게서 조직검사를 받은 적이 있었습니다. 그리고 그 추출물의 잔여물은 모두 표 박사가 개인 연구실 냉장고에 보관하고 있었구요. 그런데 그것이 모두 분실되는 사건이 있었다고 합니다."

"그러니까 표 박사 그 친구가 그 추출물을 내게 줬다고 해서 이렇게 찾아오신 거로군요?"

김 교수는 알만하다는 듯이 고개를 끄덕이며 말을 이었다.

"그런데, 저는 그런 의학적인 것에는 전혀 아는 바가 없습니다. 한낱 심리학자에 불과합니다. 그 친구가 분실됐다고 하는 것보다는 나에게 줬다고 하는 것이 입장이 덜 곤란해서 그렇게 한 것이 아닐까요?"

김 교수는 박 기자를 도우려는 듯 추리까지 해냈다.

"그것도 한 번이 아니라 여러 번 냈다고 써 있더군요. 그러니 박사님이 아니더라도 누군가에게 건넨 것은 사실인 것 같습니다."

"그렇기도 하네요. 하지만 저는 아닙니다. 필요도 없구요. 그걸로 제가 국을 끓여 먹을 리도 없고, 저는 육식을 싫어하거든요."

박 기자는 웃었고 김 교수도 분위기를 돌린 김에 같이 웃었다.

"가장 친한 친구니 만큼 표 박사님이 누구에게 주었을 거라고 짐작가는 분은 없습니까?"

"글쎄요, 줬다면 같은 의사에게 주지 않았을까요. 그런데 저는 그 친구와 친하긴 하지만 고향친구라 그의 의사친구들은 잘 모릅니다. 그리고 그 친구가 나를 핑계댄 것이 혹시 다른 병원에 연구용으로 주고서 병원에 알려질까 봐서 관련도 없는 분야의 나를 끌어들인 것 같은 생각이 드는군요."

그것은 박 기자도 생각지 못한 부분이었다. 대화는 점점 지능적으로 흘러갔다. 김 교수는 말을 이었다.

"그 사망자들의 죽음과 그 추출물과는 무슨 관계가 있습니까?"

"저의 섣부른 생각이지만 그 추출물과 관련된 신종 세균에 의한 사망이 아닌가 합니다만."

"그럼 그 사람들이 타살이란 말입니까?"

김 교수는 상당히 놀라는 기색이었다.

"단지 저의 황당한 추측일 뿐입니다."

박 기자는 한발 물러섰다.

"그리고 표 박사가 사망하기 전에 김 교수님과 함께 계셨다고 부인에게 들었습니다만, 그때 무슨 고민이 있어 보이진 않았습니까?"

"그런 건 못 느꼈습니다."

김 교수는 친구의 죽음이 생각났는지 우울해 보였다. 그의 표정은 완벽했다.

박 기자는 일어서면서 악수를 청했다.

"오늘, 정말 감사했습니다. 폐를 끼친 것에 사과드립니다."

김 교수는 아직 우울한 표정이지만 간신히 웃음을 지으며 괜찮다고 했다. 박 기자는 서태석을 데려왔으면 더 나았을 것이라고 생각했으나 바로 그 생각을 지웠다. 서태석은 김 교수와 같은 심령학회 회원인 것을 자랑스러워하고 있었다. 그런 그에게 자신이 김 교수를 의심한다는 말을 한다면 별로 좋아 할 것 같지가 않았다.

부장의 전화도 있었고 휴가도 거의 끝나가고 해서 신문사에 가봐야 할 것 같았다.

신 검사는 아침 일찍 김형사의 보고를 받고 지금까지 고민에 빠져 있다. 보고서를 읽고 또 읽고 오전 내내 커피만 몇 잔을 마셨다. 서기와 미스 김이 점심을 먹으면서도 신 검사의 눈치를 살피고 있었다. 신 검사가 먹어야할 점심은 식고 있다. 아침도 먹지 않고 출근하는 총각 검사가 오전에 커피를 그렇게 마셔댔으니 입맛이 있을까마는 그의 머릿속이 복잡해서 밥을 잊고 있다. 신 검사는 이번 사건을 정말 이해할 수가 없었다. 사건이 이상한 방향으로 흘러가는 것이었다.

베란다에서 자살이라…. 그가 자살할 이유가 없었다. 적어도 검찰에서 조사한 바로는 그는 착실하고 책임감 있는 가장이었다. 그러나 그가 자살한 이상 이 사건은 큰 사건으로 변해가고 있었다. 그리고 자살이라고 단정하기도 어려운 상황이었다. 최소한 김형사의 보고만 놓고 본다면 자살은 자살이다. 표 박사가 신 검사의 수사망에 걸려든 것이 S대병원의 서류였다. 사망자들의 대부분 조직검사를 표 박사가 한 것이었다. 그것까진 크게 관심 가질 부분이 아니었다. 그런데 세포의 일부분이 김 교수란 사람에게 넘어간 것이었다. 병원의 진술서에는 그렇게 되어 있었다. 왜 김 교수에게 그 세포를 줬을까? 그래서 김 교수까지 수사망에 걸려든 것이다. 하지만 연결이 되지 않았다. 문제는 신 검사의 사건은 의원들의 죽음을 조사하는 것이었다. 표 박사와 친구 김 교수는 사건과 별개의 사람이었다. 최소한 표 박사가 죽기 전까지는 사건과 연관이 없었다. 신 검사는 그렇게 믿고 있었다. 어쩌면 그렇게 믿고 싶은 것인지도 몰랐다.

병원에서 사소한 세포 분실사고에 표 박사가 김 교수의 이름을 올렸을 것이라고 병원에서도 신 검사도 그렇게 생각했다. 그래도 혹시나 해서 김형사를 시켜 표 박사를 미행토록 했다. 게다가 박 기자 그 팀들이 표 박사를 신경 쓰고 있으므로 더욱 신중을 기한 감시가 들어갔다. 그런데 자살을 해버린 것이었다. 그렇다면 표 박사는 뭔가 숨기는 것이 있었다고 봐야 할 것이다. 그의 재정상태는 좋았고 병원에서도 인정받는 연구원이자 의사였다. 가정 생활은 행복했고, 주위의 평판도 좋은 중상층의 엘리트였다. 정신 건강도 물론 양호했다. 수사를 한 바로는 그랬다. 그런데 그런 그가 죽었다. 세포를 분실했다는 이유 때문이 아니다. 그것에 대해서는 병원에서도 간단히 없던 것으로 끝냈다. 누구도 책임을 물은 적이 없었다. 검찰에서 수사를 해서 그것도 아니다. 표 박사는 검찰에서 자신을 수사하고 있다는 자체도 몰랐다

다만 세포 분실사고에 대해서 병원 원장을 통해 자술서만 사본으로 조용히 건네받았을 뿐이다. 원장은 일언반구 그 부분에 대해 표 박사에게 말하지 않았다. 단 신 검사가 걸리는 것이 있었다. 박 기자였다. 박 기자가 표 박사에게 접근한 것이었다. 박 기자는 조용하지도 정중하지도 않았다.

원장을 협박까지 하고 표 박사가 쓴 자술서를 받아냈다. 그리고 무식하게 표 박사에게 접근을 한 것이다. 아니 정확히 말해서 박기자가 접근하기 직전에 표 박사가 죽은 것이다. 빌어먹게도 박 기자가 죽인 셈이었다. 시간적으로는 그랬다. 마치 박 기자가 접근하면 안 된다는 듯이 죽어버린 것이었다. 그러면 김 교수가 남았다. 죽는 날 같이 맥주를 마시고 헤어졌다. 김 교수는 집이 대전이다. 지방에서 친구를 만나러 와서 맥주 한 잔 마시고 헤어졌다. 그 자리를 김형사가 지켜 봤었다. 둘이서 긴 얘기를 나누고는 헤어졌다. 표 박사는 집으로 들어가자마자 아파트에서 뛰어내린 것이었다. 맥주도 별로 마시지 않았으니, 취중에 실수로 떨어진 것이라 볼 수도 없었다. 마치 김 교수가 시킨 것처럼 집에 도착하자마자 아파트에서 뛰어내린 것이다. 어느 누가 자살하

라고 시킨다고 자살할 사람이 있을까? 김형사는 이상한 논리를 펴고 있었다. 표 박사가 최면을 당한 것이라고, 자신은 그렇게 본다고 말했다. 물론 보고서에는 그렇게 쓰지는 않았지만 분명히 김형사는 김 교수가 최면으로 표 박사를 죽게 했다고 확신한다고 말했다. 신 검사가 믿지 않을 거란 것을 안다는 듯이 눈치를 살피면서 조심스럽게 말했다. 그래서 신 검사는 지금 혼란스러운 것이다. 사건은 마치 박 기자를 위한 것처럼 흘러가고 있었다. 박 기자의 흥미로운 기사거리를 만들어 주려고 누가 꾸미는 것처럼 보였다.

마치 퍼즐을 하나하나 던져주어 박 기자가 풀면서 따라오기를 기다리는 것처럼 사건의 방향이 흘러가고 있지 않은가. 괴로운 것은 신 검사였다. 신 검사도 윗사람과 같은 생각이었다. 의원들의 죽음은 자연사이고 의혹은 없는 것으로 끝나길 바랬다. 신 검사는 신참이었다. 그래서 솔직히 큰 사건에 휘말리고 싶지 않았다. 윗사람들이 이 사건에 휘말리는 것을 병적으로 싫어하듯이, 신 검사도 아직은 자신이 맡은 사건이 크게 확대되는 것이 싫었다. 야망이 없어서가 아니었다. 신참으로 사건의 중앙에 서고 싶지가 않았기 때문이었다. 앞으로 경력이 붙고 안정되었을 때 확실하고 깨끗하게 처리될 수 있는 그런 사건을 맡아 처리하고 싶었다. 경력도 내세울 수 있을 때, 검사란 것이 몸에 배어 있을 때, 누가 봐도 유능해 보일 때 멋지게 성공하고 싶었던 것이다.

지금은 아니다. 지금은 자신이 봐도 아직 솜털 보송보송한 신참이었다. 누구도 신 검사를 유능하게 봐주지 않을 것이란 걸 신 검사는 알고 있었다. 멋지게 성공적으로 사건을 해결해도 자신에게 올 것은 없을 것이다. 공은 윗사람에게 돌아갈 것이고, 자신은 뒤에 급사처럼 서 있을 것이다. 그리고 문제는 이 사건이 논리적으로 해결될 것 같은 사건이 아니었다. 최면이라니 그저 황당할 뿐이다. 명확한 논리가 통하는 사건이 아니었다. 김 교수도 문제였다. 김형사는 발빠르게 김 교수의 주변 조사도 마쳤다. 김 교수는 당원 그것도 아주 골수 당원으로 줄곧 현대통령만 종교처럼 떠받드는 위인이었다. 현직에 연결된 인맥도 있고 집권당의 당원으로서 적지 않은 활동을 하고 있었다. 주위에서 다 아는 사실이다. 이러한 사실이 보고 되면 지검장은 복통을 일으킬 것이다. 폭탄을 발견한 셈이 된 것이다. 이젠 정말로 은밀해야 했다. 만약 명확해지기 전에 수사가 탄로 나면 신 검사는 목이 달아날 참이었다. 당장 그만 두고 싶지만 그래도 그는 수사를 해야 했다. 제발 김 교수와 관련이 없는 것으로 결론 나기를 빌면서 계속할 수밖에 없다. 신 검사는 당장이라도 김 교수를 불러다 물어보고 싶었다.

표 박사와의 관계 그리고 죽음에 관해서 묻고 싶다. 하지만 그럴 수도 없었다. 그러면 당장 검찰이 수사한다는 것을 박 기자가 알게 될 것이고 그 다음날 '검찰수사! 의원들 의문사!'라는 제목의 기사가 뜰 것이다. 생각만 해도 끔찍한 일이었다.

박 기자 때문이었다. 그만 아니라면 사건을 종결지어도 되는 것이다. 아니 종결될 것도 없다. 애초에 하지를 않은 것이니까. 그 원수 같은 박 기자 때문에 수사를 안 할 수도 없다. 그보다는 한발 빠르게 조사하고 있다는 것을 위안 삼을 수밖에 없었다. 보고서를 다시 한번 보고는 벌떡 일어섰다. 지검장에게 보고를 해야 했기 때문이다. 지검장은 구두로 보고를 원했다. 어떤 서류도 자신에게 가져오지 말라고 지시했다. 그는 한발을 뒤로 빼고 있었다. 이건 구두로 하는 것이 오히려 쉬운 점이 있었다. 최면이라니. 그걸 서류로 내야 한다면? 신 검사는 어이가 없어 웃었다. 신 검사를 지켜보던 서기와 미스 김은 서로 마주 보았다.

†

적발

    오랜만에 사무실에 들어온 박 기자는 낯선 곳에 들어온 듯 어색하게 자기 자리에서 줄곧 담배만 피워대고 있었다. 밖에서 서태석과 조사할 것이 있었지만 부장의 악에 받친 전화에 별 수 없이 들어 올 수밖에 없었다. 건너편 노처녀 오기자는 예리한 눈빛으로 금연할 것을 요구하지만 박 기자는 그녀의 폐에는 관심이 없었다. 전화로 악을 써대면서 들어오라던 부장은 김기자와 단독 면담에 들어가자 박 기자를 잊은 듯 내팽개쳐 놓고 통유리로 된 방에서 김기자와 머리를 맞대고 마치 작전회의라도 하듯이 열심히 떠들어 대고 있었다.

    분명 윤락가에서 미성년자를 착취하는 걸 잡은 것이 틀림없었다. 김기자는 항상 윤락가나 술집을 헤매며 영계를 찾아다녔으니까. 그는 항상 술이 취해 출근해도 되는 특권이 있었다. 그가 이제 신문사의 돈으로 즐긴 것이 미안할 때가 된 모양이다.

    그리고 사연 많은 미성년 여자아이의 가족을 앞세우고 경찰과 함께 김기자를 단골로 여긴 어느 멍청한 술집주인을 박살내려고 출동

할 것이다. 점심때가 다 되어서야 두 사람의 작당은 결론이 난 것 같았다. 점심 핑계를 대고 나가서는 돌아오지 않으려고 계획했던 박 기자의 잔머리는 여기서 깨져버렸다. 박 기자는 빨리 서태석을 만나 표 박사가 베란다에서 어이없이 자살한 것을 알려주고 싶었다. 혹시 김 교수와 관련이 있을지도 모른다고, 마지막으로 만난 사람이 김 교수인데 자살과 분명 관련이 있는 것 같다고 말해주고 싶었다. 그러면 서태석은 어떤 실마리를 줄 것이다.

신문사에서 빨리 나가야 했다. 부장과 눈도장은 찍은 셈이다. 부장에게 허락 받은 휴가는 이틀이나 남았으므로 기다리다 지친 듯 사라져 버리려 했는데, 맞은편에서 기고만장한 표정으로 부장과 김기자는 원숭이 우리 같은 방을 나와 박 기자에게 다가오고 있었다. 뒤따르는 김기자의 오만한 표정으로 봐서는 이번에는 열 살도 안 된 창녀가 걸린 것이 틀림없었다.

"박 기자 오늘 좀 도와 줘야겠어."

"포럼 건은 김기자 혼자서 충분하잖아요."

박 기자는 초반부터 쐐기를 박을 필요성을 느꼈다. 김기자는 항상 괜찮은 건만 생기면 박 기자를 걸고 들어갔다. 그는 사건마다 써야하는 기사가 상황 설정이 어설퍼서 아무 사건도 아닌 것을 그럴 싸하게 써대는 노련한 박 기자를 이용하고 싶었던 것이다. 그리고 이 빌어먹을 신문사는 철없는 창녀로 때우길 좋아했다.

"포럼이 아니야. 카메라! 오늘 누가 남았지?"

부장은 박 기자의 의견은 무시하고 출동 인원을 채우기 시작했다. 박 기자는 김기자를 노려보았다. 자신은 대낮부터 술집이나 쑤시며

다니고 싶지 않았다. 게다가 의문사를 조사하고 있는 지금의 상황에서는 더욱 싫었다. 거기다가 난 휴가다. 박 기자의 송충이 씹은 얼굴을 눈치챘는지 김기자는 재빨리 박 기자의 손을 끌고 조용히 말했다. 주위에서 들으면 당장 판이 깨질듯이 귓속말로 속삭였다.

"앵벌이 건이야. 이건 큰 거라구!"

김기자는 박 기자의 손을 끌고 다시 부장 방으로 들어갔다. 방은 온통 담배연기로 가득차 있었다. 건강에는 병적일 만큼 예민한 노처녀 오기자가 절대 들어오지 않는 방이었다. 안개 자욱한 원숭이 방에 들어오자 김기자는 따발총처럼 자신의 사건을 떠벌렸다.

"그냥 앵벌이가 아니야, 신생아를 팔기도 하고, 심지어 거기서 시험관 아기를 직접 길러서 팔기도 한다는 거야. 바로 산부인과에서 말이야."

박 기자는 솔깃했다. 이 술꾼이 이번에는 한 건 해 내는 것 같았다.

병원은 아담한 3층 건물을 통째로 쓰고 있었다. 건물 외벽에 다른 간판이 걸렸던 자국이 없는 것으로 봐서 이 개인 병원의 원장이 이 건물을 소유하고 있는 것이 틀림없었다. 간호원은 공포에 질린 듯 구석에 서 있었다. 묻는 말에 대답조차 제대로 하지 못했다. 원장님이 잠깐 나가셨다는 말만 형사들이 알아들을 수가 있었다. 형사들은 원장이 올 때까지 못 기다리겠다는 듯이 수색영장을 원장의 책상으로 보이는 책상 위에 던져놓고는 병원을 뒤지기 시작했다. 그 중에 지휘자인 듯한 형사가 다른 형사들에게 입원중인 환자들이 놀라지 않도록 조용히 선별적으로 병실을 조사하라는 지시를 내리고 자신은 원장실의 서류들을 뒤지기 시작했다. 노련한 형사들은 얼마 되지 않아 사무실과 병원의 구석구석을 다 뒤진 듯 몇몇 불안해 하는 환자들을 안심시킨 후 원장실에 다시 모였다. 그 동안 박 기자와 김기자는 카메라맨을 앞세우고 병실 한 곳과 인큐베이터실을 촬영했다. 박 기자는 다른 평범한 병원들과 별다른 점을 파악하지 못했으나 형사들은 원장을 감옥에 보낼 수 있는 물증을 잡은 듯 십분도 되지 않아 수색을 끝내버렸다.

형사들이 몇 개의 장부를 재확인하고 있을 때 점심을 마치고 들어온 원장이 들어왔다. 원장은 금방 사태를 파악했는지 구석에 몰려있는 간호원들과 형사들을 번갈아 보았다. 멍하니 물고 있던 이쑤시게를 떨어뜨렸다. 원장실을 수색했던 형사는 원장에게 피의자로서의 권리를 간단하게 알려주고는 함께 가 줄 것을 요구했다. 물론 변호사를 부를 수 있도록 전화 한 통은 할 수 있다고 알려주고 바로 수갑을 채웠다. 원장실에서 확실한 증거를 잡았는지 그들은 인정사정 없었다. 원장은 모른다는 말만 되풀이하고 있었다. 자신은 어떤 사람의 요구에 의해서 해준 것뿐이라며 변명과 선처를 벌써 호소하고 있었다. 변호사를 부르기 전에는 말을 아껴야 한다는 상식을 잊어버린 듯했다.

경찰서에서 연락이 온 것은 그 다음날이었다. 그렇지 않아도 가 보려는 참이었는데 그 쪽에서 친절하게 취조가 마무리되었으니 와보라는 것이었다. 취재를 하다가 걸려든 건이라 이쪽을 예우하려는 것이었다.

박 기자는 김기자를 데리고 갔다. 그는 사실 박 기자의 기득권자였다. 경찰서 수사계는 열악한 경찰의 환경을 홍보하는 듯한 장소 같았다. 이십여 평 됨직한 장소에 철제 책상만 이십 개는 되어 보였다. 박 기자는 항상 경찰서에 취재 올 때마다 왜 경찰서는 책상을 쓸만한 원목재나 요즘 유행하는 사무용 가구로 바꾸지 않을까 하고 생각한다. 십 년을 경찰서 취재를 다녀도 그때나 지금이나 바뀐 것이라고는 책상마다 컴퓨터 한대씩 있다는 것 외에는 하나도 없다. 정말이지 국민의 세금은 한 푼도 헤프게 쓰지 않겠다는 것이 경찰서의 신념인 듯했다. 범죄인이 이곳에 끌려왔을 때 이곳의 검소함에 감탄할 것이 틀림없었다. 그러나 아무래도 최신 건물에는 어울리지 않았다. 담당 형사의 이름은 이정석이었다. 본인이 소개를 하지는 않았지만 책상 위 컴퓨터 모니터 뒤에 담배갑 크기로 이름을 써 붙여 놓았기에 박 기자는 알 수가 있었다. 모든 형사들의 이름이 각자의 책상 귀퉁이 모니터 뒤에 붙어있었다. 단체로 코팅한 것이 분명했다. 이 형사는 사건의 개요를 간단히 설명했다. 조리 있게 간략히 설명하는 것으로 보아 이형사는 나름대로 경찰의 직분을 사랑하는 것 같았다. 박 기자의 경험으로보아서는 이런 부류의 형사는 뇌물을 받지 않는다. 맺고 끊음이 분명한 어투에 감정이 실리지 않은 무표정한 얼굴은 신뢰감이 가고도 남았다. 그의 말을 더욱 줄이자면 이렇다.

산부인과 원장은 순순히 조사에 협조했다.

삼사 년에 걸쳐서 시험관 아기를 제조했다. 그리고 그중, 대다수는 정상적으로 불임환자의 부부동의에 의해 이루어 졌다고 했다. 더 큰 문제는 급습하는 과정에서 장부에 드러난 미혼모 태아들의 처리과정, 그 아기들은 대다수 꼬쟁이 할머니를 통해서 앵벌이로 팔려나가거나 혹은 불임부부들에게 음성적으로 팔려나갔다는 것이다. 여기까지가 원장이 자의로 진술한 부분이고 나중에 간호사들의 진술로 드러나자 추가로 원장이 실토한 부분이 이형사의 호기심, 즉 수사방향이 급속도로 심각한 대형수사가 될 것 같다는 예감을 자극한 것이다. 그것은 기형아의 생산이었다. 꽤 많은 기형아도 생겼는데 그것이 한 사람에게 조달되었다는 것이었다. 그것도 불임부부의 정자와 난자로 생산된 것이 아니라 기형아를 가져간 그 사람이 직접 수정시킨 수정란을 가지고 원장은 대리모만 제공했다는 것이었다. 원장은 그 사람이 어느 제약회사의 임원이라고만 알고 있었지만, 이형사가 조사해 본 결과 그 제약회사에는 그런 사람이 없었다.

"왜 기형아들이 생겼답니까? 요즘 시험관 아기의 의학 기술은 그런 실패가 없을 텐데요?"

박 기자는 머리가 곤두설 정도로 심각성을 느꼈다.

"문제는 기형아를 가져간 그 사람이 가져온 수정란이 비정상적이었다는 겁니다. 원장도 몇 개월 됐을 때 초음파검사를 하고 기형아란 것을 알고 그 사람에게 낙태시키자고 하자 그 사람은 그냥 출산을 강요했다는 겁니다. 자신이 그 기형아를 가지고 관찰할 것이 있다고, 의학계의 발전을 위해 원장이 도와야 한다고 설득했다는 겁니다."

"이상하군요. 원장은 그 사람의 연락처가 전혀 없답니까?"

박 기자는 이형사를 원망하듯이 쳐다봤다.

"연락은 항상 그쪽에서 했답니다. 기형아를 싣고 갈 때도 그쪽에서 먼저 연락해서 정확히 때가 되면 승합차로 인큐베이터까지 가지고 와서 신생아를 싣고 가버렸다고 했습니다."

"인큐베이터까지 실을 수 있는 설비라면 웬만한 앰뷸런스로는 힘이 들텐데…"

박 기자는 이형사보다도 더 실마리를 풀려고 용을 쓰고 있었다. 그때까지 얌전히 입을 닫고 있던 김기자가 불쑥 내뱉었다.

"차량 추적은 해봤습니까?"

이형사는 어이가 없다는 듯이 김기자를 쳐다보았다. 자신을 수사의 기본도 모르는 형사로 취급하는 사람을 어찌 대접할 것인지 고민하는 눈치였다. 그러나 그는 인내심이 있었다.

"원장은 차량번호를 모르고 있습니다. 한 번은 자신도 유심히 본 적은 있지만 금방 잊어버렸답니다. 거짓말은 아니라고 확신합니다."

이형사는 원장이 차량번호를 모른다는 것을 확인했으리라. 원장 같은 기회주의자는 이형사가 어떤 조건을 걸었을 때 오히려 기다린 듯이 우군이 됐을 테니까. 이형사는 번호를 알려 주는 대가로 적지 않은 정상참작을 제시했을 것이다. 이형사의 확신에 찬 표정을 봐서 박 기자도 그 점은 확신하고 싶었다.

그때 박 기자의 머리에 스치는 것이 있었다.

서태석이라면 처리해줄지 모른다.

"원장이 번호를 외웠던 적이 있답니까?"

박 기자는 다급해서 물었다.

"외운 적은 없답니다. 그냥 유심히 본 적은 있다고 했습니다. 경기 번호란 것만 알더군요."

"어찌 되었든 원장을 내가 아는 사람에게 한 번 대면시켜 주실 수 있겠습니까?"

박 기자는 대답도 듣지 않고 일어서며 고맙다는 말과 함께 헤어짐의 악수를 청했다. 이형사는 승낙을 강요당했다.

서태석은 박 기자의 전화를 받고는 흔쾌히 승낙했다. 박 기자는 전화상으로 이 사건이 의원들의 죽음과도 연관이 있을지도 모른다는 말을 듣고 순순히 박 기자의 부탁을 들어주었다. 사실 박 기자와 사건을 같이 알아보는 사이 서태석은 박 기자와 오랜 유대감 같은 것을 느끼고 있었다. 박 기자의 성격이나 그의 행동 하나 하나가 마음에 들었다. 특히 서태석은 일반인들과 잘 친하지 못하는 편이었다. 자신의 직업과 그것에 익숙해진 자신의 행동이 사람들 사이에서 소외되게 만들었고 자신은 더욱 현실과는 동떨어지는 생활로 익숙해져 가고 있었다. 우연한 기회에 박 기자를 만났지만, 자신이 주장한 명사들의 영혼 이탈을 그만은 믿어주었다. 서태석은 박 기자가 가장 현실적인 직업을 갖고 있지만 자신과 같은 불분명한 세계 또한 인정해 주는 사람으로 보았다. 모든 사람들이 미신이라고 치부해버리는 세계도 이성을 갖고 인정해 주는 포용력 있는 사람이라 믿게 되었고 급기야는 존경심까지 가지게 되었다. 서태석은 자신도 과거에 우연한 기회로 도교의 서적과 주역 등에 심취하기 전에는 사회에서 인정받는 대기업의 회사원이었고 게다가 명문대 출신이었다. 동창들과는 그 부류에서 선의의 경쟁을 하며 격려를 하던 앞길이 탄탄이 보장된 젊은이였다.

그러나 땅의 기운을 읽는답시고 모든 것을 버리고 전국을 헤집고 다니는 사이 십여 년이 흘렀고, 현재 자신의 주변에는 같은 부류의 점쟁이들만 남게 되었다. 가정과 돈 그 외의 세속적인 것을 소유하고 안정을 잡은 친구들이 그의 주위에서 멀어진 지 오래였다. 그는 외로움을 느끼고 있었다. 그는 다른 사람이 보지 못하고 느끼지 못하는 것들을 알고 또 어떤 부분은 조종도 지배도 할 수 있는 경지에 이르렀다고 자부하고 있었다. 허나 그럴수록 자신의 신체에 대해서는 등한시하게 되었고 현실 즉 이승에 대해서는 무관심하게 되었다. 그런 것들은 자신이 인간이 아닌 다른 것으로 돌연변이화 되는 것도 부정할 수 없었다. 주위 사람들도 그를 신비감은 가지고 바라보긴 하지만 가까이 다가서려고 하지는 않았다.

얼마 전 합천 가야산에서 힘들게 찾은 철심을 빼고 내려오던 때였다. 그 철심은 거란족이 고려 때에 박아놓은 것으로 그 산이 워낙 정기가 좋아 철심이 없는 줄 알았던 곳이다. 철심을 전문으로 찾던 사람들도 해인사의 정기와 소백산의 강력한 정기가 만나는 지점에 철심이 있으리라고는 상상도 못하고 있었다. 워낙 철심이 오래되어 제 기능도 못할뿐더러 어느 정도 산에 융화되어 있던 터라 서태석 자신도 철심을 찾은 것에 너무도 고무되어 내고 오고 있을 때였다. 산을 다 내려오자 계곡 끝자락에 텐트를 치고 놀던 서태석 또래의 젊은 일행을 만났다. 지나치다보니 일행 중에 얼굴이 하얗게 떠있는 젊은이가 눈에 띄었다. 서태석은 그가 그곳의 음기에 치어있는 것을 알았다. 다른 때 같으면 대수롭지 않은 증상이라 그냥 지나칠 일이었지만 그 날은 힘든 철심을 빼고 난 후의 만족감에 젖어있었다. 친절을 베풀고 싶은 마음이 동해서 그것을 알려주었다.

그에게 당신은 체질이 태음인이라 이곳의 수맥을 느끼고 게다가 음기가 강한 습한 곳에 텐트를 쳐서 더 견딜 수가 없을 거라고 알려주었다. 그리고는 주위의 소나무 중에 수분을 가장 많이 머금고 있는 나

무의 솔잎을 갈아서 먹어보라고 주었다. 젊은이는 자신이 이곳에 와서 음식을 잘못 먹어서 체한 줄로만 알고 있었다. 그는 시키는 대로 솔잎에 버섯을 갈아먹고는 씻은 듯이 나아서는 어쩔 줄을 몰라 했다. 그는 서태석을 신비롭게 모시면서 자신의 명함을 주었다.

그 후 얼마 뒤에 서태석은 대구에 갈 일이 있어서 그에게 연락을 해보았다. 그러나 그는 다른 중요한 약속을 핑계로 서태석을 만나주지 않았다. 서태석은 그 이후로는 절대로 자신과 주위의 사람들에게 자신의 능력을 보여주지 않았다. 그러나 박 기자는 달랐다. 박 기자는 항상 신뢰해 주었다. 서태석의 세계를 인정해 주고 있었다. 자신이 기자라는 세계에서 그 범위 안에서 모든 것을 판단하고 생활하듯이 조금 특이하지만 서태석도 그가 속한 세계에서 자신만의 인생을 살고 있는 것에 대해 자연스럽게 인정해 주었던 것이다. 서태석은 양말을 신지 않는다. 항상 얇은 고무신만을 신고 다닌다. 박 기자는 그런 서태석을 이상하게 여기지 않았다. 오히려 서태석이 발의 감각을 잃지 않으려고 양말을 신지 않고 고무신만 신는다고 하자, 자신도 기자를 그만두면 그러고 싶다고 했다. 서태석은 자신에 대해서 이질감을 느끼지 않는 그가 편안했다.

경찰서에 온 태석은 원장을 상대로 최면을 걸었다. 원장의 기억은 간단했다. 간단해서 최면도 쉽게 빠져 들어갔다. 원장의 말대로 그 당시의 시간으로 들어가자 병원 주차장에서 신생아를 승합차에 실을 때 원장이 차량번호를 보았던 순간을 포착했다. 그러나 번호는 보이지 않았다. 원장의 기억이 흐려서 정확한 숫자를 읽어 내지를 못했다. 태석은 다른 방법을 사용하기로 했다. 상황을 만들 필요가 있었다. 병원으로 가기로 했다. 이형사는 별로 탐탁치가 않은 표정이었으나 박 기자의 닦달에 못 이겨 원장을 병원으로 데리고 갔다.

태석은 병원에 도착하자 주차장으로 원장을 데리고 갔다. 그리고는 그 엑스라는 사람이 타고 왔다는 승합차와 같은 차를 주차장에 세웠다. 그 당시 서 있었던 그 자리에 같은 차를 세운 것이었다. 태석은 원장을 차의 옆 방향에 세웠다. 원장은 고분고분 그의 말을 들었다. 이형사의 조건은 원장의 자존심을 차단하고 있었다. 그는 현장검증을 충실히 하려는 노력이 역력했다.

"차만 보세요."

태석이 말하자 원장은 갑자기 차렷 자세가 되어 차의 옆을 뚫어지게 보았다.

"긴장을 푸시고 다른 것은 생각하지 마세요."

원장의 어깨가 늘어졌다. 평상시대로 어깨를 늘어뜨려야만 긴장이 풀린다는 듯이….

"자, 그러면 제가 말하는 데로 시선을 집중하세요."

"지금 차만 쳐다보고 있죠?"

"네!"

원장은 차를 계속 뚫어지게 보았다.

"차는 무슨 색이죠?"

"파란색입니다."

원장은 색깔을 맞춘 것이 자랑스런 듯이 주의 깊게 차를 보았다. 박 기자도, 김기자도 이형사도 차를 쳐다보았다. 조금 있으면 폭발할 차인 것처럼 다같이 집중하고 있었다.

169

"그 당시의 차와 같습니까?"

"네!"

"다시 한번 이 차를 잘 보세요."

태석은 눈가리개를 꺼내서 원장에게 씌웠다.

"자. 이제 그 당시로 들어갑니다."

"네!"

"대답은 하지 마시고, 조용히 듣고 생각만 하세요."

"네!"

원장은 완전히 유치원생이 되었다.

"그때 비가 왔지요?"

원장은 대답할 뻔했다.

"지금도 비가 오고 있습니다."

김기자는 하늘을 봤다. 맑은 날이었다.

"이슬비가 내리고 있습니다."

"빗방울이 당신의 머리에 떨어지고 있습니다."

"한 방울, 두 방울 당신의 머리가 젖고 있습니다."

"차도 비에 젖고 있습니다."

"당신의 머리에 비가 내리고 있지요?"

"당신은 지금 비를 맞고 있습니다."

"빗방울이 당신의 머리카락사이로 스며들고 있습니다."

"빗방울이 당신의 머리카락사이로 흘러내려 이마를 타고 흐릅니다."

"또 한줄기의 빗물이 이마에 흐릅니다."

"당신은 머리칼을 쓸어 올립니다."

원장은 머리칼을 쓸어 올렸다.

"머리에 닿은 손이 젖었습니다."

"당신은 젖은 손을 바지에 닦습니다."

원장은 두번이나 바지에 손을 비볐다. 물기가 한 번에 닦이지 않은 듯이. 박 기자는 원장이 완전히 최면에 빠진 것을 알았다. 김기자는 아무 생각 없이 쳐다만 보고 있었다.

"자. 당신은 비를 맞고 있는 차를 쳐다보고 있습니다."

"엑스가 차를 타고 있습니다."

"그가 출발하려 합니다. "

"아기를 싣고 가려 하고 있습니다."

그 순간 원장이 주머니에 손을 넣고 주물럭거리고 있었다. 박 기자는 원장이 엑스로부터 받은 돈을 만지작거리는 것이라 생각하자, 그가 더욱 혐오스러워 보였다.

"엑스는 시동을 걸고 있습니다."

"당신은 차량의 후미로 돌아가고 있습니다."

원장은 눈가리개를 한 채로 차량의 뒷부분, 차넘버가 달린 범퍼쪽으로 돌아가고 있었다. 태석이 가만히 손을 잡아주었지만 거의 혼자서 눈을 뜨고 걷듯이 망설임 없이 걸었다. 손까지 가슴에 올리고 흔들면서 엑스를 배웅하고 있었다. 박 기자는 태석이 왜 번호가 보이지 않는 차 옆 부분에 원장을 아까 세워두었는지 어렴풋이 알 것 같았다.

"자, 당신은 이제 떠나는 차의 범퍼를 봅니다."

"당신은 초록색의 범퍼를 보고 있습니다."

"당신은 번호를 읽고 있습니다."

"번호가 뚜렷하게 보이고 있습니다."

"멀어지기 전에 당신은 번호를 소리 내어 읽습니다."

"경기…."

서태석이 앞부분을 말하자 원장이 마저 말을 이었다.

"경기 40다 6416!"

김기자가 나직이 감탄의 소리를 내었다. 이형사는 신속하게 번호를 듣는 순간 핸드폰을 이리저리 누르기 시작했다. 박 기자는 그가 하는 행동을 빠뜨리지 않고 옆에서 듣고 보고했다. 상황은 빠르게 진행됐다. 그 차량은 평택에 소재를 두고 있는 영생원의 차량으로 밝혀졌다.

영생원은 평택에 자리하고 있었다. 일행은 평택으로 향했다. 박 기자는 혼란스런 생각을 정리하려고 노력하고 있다. 차창 밖의 풍경은 박 기자의 생각만큼이나 빠르게 지나가고 있었다. 1번 국도를 따라 수원, 오산을 거쳐 송탄을 지나서 평택시내 초입에 들어섰다. 1번 도로를 우측으로 빠져나와 오 분 정도 시골길을 따라가자 농가 몇 채와 어우러져 붉은 벽돌로 지어진 건물이 나타났다. 이형사와 그의 동료들은 신속했다. 불필요한 움직임이 전혀 없이 행동은 자연스러우면서 빨랐다. 영생원에 일행의 차가 주차됨과 동시에 영생원의 내부와 외부는 완전히 차단되었다. 내부의 상황정리는 몇 분 되지 않아 정리되었다. 박 기자가 염려했던 충돌은 전혀 일어나지 않았다. 그것이 오히려 놀라왔다. 그 이유는 간단했다. 그곳은 정말로 선량한 신자들이 기도하는 곳이고 그들은 봉사하는 종교인이었다. 수녀들만 있는 곳이다. 그들은 놀라움에 떨면서 이형사 일행에게 도리어 상황을 설명해줄 것을 조심스럽게 되물었다. 이형사는 대답에 앞서 신생아가 있는 곳을 안내해 줄 것을 요구했다. 수녀들이 정중했으므로 이형사도 예의를 갖추고 상대했다. 원장으로 보이는 수녀와 그 바로 밑에 직분인 듯한 원장과 비슷한 연배의 나이든 수녀가 원장과 나란히 앞장섰다. 그들은 지하실로 내려가는 계단으로 향했다. 두 수녀의 뒷모습은 허둥대고 있었지만 그 와중에도 종교인으로서의 단정한 기품이 보였다.

이형사 일행의 뒤를 따라 내려간 박 기자는 지하실의 시설에 놀랐다. 범죄의 현장이기에 어두컴컴한 지하실을 상상한 박 기자는 지하실의 완벽한 시설에 경애감까지 들었다. 지하실이지만 반지하라 천장 바로 밑에 위치한 창문으로 밝은 빛이 들어오고 조명시설도 굉장했다. 사방의 벽은 완벽하게 위생 처리된 흰색으로 코팅까지 되어있었다. 더욱 놀라게 한 것은 그곳의 의료기기였다. 종합병원의 신생아실도 이 같은 시설을 하지 못했을 것이라 여겨졌다. 인큐베이터가 십여 대 있는 것은 물론이고 심장 박동기, 호흡기 등 기자재들이 100평 됨직한 지하공간에 가득했다. 상주하는 듯한 간호사도 셋이나 있었다.

머리에는 간호사처럼 모자를 쓰고 있었지만 복장은 수녀였다. 그들도 이형사 일행의 급작스런 방문에 놀랐는지 원장 수녀 옆으로 물러섰다. 박 기자와 마찬가지로 이형사와 일행도 이곳의 시설에 놀라 말을 잊고 있었다. 박 기자는 이형사를 뒤로하고 주변을 둘러보았다. 열 명 가량의 신생아와 조금 큰 아이들이 있었는데 그들은 거동을 전혀 하지 못하고 침대 혹은 인큐베이터에 호흡기나 링겔주사를 꽂고 있었다. 그 광경은 실로 참혹했다. 아마 완벽한 시설의 환경만 아니라면 폭발 현장의 부상자들은 연상할 만했다. 팔이 없는 아이, 눈이 없는 아이 팔다리의 위치가 바뀌어 있는 아이, 그런 아이들의 모습은 신이 인간의 육체를 분해해서 장난삼아 아무 위치에 가져다 붙인 것 같았다. 아이들이 모두 살아있는 인간이라는 사실에 박 기자는 더욱 분노가 치밀었다. 그때, 유일하게 정상인 아이를 찾아냈다. 백일이 채 안돼 보이는 그 아이는 육신이 온전했다. 박 기자는 자신도 모르게 그 아이에게 다가갔다. 마치 외계인 사이에서 인간을 만난 것처럼 자석에 이끌리듯이 다가갔다. 그 아이는 콧구멍에 호스를 두 가닥 끼고 있었고 붉은 색의 링겔 액체를 팔에 꽂고 있었다. 박 기자가 그 아기에 관심을 보이자 근처에 서있던 간호사가 나직이 말했다.

"아이는 내장이 없어요. 그래서 혈관으로 영양분을 공급하고 있습니다."

큰 비밀을 알려주고는 한 발자국 조용히 물러섰다.

"도대체 이 아이들을 누가 데려왔습니까?"

박 기자는 아직도 입구 가까이서 이형사 일행과 서있는 원장에게 물었다. 마치 박 기자가 형사인 것만 같았다. 수녀들도 박 기자가 대장 형사인 줄로 알고 있는 것 같았다. 이형사와 일행은 아직도 시선을 어디에 둘지를 몰라 두리번거리고 있었다.

"김사장님이 데려오지요."

원장이 대답했다.

"왜요!"

박 기자가 소리쳤다. 그는 흥분하고 있었다.

"그분은 병원에서 소외되고 부모로부터 버림받은 이 생명들을 살리려고 애쓰십니다."

174

원장이 꾸짖듯이 대답했다. 박 기자의 질문하는 태도가 아이들을 혐오하고 있는 것으로 들렸던 모양이다. 원장은 이 아이들이 어떻게 생기고 운반됐는지 모르는 것이 확실했다.

"그는 언제 옵니까?"

이형사의 첫 질문이었다. 그의 질문은 형사기질에 맞게 간략하고 핵심이 있었다.

"그분은 일주일에 한두 번 오십니다."

"와서 뭘 합니까?"

"그분은 오실 때마다 여기서 서너 시간씩 기도하고 가십니다. 울면서 기도하시지요. 그럴 때면 우리도 이 자리를 피해줍니다. 그분은 몇 시간씩 아이들을 위해 혼자서 기도하고 나셔야 마음의 평온을 찾는다고 하십니다."

원장의 대답은 김사장을 옹호하고 있었다. 원장은 박 기자도 김사장처럼 이 아이들을 정상인 아이들처럼 사랑하기를 기도하고 있는 듯이 보였다.

"그가 기도하고 가면 아이들에게서 이상한 점은 없습니까?"

서태석이 뭔가 짚이는 것이 있는 듯이 물었다.

"그분은 이 아이들을 위해 사시는 분입니다. 그분이 아이들에게 해라도 끼친다는 겁니까?"

원장은 분노의 화살을 서태석에게 돌렸다.

'이 사람들은 봉사의 희열과 사랑의 포만감을 전혀 모르는 몰지각한 공무원들이야. 오직 조직과 법만을 준수하고 이런 사랑의 현장을 마치 괴물을 키우는 양 관료를 앞세워 불법으로 몰아가고 있어. 김사

175

장의 헌신적인 행동을 왜곡하려는 무식한 형사들, 당신들은 이 아이들보다 더 불쌍해.'

원장은 속으로 이렇게 소리치며 주를 찾았다. 주님은 항상 원장을 위해 기다리고 계셨다.

'저들을 용서 하소서!'

주님은 오늘도 예외 없이 원장의 손을 들어주었다. 약간의 평안을 찾은 원장은 이 사람들과의 면담을 빨리 끝내야겠다고 생각했다. 원장은 그들에게 인내심을 가지고 이곳 은총의 시설을 설명해 갔다. 당연히 설립의 취지를 포함해서 이곳 사랑의 현장을 이해시키려 했다. 그러나 그들은 하나님은 인정해도 김사장은 존중하려 들지 않았다. 전 재산을 털어 이런 시설을 하고 불쌍한 이 아이들을 위해 희생하고 봉사하는 사람, 주의 가르침에만 따르는 김사장을 색안경을 끼고 보는 이 사람들을 설득하기가 불가능하다고 판단한 원장은 결국 설득을 포기하기에 이르렀다. 하지만 그들이 주장하는 사탄의 말은 안들은 것으로 했다.

"일단 잠복하는 수밖에 없군."

이형사가 영생원을 나오며 중얼거렸다. 서태석과 박 기자도 동감했다.

"확실한 것 같아요."

서태석은 후진하는 차의 앞좌석에 앉아서 멀어지는 영생원을 쳐다보며 말했다.

"홍 의원의 의식에 들어갔을 때 이 영생원을 봤어요. 그 아이들의 정신세계로 사망자들의 혼이 들어간 것이 분명합니다."

176

서태석이 박 기자의 동의를 원하며 뒤를 쳐다보았다. 후진을 하며 뒤를 돌아보던 이 형사와 그 옆의 조수석에서 서태석이 뒤를 돌아보자 두 사람은 박 기자의 얼굴을 동시에 바라보게 되었다. 두 사람의 눈길을 받고 보니 뭐라고 대답을 해야겠지만 박 기자도 머리가 복잡했다.

"글쎄요."

박 기자는 아직도 영생원에서 보았던 기형아들의 모습이 눈에 박혀 제대로 생각을 할 수가 없다.

"그 아이들의 부모는 누구일까요?"

박 기자는 그것이 가장 궁금했다.

"사망자들이지요."

서태석의 확신은 오늘따라 유독 단호했다. 박 기자는 서태석의 말이 가당치도 않다고 생각했지만 겉으로 내색하지는 않았다. 사망자가 노인들인데 그들의 정자를 어떻게 구한단 말인가. 박 기자의 혼란스런 생각은 아랑곳하지 않고 서태석은 이야기를 계속했다.

"누가 사망자의 자식들을 이곳으로 데려온 겁니다. 그리고 강력한 영력자가 아이들의 혼을 빼버린 거예요. 그리고 그 비어있을 공간에 사망자들의 혼을 불러들인 겁니다."

"혼을 빼았긴 그들은 의식이 사라진 채 며칠 동안 심장으로만 버티다가 어느 순간에 사망하는 거지요. 확실한 타살입니다. 완벽한 범죄지요."

"아무리 염력이 강한 자라도 혼이 빨려 들어갈 수 있는 유사한 영혼의 자리가 없으면 멀쩡한 사람의 혼을 마음대로 빼올 수가 없거든

177

요. 그래서 누군지 모르지만 그자는 사망시킬 사람의 아이들을 먼저 이곳으로 데려다 놓은 겁니다. 자식의 뇌가 가장 유사하니까요."

서태석은 자신의 논리가 어떠냐는 듯이 말을 끊고 박 기자를 쳐다보았다.

"그들의 아이들이란 것은 불가능하다고 봐야죠!"

박 기자는 곧바로 서태석의 논리에 제동을 걸었다.

"먼저 그들의 정자를 어디서 구했냐는 겁니다. 그들이 대부분 노인들인데 말입니다."

"그것을 알아내야죠."

서태석은 반박을 받아들이지 않았다.

"먼저 아직 병원에 살아있는 사람의 의식에 더 들어 가봐야겠어요."

서태석은 이형사에게 S대병원으로 가자고 말했다. 내용을 잘 모르는 이형사는 룸미러로 박 기자를 보았다. 박 기자의 동의하는 눈짓이 거울에 비쳤다. 이형사는 꼼짝없이 기사가 되었다. 영생원에는 두 명의 형사를 배치하여 수녀들이 모르도록 은밀하게 숨어 있도록 했다.

엑스는 평택이 가까워지자 핸드폰을 들었다. 전화는 원장이 받았다. 엑스는 자신이 가고 있으니 아기를 볼 수 있게 해달라고 했다. 원장은 항상 준비되어 있다고 말했다. 엑스는 간호사가 두 시간은 자리를 비울 수 있도록 아기들의 주사기와 호흡기를 잘 조치하라고 말했다. 자신은 아기들과 혼자서 기도하며 하느님의 가르침을 듣고 싶다고 했다. 원장은 엑스의 신앙심에 감복하고 있음을 알아달라고 말했다.

그리고 어제 형사들이 다녀갔다고 말했다. 그들이 김사장님의 복지

사업에 혹시나 무슨 위법이 있는지 몇 가지 캐묻고 갔다고 말했다. 자신은 그들이 김사장님의 성스런 사업을 몰라줘서 안타깝다고 말했다. 김사장은 그런 사람들은 신경 쓰지 말라고 단호하게 말했다.

원장은 전화를 끊고 주님께 감사했다. 이런 신앙심 깊은 사람이 돈이 많은 것을 감사했다. 엑스의 기도에 주님은 거액의 기부금을 오늘도 내고 가라고 가르침을 주실 것이다.

엑스는 간호사가 존경의 미소를 띠며 문밖으로 나가자 기형아들을 둘러보았다. 육신들은 간신히 기계의 도움으로 살아가고 있었다. 엑스는 네 번째 침대로 다가갔다. 침대에는 홍아선이란 명패가 붙어 있고 그곳에는 양자리란 것도 적혀있다. 아선은 홍 의원의 아호였다. 홍 의원의 복제인간인 것이다.

"잘 있었나, 홍 의원!"

아기도 엑스를 바라보았다. 엑스와 눈빛이 마주치자 끄윽끄윽 소리를 내었다. 눈에는 벌써 눈물이 고였다. 공포에 떨고 있었다. 저주의 빛도 역력했다.

"어떤가, 벌써 보름이 됐군. 자네가 여기에 온 것이. 더러운 정치판을 떠나 순수한 아기의 몸에 안식하고 있는 기분이 어떤가? 자네의 본래 육신은 일주일 전에 땅속에 묻혔네. 지금쯤 구더기가 자네의 내장을 파먹고 있을 거야!"

아기가 다시 끄윽 소리를 내었다. 그리고 갈비뼈 아래쪽에 붙어 있는 하나뿐인 손이 몹시 경련을 일으키고 있었다. 호흡이 가빠지고 입에서 액체가 흘러내렸다.

"아, 흥분하지 말게 미안하게도 자네의 복제 아기는 태어날 때부터 혀가 없었네. 아니, 입천정에 붙어서 나왔더군. 아직은 아기 복제기술이 완벽하지 못해서 말이야. 다리와 팔이 하나뿐인 것은 별로 섭섭하지 않을 거야. 어차피 쓸 일이 없을 테니까. 괴로워도 조금만 참아. 며칠 안에 영원히 쉬게 해줄 테니까."

아기의 입에서 다시 고통스런 동물 신음 소리가 새어 나왔다.

"이봐, 말이 안 나와서 답답한가? 눈앞에서 목숨 같은 부모, 형제, 아내, 자식을 잃고도 소리를 못 내고 숨죽여 살아야 했던 우리 앞에서 당신은 말했지. 반드시 우리를 대신해 목소리 내주고 응징해 주겠다고 약속했는데 권력에 눈멀은 인간이 돼 있더군. 억울해도 목소리도 못내는 그 참악함을 똑같이 느껴보게. 나도 자네와 좀더 대화를 나누고 싶지만 옆에 있는 강도지사와 말을 나누게. 난 오늘도 할 일이 있거든. 자네 친구 나 의원도 데려와야 하거든."

엑스는 일곱 번째 침대로 다가갔다. 그리고 손에 들고 있던 가방을 내려놓았다. 명패에는 정두정이라 되어 있다. 별자리는 처녀자리 오늘이 가장 혼을 옮기기에 좋은 날이었다. 가방에서 주사바늘과 정의원의 신상이 적힌 수첩을 꺼냈다. 수첩에는 정의원의 생일과 고향 태어난 시간까지 적혀 있다. 엑스는 천진하게 눈을 돌리고 있는 아기를 바라보았다. 이 아기는 어느 아기처럼 멀쩡한 얼굴을 하고 있었다. 하지만 머리 아래 부분부터는 마치 거미를 닮았다고 해야 할 것 같았다. 머리는 천장을 향해 단정히 누워있지만 목 아래 부분은 엎드려 있었다.

등은 굽어 꼽추처럼 하늘을 향에 튀어 올라 있었고, 다리는 팔이 달려야 할 어깨 부분에 붙어 머리를 감싸듯이 벌어져 있고 팔은 세 개나 다리 있을 곳에 퍼져서 붙어 있었다. 생식기는 없어 보였다. 그곳에 팔이 달려 있으니까.

"정의원, 당신과 마주할 시간이 다가오는군."

엑스는 망설임 없이 주사바늘을 아기의 정수리에 꽂았다. 아기는 자지러지는 소리를 내질렀다. 인간의 자식의 소리가 아니었다. 어린 새끼의 소리라는 것은 알 수 있지만 인간의 자식, 아기의 성대에서 나는 소리는 분명 아니었다.

"마치 원숭이 소리 같군."

엑스는 혼잣말을 하고는 기도를 하듯 나직한 소리로 주문을 외우기 시작했다. 뒤에 형사들이 들이닥치는 소리가 들려도 엑스는 미동도 않고 주문을 외우고 있다.

박 기자 일행이 평택을 다녀 온 지 삼일이 지나 있었다. 오랜만에 사무실에서 밀린 업무를 보려고 하니 남의 사무실에 있는 것 같이 낯설었다. 이렇게 오래 동안 사무실을 비워본 적이 없기에 더욱 그랬다. 항상 너무 일에만 몇 년을 매달려 왔다는 생각이 불현듯 밀려들었다. 사건은 미궁에 빠져있었다.

박 기자는 한 번 더 김 교수를 만나려고 동아대에 전화를 걸었지만 김 교수는 외출 중이었다. 박 기자는 김 교수를 생각하면 어딘가 이상하다는 생각이 들었지만 명확히 그 원인을 알 수가 없었다. 어떤 식으로 든 김 교수는 이번 사건에 관련이 있는 것이라고 박 기자는 확신하고 있었다. 하지만 확신에는 물증이 필요한 법이다. 박 기자는 그 증거를 자신의 능력으로 밝혀낼 수 있을지 장담할 수 없었다. 아무리 짜맞추어 봐도 실마리가 될만한 건 그의 머리속에서 맴돌기만 할 뿐 시원한 답을 얻어낼 수가 없었다.

김 교수를 제일 처음 만나던 때를 떠올려보았다. 서태석의 소개로 박 기자가 먼저 김 교수를 만나자고 했지만 왠지 김 교수는 이미 박 기자를 알고 있는 눈치였다. 마치 오랜만에 연락이 닿은 친구처럼 낯설은 느낌 없이 박 기자를 돕겠다고 자청했던 것이다. 실제로 그를 만났을 때는 박 기자의 얘기가 현실성 없다며 잘라 말하던 것과 그 후로는 더 이상 접촉을 거부했던 당시를 생각할수록 김 교수의 태도에는 미심쩍은 점이 많았다. 박 기자는 이제까지의 김 교수의 행동으로 보아 오히려 박 기자에게서 뭔가 알아내고자 하는 의도가 내포되어 있다는 생각을 지울 수가 없었다. 김 교수의 친구이자 세포를 제공한 것으로 알려진 표 박사의 죽음도 사건을 혼란스럽게만 하였다. 그의 사망으로 새로운 사실을 밝혀낼 수는 없지만 망자의 얘기를 신뢰하지 않을 수가 없었던 것이다.

하지만 무엇 때문에 김 교수에게 세포가 필요했을까? 어디에 사용하려고? 병원에서도 그 세포는 전혀 연구 가치도 없고 필요 없는 것이라 했다. 시일이 지나면 자연히 폐기되는 조직검사 부산물일 뿐이다. 돈이 될 만한 것도 아니다. 짙은 향수 냄새로 인해 옆에 오기자가 서 있다는 것을 느낀 것이 그때였다.

돌아보자 오기자가 수화기를 박 기자의 코에 바짝 들이밀었다.

"서태석이란 사람이에요."

박 기자는 수화기를 받으면서, 부를 때는 한 번에 대답 좀 해달라는 오기자의 잔소리를 들었다.

"서태석입니다! 이형사의 전화를 받고 전화드린 겁니다."

요즘은 이형사가 사건이 진행될 때마다 박 기자보다 서태석에게 먼저 연락하는 경우가 많아졌다. 순서가 바뀐 느낌이었다. 명색이 기자를 제쳐두고서 말이다.

박 기자 역시 이 사건에서 문제가 생기면 이형사보다 서태석을 먼저 불러 문의하는 경우가 많아졌다. 현재 서태석은 세 사람 중 사건을 해결해 나가는 가장 주도적 인물이 되어 있었다. 그의 능력 때문이리라. 아마 그는 전생의 내 아내도 알 수 있을 것이다.

"범인이 잡혔답니다! 평택에서요."

박 기자는 의자에서 스프링처럼 튕겨 일어났다. 손에는 볼펜을 움켜쥐고서. 십여 년의 기자 생활로 약간의 정신적 충격만 받아도 볼펜을 잡는 버릇이 생겼다.

"영생원에 왔다가 잡혔답니다. 아주 순순히 잡혔대요. 그런데 이형사의 얘기로는 잡힐 것을 알고 있던 눈치랍니다."

"그런데 왜 잡혔답니까?"

"그건 알 수 없죠. 그냥 이형사의 느낌이래요."

"범인이 누군지 맞혀 보세요!"

범인이 잡혀서 좋은 것인지, 자신이 중요한 부분에 있어 공을 세운 탓인지 어찌됐던 서태석은 최면술사에서 명랑한 퀴즈쇼 사회자가 되어 있었다.

박 기자도 놀라움이 가라앉자 덩달아 기분이 좋았다.

"내가 알 수 있는 사람입니까?"

183

"그럼요! 맞출 수도 있을 겁니다."

박 기자는 머리카락이 곤두서는 기분이 들었다.

"김 교수로군요."

"그래요! 맞췄습니다."

서태석은 딩동댕 반주소리를 곁들여 주었다. 그리고 그의 말이 이어졌다.

"박 기자님 어디 같이 좀 같이 가 주셔야겠어요. 이형사의 요청입니다."

이제 서태석은 형사반장이 된 듯했다. 항상 안개를 달고 다니던 분위기의 그에게서 이런 투의 적극적인 변화가 박 기자도 싫지는 않았다. 박 기자는 그제서야 볼펜을 쓸 기회를 발견한 듯 물었다.

"어디로요. 왜죠?"

두 가지 밖에 묻지 못하는 것이 아쉽지만 박 기자의 마음은 바빠지고 있었다.

"이형사가 오전에 김 교수를 취조했는데, 임익체란 자의 이름이 나왔다는 군요. 그 자가 클론을 했답니다. 세포복제란 걸 했대요. 저도 내용은 잘 모르겠습니다. 이형사는 김 교수를 살인혐의로 잡고 싶은데 그 점은 강력히 부인하는 것 같아요. 그래서 그 자에게서 뭔가 알아낼 수 있지 않을까 생각하는 모양입니다."

박 기자도 이형사의 의도는 알겠지만 김 교수에게 살인 혐의는 무리가 있다고 생각되었다. 사실 서태석이 주장하는 의원들의 최면살인에 대해서 세 사람은 인정하고 있지만 일반 사람의 입장에서 보면 말도 안되는 얘기로 밖에 생각되지 않을 것이다. 임익체란 자를 만나보면 뭔가 알 수도 있을 것이다. 박 기자는 전화를 끊자마자 곧바로 달려 나갔다.

✝
김 교수의 최면

임익체는 자신을 저주했다. 노름을 하지 않겠다던 맹세가 일주일이 가질 못하고 또다시 빈털터리가 되었다. 돈을 마련해야 했다. 이제 감이 잡히기 시작했는데 돈이 떨어졌다. 아예 시작을 말아야 할 도박을 했으니 벌을 받은 격이다. 후회해도 소용이 없다. 잃은 돈을 복구하는 길만이 자신을 이 구렁텅이에서 건져내는 유일한 방법이었다. 복구하면 바로 일어서리라 다짐했다. 하지만 돈이 문제였다. 판은 오늘밤을 새고 내일까지도 끝날 것 같지 않았다. 호구가 두 명이나 들어왔으니 길어질 수밖에 없어 보였다. 지금은 오후 3시, 돈을 구해 와야 했다.

임익체는 일어서며 말했다.

"나, 돈 구해 올 테니 판 죽이지 맙시다."

"얼마든지 기다리지요!"

임익체는 엑스를 생각했다. 돈을 구할 곳은 거기밖에 없었다. 전화는 자동응답기가 받았다. 전화를 받지 않는 엑스에게 화가 치밀었다. 수화기를 던지듯 끊어 버렸다. 당장 돈이 필요한데…. 지금 판에서는 임익체가 오기를 기다리고 있을 것이다. 임익체에게서 딴 돈을 세어보며 히히덕 거리며 있을 것이다. 임익체는 다시 수화기를 들었다. 메모라도 남겨야 할 것 같았다. 아까는 홧 김에 그냥 끊었으나 엑스가 잘못이 있는 것은 아니었다. 자신이 다급할 때마다 엑스가 전화기 앞에서 대기하고 있어야 하는 것은 아니지 않는가. 자신이 도박자금이 필요한지 아닌지 엑스는 모를 테니까 말이다. 지금 자신이 도박과 술에 절어 정신이 온전치 못하다는 생각이 들었다. 이성을 찾아야 한다. 그는 도와줄 것이다. 돈이 많으니까. 그리고 그는 임익체의 마음을 잘 알고 이해해 주는 편이었다. 항상 돈으로 해결해 주었지만. 만일 도와주지 않는다면?

그의 정체가 교수란 걸 이번 연락처를 받으면서 알았다. 교수란 지위는 사회적 모범인이다. 귀찮은걸 싫어한다면 도와 줄 것이다. 임익체는 자신이 충분히 도움을 받을 권리가 있다고 생각했다. 원하진 않지만 필요하다면 협박도 할 것이다. 과연 할 수 있을지는 모르지만. 돈이 필요하니 그 짓이라도 할 수밖에 없지 않은가. 어쨌든 그가 도와주면 간단하다. 신호가 떨어지자 아까와 같은 응답이 나왔다.

"안녕하십니까? 김 교수입니다. 지금전화 하신 분은…. 분명 한 분일겁니다. 왜냐하면 단 한사람에게만 이 번호를 알려주었으니까."

김 교수는 알고 있었다. 역시 그는 보호자였다. 응답기는 계속 말을 했다.

"지금 자네는 돈이 필요해서 전화했을 거야. 나는 자네가 전화를 할 것이라 생각했네. 그리고 나는 자네를 도울 준비를 하고 있었네. 난 자네의 친구이잖나!"

가슴이 저려옴을 느꼈다. 그는 역시 내 부모 형제나 다름없어.

"하지만 이번에는 내가 먼 곳으로 여행을 하게 되었거든. 그래서 자네가 직접 돈을 찾아야겠네."

그는 재빨리 메모지를 바지 주머니에서 꺼냈다. 그러나 볼펜이 없었다. 제기랄! 통장 비밀번호나 통장 위치를 알려줄 텐데. 이런 바보 이건 응답기잖아. 다시 걸면 되지 볼펜을 들고서 말이야. 요즘 자신이 얼이 빠져 지낸 것 같아. 임익체는 스스로에게 이런 말을 하며 자신이 한심한 생각이 들었다. 이런 자신을 도와주는 김 교수가 더욱 고마웠다.

"찾는 방법도 조금 재미있게 되었네. 그럴 수밖에 없는 것이 혹시 전화를 잘못 건 어떤 사람이 자네 대신 돈을 찾으면 어찌 되겠는가 말일세. 하하하."

역시 치밀하고 현명한 보호자였다.

"그 방법은 자네와 나만이 알고 있는 것으로 간단한 퀴즈를 냈다네. 세상에서 자네와 나만이 아는 것으로. 아! 아무 걱정 말게 아주 쉬운 거니까. 하지만 조금 준비를 하고 퀴즈를 풀어야 할 것이야. 지금부터 내가 지시하는 데로 그대로 따라주어야만 문제를 풀고 돈을 찾을 수 있어. 지금 자네는 십중팔구 도박장에서 판돈이 딸려 자리를 털고 나와서 전화를 하는 중이라 생각하네. 하우스 입구 어디선가 핸드폰으로 말이야. 그래서는 돈을 찾지 못하네."

갑자기 불안해지기 시작했다.

"왜냐하면 이 문제는 조용한 곳에서만 풀 수가 있지. 자네는 곧바로 집으로 돌아가야 해. 이 전화를 끊는 대로 집으로 가게. 그리고 내가 가르쳐주는 번호로 전화를 하게. 전화하기 전에 준비할 것이 있어. 잘 들어야 하네. 집으로 가서 성능 좋은 스피커 전화를 연결하고 침실에서 걸도록 하게. 방의 빛은 차단을 해야 하네. 전화를 걸면 음악이 나올 거야. 아주 슬픈 곡이지. 자네의 기분이 가라앉을 걸세. 그러면 가만히 침대에 누워 정신을 집중해서 노랠 듣게. 그 노래가 끝나면 조용한 목소리로 내가 퀴즈를 낼 거야. 그러니 조용한 방과 성능 좋은 스피커폰이 필요할 거야. 꼭 내 말을 명심하게. 이번에 내가 줄 돈은 금액이 매우 크다네. 자네가 마지막으로 나에게 받은 돈의 일곱 배를 준비했네. 전 번에 자네의 창조물로 굉장한 이득을 보았거든. 그러니 지금 도박장의 푼돈은 잊어버리고 집으로 가게. 자넨 부자가 된 거야. 하지만 조심하게. 꼭 내가 말한 대로 집에서 준비하고 전화를 해야 하네. 그 전화는 자동응답이지만, 자네의 생일을 입력하면 단 한번으로 끝난다네. 명심하게 두 번의 기회는 없어. 그러니 내가 지시한 대로 꼭 따라줘야만 부자가 되는 거라네. 다시 한번 말하지만 조용한 방에서 빛을 없애고, 성능 좋은 스피커폰을 사용하게. 내가 나지막한 음성으로 주문을 외우듯이 퀴즈를 낼 테니까. 퀴즈 내용은 정말로 쉬운 거야. 그러니 도박장의 친구들과는 따로 인사할 필요 없이 바로 집으로 가게."

임익체의 아내는 영문도 모른 채 들이닥친 이형사와 박 기자, 서태석을 보면서 바들바들 떨고 있었다. 이형사는 수척한 그녀를 보면서 자신의 아내가 생각났다. 밤낮으로 집을 비우는 남편의 직업 때문에 아내는 집안일을 혼자서 모두 처리해 가면서 지금껏 살아왔다. 혼자

사는 여자인 양 자녀교육이며 가구 옮기는 일이며 벽에 못 박는 일, 어린이날 놀이공원 가는 것도 혼자서 아이 둘을 인솔하고 갈 때가 더 많았다. 그렇게 십 년을 살다보니 아내는 수척해진 얼굴, 굵어진 손마디와 기름기 없어 파마도 못하는 부서지는 머리칼만 남았다.

임익체의 아내를 보는 순간 이형사는 자신의 아내처럼 고생기가 가득한 여자가 또 있구나 라고 못된 위안을 얻었다. 자신의 아내보다 몇 살은 어려 보이지만 고생한 흔적은 만만치 않아 보였다. 명색이 대학교 조교수의 아내라고는 보이지 않았다. 언뜻 많이 배운 듯한 지적인 면이 얼굴에 잠깐 스칠 때 말고는 자신의 아내 보다 편한 삶을 살았을 것이라고 생각되지 않아 이형사는 동정심마저 느꼈다.

"언제 나가셨다고요?"

멍해 있는 이형사를 기다리지 못하고 박 기자가 질문을 던졌다.

"삼일 됐어요. 호되게 앓다가 일어나시더니."

"앓다니요?"

박 기자는 서태석과 눈빛을 주고받으며 되물었다.

"그 전날, 그러니까 그이가 여행 간다며 나가기 전날 밖에서 볼일 보고 들어오시더니, 곧바로 자기 방으로 가셔서는 앓아누우셨어요. 그리고 만 하루를 꼬박 앓으시더니…."

"어떻게 앓았지요?"

이형사가 그때서야 의사나 된 듯이 증상을 물었다.

"글쎄요. 저도 이상했어요. 가위눌린 듯이 의식을 잡지 못하고 심하게 끙끙 앓더라구요."

"그런데도 병원에 데려가지 않았습니까?"

이형사는 책망하듯이 물었다.

"제가 결혼 전에 간호사였거든요. 열도 없고 호흡도 정상이고 모두가 괜찮으시더군요. 그래서 누군가와 전화통화를 하시고는 심한 스트레스로 가위눌린 건가 했지요. 안정제를 놔드렸어요 그랬더니 다음날 멀쩡히 일어나 여행 가겠다고 나가셨어요."

아까 언뜻 그녀에게서 보였던 배운 여자의 실체를 알았다. 이형사는 조금 전과는 사뭇 부드럽게 질문을 이어 나갔다.

"누구와 통화한 줄 알고 계십니까?"

"몰라요. 하지만 들어오시면서 중요한 전화를 해야 하니, 아이들도 조용히 하라고 하시고는 안방에 있던 응답기 전화기를 들고 들어가셨어요. 서재의 전화는 상태가 좋지 않거든요."

"그 전화를 좀 봐도 되겠습니까?"

듣고만 있던 서태석이 갑자기 관심을 보이며 물었다. 서재라 해봐야 십여 평 연립의 두 칸짜리 방을 아이들과 아내는 안방으로 내몰고 자신의 침대와 책상을 들여 공부방으로 꾸민 것이었다. 형사답게 방안을 빙 둘러보고는 박 기자의 어깨를 밀치고 전화기 쪽으로 갔다. 방이 좁아 여자를 포함해서 네 명의 성인이 서자 뒤돌아서 전화기로 접근할 방법이 없었다. 이형사는 마치 자신의 전화인 양 재다이얼을 누르면서 물었다.

"이 전화 부인이 그 이후에 쓰신 적 있습니까?"

"아뇨, 없어요!"

전화는 상대방으로 신호가 가기 시작했다.

벨이 몇 번이나 울리자 상대방에서 암호를 입력하라는 응답기가 들렸다. 김 교수의 목소리였다.

재차 전화를 해도 같은 소리만 들리자 이형사는 전화를 끊고 이번에는 녹음 재생을 눌렀다.

다행히 임익체는 마지막 통화를 녹음을 해놓았던 것이다. 아까와 같이 암호를 입력하라는 소리가 나고 임익체가 암호를 입력하는 기계음이 들리고 나자 상대방의 음성이 들렸다.

"임익체군, 지금 내가 시킨 대로 준비를 했겠지? 아니면 빨리 준비를 하게. 지금부터 음악이 나갈 테니."

그리고는 어디선가 들은 듯한 조용한 경음악이 들리기 시작했다. 삼분 정도의 노래를 응답기로 듣고 있으면서 네 사람은 조용히 말을 잃고 있었다. 노래 소리가 서서히 줄어가면서 김 교수의 음성이 다시 들리기 시작했다. 아까보다는 조용하고 부드럽게 마치 은은한 대사를 하듯이.

"자네는 지금 침대에 누워 있겠지? 그러면 손을 가만히 가슴에 포개어 놓게. 그리고 눈을 감고 내 말에 정신을 집중시키게. 자네는 이제 나와 과거 기억의 세계로 가는 거야. 지금 자네는 초원 위를 걷고 있어 맨발로…"

갑자기 딸각, 하며 전화가 끊겼다. 그런데도 이형사와 박 기자 그리고 임익체의 아내, 세 사람은 전화를 계속 주시하고 있었다. 뭔가 전화에서 소리가 계속 나오는 듯이. 잠깐의 침묵이 있고 나서 이형사와 박 기자는 전화가 끊긴 것이 아니고, 서태석이 녹음 재생을 정지시킨 것을 알았다. 뭔가 홀렸다가 풀린 듯이 서태석이 말했다.

"지금 이걸 들으면 안 됩니다. 이건 최면을 걸고 있는 겁니다. 이 통화로 그는 최면에 걸려 집을 나갔다고 볼 수밖에 없습니다. 테이프를 가져가서 저 혼자 듣고 내용을 알려 드리겠습니다. 테이프 가져가도 되겠습니까?"

서태석은 여자가 뭐라고 대답도 하기 전에 테이프를 빼면서 말을 이었다.

"지금 이걸 계속 듣게 되면, 여러분도 똑같이 최면에 걸리게 됩니다. 김 교수는 전화로 최면을 걸어 자신의 의도대로 임익체 씨를 조종하고 있다고 봐야 할 겁니다. 빨리 손을 쓰지 않으면 그가 최면 중에 무슨 일을 당할지, 아니면 무슨 사고를 낼지 아무도 장담 못합니다. 먼저 경찰서로 가져가서 제가 준비한 방법으로 녹음을 들어봅시다. 그리고 김 교수도 빨리 만나 봐야겠습니다."

이형사는 이제야 정신이 든 듯 고개만 끄덕였다.

경찰서로 돌아온 일행은 일단 녹음된 테이프를 서태석에게 일임했다. 서태석은 이형사가 안내해 준 취조실로 들어갔다. 박 기자도 같이 듣고 싶었지만 서태석이 한사코 만류했기에 일단 취조실 밖에서 기다리기로 했다. 한평 반 정도의 취조실에는 텔레비전에서 보았던 커다란 거울은 달려있지 않았다. 취조실에 실망한 박 기자의 물음에 이형사의 대답은 한심하다는 투로 박 기자에게 핀잔을 주었다. 사실 영화에서 보는 이중거울 달리고 옆에서 지켜볼 수 있는 그런 방은 어느 경찰서도 없다는 것이다.

지금 태석이 사용할 그 방도 사실은 취조실이 아니라 경찰서 청소부들이 청소도구나 잡동사니를 넣어두던 곳이었다. 지하실에 따로 잡동사니를 넣을 공간이 지하 식당 옆에 생기는 바람에 그 방에다 책상 하나 의자 몇 개를 가져다놓고 형사들이 담배도 피고 커피도 마시는 그런 흡연실정도로 사용중이었다. 덧붙여서 이형사가 설명하기를 취조실은 형사들이 몰려있는 각 부서 자체가 바로 취조실 겸 사무실이라는 것이었다.

반시간이나 지났을까, 서태석이 일명 흡연실 문을 빼꼼히 열고 박 기자와 이형사를 들어오라고 손짓을 했다. 지루하게 밖에서 기다리다 커피를 거푸 두 잔을 마셨을 쯤이었다. 생각보다 오랜 시간은 아니었다.

"최면이 강력하지만 특별한 것 같지는 않아 보이네요."

박 기자를 몰아낸 것이 걸려선지 그에게 눈을 맞추며 얘기했다.

"어떤 내용이던가요?"

"같이 들어보죠."

이형사의 물음에 서태석은 녹음기를 틀며 대답했다. 아까와 같이 음악 부분이 나오자 서태석은 빠른 속도로 돌리기 시작했다. 잠시 후 음악이 끝나자 대사가 나오기 시작했다. 그러나 서태석은 두 배 가량 빠른 속도로 재생을 계속했다. 아마 그렇게 하는 것이 이형사나 박 기자가 안전하게 들을 수 있을 것이라는 배려인 듯했다. 두 배의 속도를 가해도 대사내용을 알아듣는데 전혀 문제가 되지 않았다. 오히려 우스꽝스런 목소리에 박 기자는 최면에 겁을 먹고 있지 않다는 표시를 겸해서 재미있어하는 척 했다.

"전생체험 최면과 비슷하네요."

듣는 도중에 박 기자가 불쑥 말했다. 그는 미아리 경험을 통해서 약간의 최면지식이 있었다.

"그래요. 모든 최면은 처음이 비슷하죠."

생소한 표정으로 있는 이형사를 보며 서태석이 설명하듯 얘기했다.

"하지만 지금부터요."

녹음기는 중성음 목소리로 계속 떠들었다. 박 기자가 어렴풋이 짐작하기는 전생체험과 같이 다시 깨어나게 하는 부분이 없이 녹음은 끝나버렸다. 그것이 이상해서 서태석에게 물어보려는 찰라, 그는 이형사를 보며 설명을 해나갔다. 마치 박 기자의 질문을 받은 것처럼 그의 의문을 풀어줬다.

"최면으로 임익체의 혼을 빼버린 것 같아요. 다시 정신을, 그러니까 어떤 부분을 최면을 시키더라도 다시 일상생활로 돌아오도록 해야 하는데 그것이 없이 끝나버렸어요. 그것도 그의 전생의 가장 깊은 곳에 그의 의식을 가둬 버리고 말입니다."

박 기자도 녹음 내용 중에서 동굴 속 작은 연못에, 그리고 수중으로, 뭐 이런 대사가 생각났다.

"그렇다면 그의 혼이 그 전생 깊숙한 곳에 갇혔단 말입니까?"

"그런 것 같지는 않아요. 부인의 말로는 이삼일 앓다가 멀쩡히 일어나 여행을 갔다니까요."

더 이상 말이 없는 이형사보다는 나름대로 예리한 질문을 하는 박 기자 쪽으로 시선을 돌리며 말을 이었다.

"임익체가 그 최면에서 빠져나온 거라고 볼 수밖에 없습니다. 아니면 빠져 나오도록 한 번 더 통화를 하였던가."

"하지만 통화 기록은 이게 전부 아닙니까?"

195

박 기자는 마치 서태석이 녹음을 지운 장본인인 것처럼 질문을 했다.

"그게 저도 의문입니다. 분명 이 정도 강력한 최면이면 임익체 혼자서 빠져 나온다는 것은 힘들텐데 어쩌면 임익체 그 사람도 최면에 상당한 지식이 있거나, 아니면 애초에 엑스를 믿지 않고 최면에 걸리지 않으려고 어떤 조치를 취한 것 같기도 하네요. 지금은 그 정도 밖에 추리할 수 없습니다."

"어찌됐든 그 사람은 최면상태에서 나와 제 발로 걸어 집을 나갔으니까요."

세 사람은 흡연실을 나와 자연스럽게 경찰서 앞마당으로 나왔다. 앞마당이라야 수십대의 차로 만원을 이룬 주차장이지만 갑갑한 흡연실보단 훨씬 나았다. 실제로 흡연실에서는 아무도 안 꺼내던 담배를 세 사람이 동시에 꺼내 주고받는 친분을 보였다.

"김 교수를 만날 수 있겠습니까?"

담배가 중간쯤 탔을 때 침묵을 깨고 박 기자가 이형사에게 물었다. 이형사는 대답 없이 잠시 난감한 표정으로 박 기자를 쳐다보았다. 형사 사건으로 긴급 체포된 피의자를 일반인에게 그것도 기자에게 면회를 시키는 것이 고민스런 표정이었다. 이형사는 항상 친구들에게 기자들을 '입 가벼운 사람들'이라고 부르곤 했던 것이다.

"일단 반장님께 얘기해 봅시다."

김 교수는 하루 종일 면도를 못해 수염이 꺼칠했지만 동안의 얼굴과 젊고 탄력 있는 피부에는 이상이 없어 보였다. 박 기자의 경험으로 볼 때 어제 오후에 붙잡혀 밤을 새고, 오전에도 취조를 받은 사람이라고는 믿어지지 않을 정도로 안정돼 보였다. 보통 피의자들은 유치장에서 하루밤을 지내고 났을 때가 가장 비참한 몰골을 하기 마련이다. 며칠이 지나면 체념하고 안정을 되찾지만 처음 이삼일은 누구나 할 것 없이 공포와 두려움에 오금을 못 펴는 것이 보통인데, 김 교수는 원래 여기서 몇 년을 살던 사람처럼 두둑한 여유가 있어보였다. 박 기자의 면회도 그가 쾌히 승낙했기에 혈육이 아닌데도 감방 유리를 사이에 두고 마주볼 수 있게 된 것이다.

그는 박 기자에게 특유의 해맑은 미소로 인사했다.

"반갑습니다!"

마치 다방에서 손님 접대하듯 했다. 게다가 유리에 검지손가락을 구부려 톡톡 치면서 악수를 대신하기까지 했다. 오히려 유리 밖에 있는 박 기자가 당황해서 어찌할 바를 모르고 어색한 미소로 답했다. 하지만 그런 미소도 잠깐 사이 사라졌다. 그의 머리 속에는 병원에서 나 의원의 죽음과 영생원의 그 지옥 같은 장면이 클로즈업 됐기 때문에 김 교수의 깨끗하고 순진해 보이는 얼굴이 오히려 역겨워 보였다.

"당신은 의원들의 죽음과는 무관하다고 했더군요."

바로 용건으로 들어가야 속 매스꺼움이 가라앉을 것 같았다.

"어떻게 연관이 가능할까요?"

김 교수는 약간의 조롱이 섞인 투로 반문했다. 목소리는 여전히 진지하고 예의가 발랐다. 그 말은 김 교수 자신이 의원들의 죽음과의 연관을 인정하더라도 경찰측에서 증명을 못 할 것이란 의미로 들렸다. 사실이었다. 박 기자가 이형사의 조서를 보면서 느낀 것이지만 의원들의 죽음에 관한 질문은 단 한번 뿐이었다.

　문: 혹 당신은 근래 의원들의 죽음과 관련됐거나 그에 관해 아는 것이 있습니까?

　답: 없습니다.

　이게 다였다. 그도 그럴 것이 이형사가 어찌 물어보랴.

　'당신이 최면으로 그들의 혼을 빼서 죽이지 않았소?'

　라고 했다간 그 취조문을 읽은 상급자는 아마 이형사가 며칠간 쉬도록 휴가를 보내버렸을 것이기 때문이다.

　"나는 알고 있습니다. 당신이 저지른 일들을."

　박 기자는 혐오의 눈으로 쏘아 보았다. 김 교수는 잠시 박 기자를 조용히 쳐다보았다. 아무런 감정의 동요도 없이 마치 책을 읽고 있는 것처럼 편안한 자세를 하고는 되물었다.

　"녹음합니까?"

　김 교수가 말했다. 순간 박 기자는 섬광처럼 스치는 것이 있었다. 그리고 자신의 면회를 기다리고 있었다는 생각이 들었다.

　"녹음하지 않습니다. 그런다고 될 것도 아니구요."

　"당신은 나한테서 진실을 듣고 싶어 온 겁니까? 아니면 나를 살인마나 정신병자 취급하며 비난하러 온 겁니까?"

　박 기자도 조금 전에 당신이 저질렀던 일을 알고 있다고 쏘아붙인 것이 얼마나 한심한 질문이었던가를 깨달았다.

　"그래요. 내가 저지른 일을 당신이 알고 있다는 것을 나는 알고 있어요. 그런데 왜왔나?"

　"진실을, 당신 입으로 밝히는 걸 듣고 싶습니다."

박 기자는 또 한번 한심한 말을 했구나 라고 생각했다.

김 교수의 반응은 정확했다.

"아니오. 당신은 거짓말을 하고 있어."

김 교수의 단호한 말에 대답할 수가 없었다.

"당신은 나를 알고 싶어 온 거요. 그리고 내가 왜 그랬는가를 알고 싶은 거요."

그는 잠깐 말을 끊고 박 기자를 조용히 바라보았다.

마치 면회 온 동생을 대하듯이 형 대신 집 안을 잘 돌보고 부모님을 잘 모시고 있다는 대답을 듣고 동생을 칭찬 한 뒤의 모습처럼 그렇게 잠시 박 기자를 바라보았다.

"내 인격이 궁금하시오? 내가 나쁜 사람처럼 보이시오? 아니오. 나는 당신과 다를 바 없는 선량한 사람이오. 대다수의 선량한 시민들처럼 가족을 사랑하고, 사회를 아끼고 그 사회 발전을 위해서 소박하게 살아가는 사람이오. 당신과 서태석 그 사람도 나를 알고 나면 원망하지 못할 것이오. 지금 당신들은 나를 그런 식으로 보면 안되오. 당신 같은 사람이 그런 식으로 나를 혐오하는 것은 내가 견딜 수 없소. 내가 제거한 그들의 직계 가족들이 나를 원망하는 것은 얼마든지 견딜 수 있지만 당신 같은 선량한 사람들이 나를 그런 식으로 취급하면 나는 괴롭네."

그의 얼굴에 약간의 감정의 변화가 일어나기 시작했다.

"당신은 살인을 했어!"

박 기자의 목소리는 줄어들었지만 김 교수는 그런 박 기자의 말에는 개의치 않고 말을 계속했다.

"나는 광주 5·18의 잔혹한 피의 현장을 겪었네. 죄 없는 이웃들이 주검이 되어 가는 것을 보았네. 매일 인사를 하고 마주치던 옆집 여대생도 가슴이 잘려 죽어 갔어. 술에 취했는지 약에 취했는지 충혈된 눈을 하고 마치 노획한 사냥감을 가지고 놀듯이 공수부대원들이 자른 가슴을 총검에 끼고 다니는걸 보았네. 그들은 미쳐있었네. 그들도 충직한 군인이었을 텐데, 잘못된 지도자의 권력욕에 가해자도 피해자도 모두가 미쳐 있던 것을 보았지. 반세기 동안 나라가 몇몇 지도자에 의해 좌지우지 되는 것을 보아 왔네. 그런데 그동안 우리는 뭘 했지? 그래서 난 내 품 안에서 처참히 죽은 내 아내와, 잘못한 것도 없이 죽어야 했던, 그날에 있던 많은 사람들이 영혼을 달래기 위해 준비했네. 그 일을 저지른 살인마들과, 우리의 억울함을 풀어 주겠노라 믿어 달라며 표를 구걸하던 의원들, 권력 유지를 위해 방관하는 권력자들 모두를 처단하기로 계획했었네."

김 교수는 어느새 박 기자를 자신과 동격으로 몰아가며 말을 이었다.

"독재에 맞선 것은 우리요. 지역감정을 없애려고 한 것도 우리요. 경제를 일으키려고 밤낮 없이 일과 가정을 오가며 살아온 것도 우리요. 지도자가 아니란 말이네. 빌붙어 기생하던 정치인들은 더욱 아니네. 나는 현대통령을 믿었네. 하지만 지금 어떤가? 이제야 독재자가 아닌 우리가 쟁취한 민주주의의 힘으로 대통령이 나오자 보시오! 그 기생충들이 가장 먼저 민주주의를 누리고 있네. 재벌만 배불리느라 경제를 반세기 동안 망쳐버리고 그것도 모자라 국민들의 피땀을 빼먹어 수북해진 밥그릇을 잃지 않으려고 사사건건 반대하며 민주주의를 이용해 개혁반대를 하고 있네."

박 기자는 눈에 핏대를 세우며 그의 논리에 반박했다.

"그 반대가 옳은 것인지 그른 것인지, 당신이 판단할 수는 없습니다. 게다가 인간의 생명을 가지고 장난을 치다니. 당신은 신이 아니오."

박 기자는 김 교수의 말에 동조하지 않으려고 애쓰고 있었다. 김 교수는 말을 끊고 다시 한동안 조용한 눈으로 박 기자를 보았다. 아까의 열변을 토하던 때와는 전혀 다른, 마치 학생들 앞에 선 교수라는 본래의 직업으로 되돌아온 모습이었다.

"그렇네. 나는 신이 아니네. 임익체도 물론 신이 아니네. 신이라면 더 기다렸을 테지. 역사가 그들을 심판할 때까지 모든 대중들이 그들에게서 떠날 때까지… 하지만 그들이 순수히 자기 이익만을 위해 탄핵까지 하는 것을 보고 나의 인내심은 한계에 와버린 거요."

박 기자는 김 교수의 자기정당화에 더 말려들고 싶지 않았다. 대화를 다른 곳으로 바꾸어야할 필요가 있었다.

"임익체도 당신의 의도를 알고 있습니까?"

"임익체 그 친구는 순진한 과학자에 불과하오. 아니, 순진한 기술자랄까? 요즘 복제기술은 특이한 것도 아니니까. 게다가 완전히 성공한 것도 아니요. 모두가 기형이었으니까. 그래도 많이 발전했지. 뇌는 거의 완벽하게 재현 됐다고 보네. 그래서 나의 일이 성공할 수 있었네. 그래서 현대통령에게 힘을 실어주고 싶은 내 노력이 가능했던 거지."

"표 박사도 당신이 죽였소?"

김 교수는 일순간 표정이 일그러졌다. 그러나 평정을 빨리 찾는 것이 그의 재능인 것 같았다.

"좋은 친구였소. 사실 당신에게 내 존재를 알리고 싶지 않았소. 효과가 없었지만. 나의 노력에, 그 숭고한 작업에 따른 작은 희생이지."

다시 처음처럼 그가 역겨워졌다.

"당신의 그 짓이 무슨 도움이 됐을까?"

박 기자는 그의 자기합리화에 쐐기를 박고 싶어졌다.

김 교수는 다시 생각에 잠기는 듯했다.

"하루아침에 바뀔 수는 없겠지. 난 계속 노력할 거요."

그는 그렇게 혼잣말처럼 하고 나서는 다시 침묵에 들어갔다. 한참 동안 침묵을 지키던 김 교수가 말했다.

"담배 한 대 주겠소?"

박 기자는 담배를 주면서 물었다.

"임익체는 어디로 빼돌렸습니까?"

"글쎄요 그의 마음대로 갔겠지. 얼마 지나지 않아 알게 될 거요. 그 순진한 자가 도망을 다녀봤자 얼마나 도망을 다니겠소."

예상했던 대답이다. 박 기자는 그의 사상적 궤변을 더 까집어 볼까 하다가 자제했다. 박 기자는 자신도 담배를 한 대 붙이고는 일어섰다.

김 교수도 일어섰다. 그는 담배를 끌 자리를 찾는 듯 잠깐 두리번거렸다. 멀리 떨어져 있는 간수를 힐끗 보고는 목소리를 낮추어 말했다.

"나는 곧 나갈 거요."

그는 마치 비밀 얘기를 하듯이 음흉한 미소를 지으며 속삭였다. 박 기자는 그런 미소가 김 교수에게는 어울리지 않는다고 생각했다. 어째서 저런 악마에게 음침한 미소가 어울리지 않을까?

"당신이 아무리 비싼 변호사를 사도 한동안 그 속에 있어야 할 겁니다. 복제인간을 만든 것도 큰 죄니까요. 그리고 당신은 기형 신생아에게 약물을 주입해 사망케 했다는 걸 나는 알고 있소. 어떻게 알았냐고? 당신만 최면에 능숙한 게 아니오. 아기들의 혼에 들어가 본 사람이 알려줬소. 지금쯤 사망한 아기를 부검하고 있을걸. 당신이 신생아 살인죄로 벌을 받도록 내가 노력하리다."

박 기자는 자신이 괜한 오기로 큰소리치는 것은 아닌가 하는 생각이 들었다. 그 사이에 김 교수는 그 얼굴에 어울리는 미소를 지으며 말했다.

"흥, 당신과 서태석은 내가 필요할 때가 있을 거요. 내 도움이 절실해질 때가 있을 거란 말이오."

김 교수는 알 수 없는 말을 하고는 간단히 목례를 하고 뒤돌아 들어갔다.

경찰서 유치장은 경찰서 옆 건물에 붙어 있었다. 두 건물은 나란히 서 있어서 앞에는 같은 주차장을 사용하고 있었다. 김 교수와의 면회를 마치고 나오자 서태석이 그때까지 주차장에서 기다리고 있었다. 그는 피우던 담배를 끄고는 다가왔다.

"임익체에 대해서 물어 봤습니까?"

"알게 될 것이라는 말만 하더군요. 그게 그의 행선지인지, 아니면 그의 상태를 알게 될 거라는 것인지는 말하지 않구요."

"뭔가 불안합니다. 끝나지 않은 뭔가가 있어요."

그는 다시 담배를 하나 더 물고서 사방을 두리번거렸다. 마치 임익체가 주위에 있는 듯이.

203

박 기자도 뭔지는 모르지만 서태석과 같은 불안감이 가시지 않고 있지만 표면상 사건은 마무리가 됐다고 생각했다.

"일단 모든 사건의 주범인 김 교수가 체포됐고, 영생원의 신생아들도 전문 의료기관에서 관리하게 됐으니 사건은 일단락 됐다고 봐야죠. 그도 감옥에서는 별수 없지 않겠습니까?"

"저도 그렇게 생각은 합니다만. 아무래도 임익체가 자꾸 걸립니다."

그리고는 길 건너편 식당을 손가락으로 가리켰다. 한 잔 하자는 얘기다. 박 기자는 식당으로 향하면서 서태석의 불안감이 자신이 생각하는 점과 같을 것이라고 생각했다.

"사실 저도 이 일은 비단 김 교수만의 단독 사건으로 종결될 것이 아닐지도 모른다고 생각하니 불안하네요."

서태석은 동조하는 대답 대신 박 기자의 말을 재촉하듯 그의 옆 얼굴을 쳐다보았다.

"문제는 누구나 김 교수와 같은 일을 저지를 수 있다는데 있는 겁니다. 복제인간이란 현재의 의학수준이면 의학계 사람들이 손쉽게 만들 수 있는 것 아닙니까? 몇 억 정도면 부족함이 없이 최신 설비로 준비가 가능하구요. 소나 돼지 정도는 우리나라에서 많이 실험을 하여 그 성공률도 굉장히 높다고 하더군요. 물론 김 교수는 서태석 씨처럼 최면에 능한 면이 있어서 그걸 이용했다는 점이 특이하지만. 최면도 할 수 있는 다수의 사람이 있고 초능력에 가까울 정도로 강한 사람도 있다고 하니 그 두 가지 복제와 최면술이 합쳐지면 이런 엄청난 일을 저지를 수 있다는 사실이 무서울 따름입니다."

서태석도 어쩐지 막연하지만 불안한 느낌이 드는 것은 마찬가지였다. 자신의 생각도 박 기자가 지금 얘기한 것과 동일하기 때문이었다.

"임익체는 지금 살아 있을까요?"

서태석은 임익체의 존재가 신경이 쓰여 혼잣말처럼 박 기자에게 물었다.

"김 교수 그 사람 거짓말은 하지 않을 사람으로 보입니다. 미치광이는 분명하지만 그가 곧 알게 될 거라 했으니 알게 되겠지요. 죽었다면 시체라도 찾겠지요. 이형사가 그의 행방을 계속 조사하고 있습니다."

"혹시 그가 김 교수의 지시로 또 다른 복제를 하지는 않을까요?"

박 기자는 서태석이 좀 엉뚱한 질문을 한다고 생각했지만 그의 추리를 이해할만 했다.

"그런 일은 없을 겁니다. 먼저 그는 애초에 인간복제란 걸 모르고 했던 사람이고, 처음에는 김 교수의 의도를 모르고 했던 사람입니다. 김 교수가 엄청난 보수를 주자 거기에 눈이 어두워 감행했던 사람입니다. 이토록 사악한 일인 줄 알고서도 했을 만큼 배짱 있는 인물은 못 되는 사람입니다."

"단정을 하시는 군요."

서태석은 박 기자가 사람 보는 눈이 굉장히 빠르고 정확하다는 것을 여러 번을 느꼈지만 만나보지도 못한 사람을 쉽게 평가해 버리는 것이 미심쩍었다. 둘은 식당에 마주 앉아 손가락으로 메뉴판을 가리키며 닭똥집과 소주를 시켰다.

"단정은 좋은 습관은 아니지요. 하지만 임익체는 도박으로 돈을 항상 날리고 초라한 살림을 부인에게 떠넘겨버린 심약한 과학자에 불과한 것 같아요. 그리고 김 교수에게 그토록 순진하게 최면에 걸릴 정도라면 김 교수가 없는 상황에서는 아무것도 해낼 인물이 못된다고 봅니다. 지금쯤 아마 김 교수의 상황을 알고 겁에 질려 숨어 있든가 아니면 아직 최면에서 깨어나지 못하고 헤매고 있겠지요."

박 기자답지 않은 태평스런 추리지만 듣는 서태석은 적잖게 안심이 되었다.

"그런데 말입니다. 나 최면술 좀 가르쳐 주시겠소?"

박 기자가 장난기 있는 얼굴로 건배를 청했다. 두 사람은 오랜 악동 친구처럼 낄낄거리며 소주를 즐겼다.

다음날 아침 박 기자는 출근하기도 전에 김 교수가 사망했다는 연락을 받았다. 박 기자는 이형사의 전화를 받고 퍼뜩 생각나는 것이 있었다. 어떻게 죽었냐고 물어보려다가, 직접 가보는 것이 좋겠다는 생각에 알았다는 대답만하고 전화를 끊었다. 경찰서에 도착하자 서태석이 와 있었다. 이형사는 이제 서태석을 빠뜨리는 법이 없었다.

서태석과는 밤새 퍼마시고 헤어진 게 새벽 3시쯤이었으니, 6시간만에 다시 만나는 셈이었다. 이형사 자리에서 두 사람은 마주 앉아 얘기하고 있었다. 서태석에게 다가서자 술 냄새가 났다. 얼굴도 벌겋게 달아 있어 밤새도록 끌고 다니면서 고문을 시킨 것이 미안했다. 이럴 때는 항상 혈액 속에 알코올을 담고 사는 박 기자가 유리했다. 박 기자는 멀쩡했기 때문이다.

"어떻게 죽었습니까?"

박 기자가 물었다.

"심장마비 같습니다."

206

이형사의 대답이다.

"갑자기, 왜?"

"뭐, 심장마비가 예고하고 찾아오겠습니까?"

이형사는 서태석을 보며 허탈한 표정을 지었다. 박 기자가 서태석을 보자 그도 인정할 수 없다는 듯이 고개를 설레설레 흔들었다. 박 기자가 오기 전에 이형사와 서태석은 김 교수의 사인을 두고 이견이 있었던 모양이었다. 이 점이 걸리는지 이형사는 설득하듯 박 기자를 보며 말했다.

"아침 6시에 사망을 확인했습니다. 유치장 점호시간이에요. 자살은 아닙니다."

확신하듯 이형사는 못 박았다. 좀 전에 서태석은 자살 같다고 한 모양이었다.

"점호시간에 죽은 것을 확인하고 곧바로 병원으로 옮겼는데 정확한 건 부검을 해봐야 하겠지만 의사도 심장마비라고 했습니다. 유치장 내에 같이 자던 사람들의 증언을 들어봤는데 새벽에 조금 끙끙거리는 소리는 들었답니다. 자살할 수가 없습니다. 외상도 없이. 게다가 유치장 내에서 자살이라니."

이형사는 말도 안 된다는 식으로 혀를 찼다. 그는 자신이 체포한 죄수가 유치장 내에서 자살했다면 골치 아픈 문제가 생기기에 인정하고 싶지 않은 부분이지만 그 말도 일리가 있었다. 이형사는 의원들의 영혼이동으로 일어난 사망사건에 대해 아직 완전히 믿을 수가 없었다. 자살의 흔적은 없었다. 같이 자는 사람들도 모르고 있었다.

"어제 김 교수를 면회할 때 그가 그러더군요. 자신은 곧 여기서 나갈 거라고, 그때는 의미 없이 들었는데 지금 생각하니 마음에 걸리네요."

박 기자는 괜히 서태석 편을 드는 것 같지만 솔직히 말해야 할 것 같아 말을 꺼냈다.

"바로 그겁니다. 그자는 자신이 죽은 것으로 만들고 다른 사람의 육신으로 갔을 수도 있다는 것을 생각해 봐야 합니다."

서태석은 천군만마를 얻은 양 의기양양해서 이형사를 몰아쳤다.

박 기자가 너무 심하다 싶어 서태석을 자중시키고 이형사에게는 부검 결과가 나오면 꼭 연락 주라고 부탁하고는 서태석을 데리고 나왔다. 이형사는 경찰서 현관까지 나오면서 배웅했다. 서태석을 바래다 주어야 했기에 신문사에는 오후에 들어간다고 전화했다. 서태석을 차에 태웠다.

"그자는 정말 최면의 달인이군요. 몸서리가 납니다. 확실해요. 그자는 임익체의 육신으로 들어 간 게 틀림없어요."

서태석은 정말로 치를 떠는 듯 했다.

"그자가 일부러 체포된 것 같다고 박 기자님도 그러셨죠? 맞아요. 그 자는 임익체를 최면으로 빼내서 어딘가에 숨겨놓은 겁니다. 자신이 안주할 준비를 다해 놓고 일부러 체포된 거예요. 그리고 심장마비로 위장을 한 거죠. 그러면 이 사건은 종결될 테니까요."

서태석의 말이 전혀 근거 없는 얘기는 아니지만 박 기자는 그가 너무 억지부린다는 생각도 들었다.

"서태석씨, 이 사건은 이제 끝난 것 같네요. 김 교수도 의원들을 죽일 때 의원과 거의 같은 뇌를 가진 복제아까지 준비해야 혼을 옮길 수 있었는데, 아무 혈연이 없는 임익체에게 혼이 갔다는 것은 좀 무리가 있는 주장입니다. 그리고 실제로 김 교수가 서태석씨 말대로 자신의 혼을 그렇게 자유자재로 움직일 수 있는 사람이라면 신이라고 봐야죠. 정말 그렇다면 그것 또한 어쩔 수 없는 일 아닙니까? 그런 사실은 우리 두 사람 밖에 모르는 일이니, 일반 우리의 법으로 임익체가 되어 있는 그를 체포 할 증거도 없고 체포한다고 하더라도 또 다른 육신으로 옮겨가 버리면 그만일 테니, 이 사건은 이제 잊어버립시다."

포기하듯 박 기자가 말했다.

"그가 또 다시, 아니 계속 살인을 저지른다면요?"

서태석은 실망한 듯 바라보았다.

"그렇다고 해도 어쩔 수가 없죠. 사실 어제 김 교수를 만나고는 그가 그렇게 잔인한 짓을 했지만 그가 나름대로 명확한 주관이 있다는데 놀랐습니다. 그나마 다행이라고 생각했어요. 그는 자신의 영화나 부귀를 위해서 저지른 짓이 아니고 나름대로 이념이 있어 고민 끝에 한 짓이라 그 만을 탓하고 싶은 생각이 없어지더군요."

"그렇다면 자신의 이념에 맞지 않는다고 해서 때로는 자신이 대다수의 서민들의 대변인이 된 듯하면 반대 세력은 어떤 식으로든 죽여도 된다는 말인가요?"

서태석은 평소의 박 기자가 맞는지 확인하듯 물었다.

"절대 그런 뜻은 아닙니다. 절대로 살인을 용납해서는 안 되죠. 제 말은 개인적인 아주 개인적인 생각으로 김 교수의 어떤 면은 인정을 해주고 싶다는 겁니다. 요즘같이 세상 사람들이 자신의 이익만 추구하는 사회라면 그런 사람을 심판할 수 있는 어떤 절대권자가 있는 것도 괜찮지 않을까요? 법으로도 제약받지 않는 상류층을 겨냥한 어떤 심판자라면 대다수의 서민들은 그를 좋아 할 수도 있지 않을까 하는 생각이 드는군요. 하지만 지금 한 말은 농담입니다."

박 기자는 서태석이 너무 어이없어 하기에 꼬리를 내렸다. 그 자신도 자신의 논리가 너무 지나쳤다는 생각이 들었다.

"아무리 농담이라지만 그건 너무 위험한 논리군요."

서태석도 농담으로 받는다는 얼굴로 웃어넘겼다. 점심때가 되자 비가 내리기 시작했다. 서태석이 갑자기 임익체의 집으로 가보자고 하자 박 기자도 이심전심이라고 대답했다. 박 기자는 신문사에 오후 마감시간에 들어가지 못한다는 전화를 해야 했다. 부장은 또 소리를 질렀다.

임익체의 아내는 전보다 더 수척해져 있었다. 별 능력이 없는 남편이라도 그 빈자리는 여자의 얼굴에 나타나는 모양이다. 전의 방문처럼 여자가 당황하지는 않고 있었지만 남편이 연루된 모종의 사건이 그녀를 체념의 단계까지 끌고 간 것 같았다. 박 기자와 서태석은 여자를 괴롭히고 싶은 의도는 없었지만 여자의 얼굴을 보니 미안함을 갖지 않을 수 없었다.

"또 다시 실례인줄 알지만 남편께서 별 연락이 없었는지 궁금해서 이렇게 찾아왔습니다."

수확은 있었다.

"어제 새벽에 전화가 왔었습니다."

"아, 그렇습니까? 별일 없으시다고 하던가요?"

그가 최면에 빠져 곤경에 처에 있을 거란 짐작을 하고 있던 차에 박 기자는 안심이 되면서도 그가 어디에 있는지 궁금했다. 그러나 그 질문은 할 수가 없었다. 그는 경찰에 쫓기는 처지인데 경찰도 아닌 박 기자가 여자가 부담스러워할 질문을 하고 싶지가 않았다. 물어도 그녀가 알려 줄 리도 없겠지만 묻고 싶지도 않았다. 그렇지만 서태석은 달랐다.

"어디에 계시답니까?"

서태석은 가끔 악역을 맡는 취미가 있었다. 그도 하고 싶지 않은 질문인지 그녀의 눈치를 꽤 살폈다.

"좀, 들어오시죠!"

다행히 그녀는 침착했고 상대를 배려할 줄 알았다. 무례한 질문에도 내색하지 않았다. 문 앞에서 수금 사원처럼 엉거주춤 서 있던 두 사람은 좁은 거실로 들어갔다. 그리고 거실 크기에 알맞은 조그만 소파에 앉았다.

"차는 뭘로 드시겠어요?"

"아니, 됐습니다. 그냥 잠시만 이야기 나누시지요."

거실 귀퉁이에 붙은 주방으로 돌아서는 그녀에게 두 사람은 벌떡 일어서며 사양했다. 두 사람 다 폐를 끼치고 싶지 않은 마음이 있었기 때문이었다. 여자는 한 번 더 권하더니 맞은편 소파에 앉았다.

"저희는 김 교수가 사망했다는 걸 알려드리고 다른 소식이 있나 하는 생각에…."

박 기자는 서태석과 다시 소파에 앉으면서 자신들의 방문에 대해 부담을 갖지 말라는 얘기를 장황히 늘어놓았다. 서태석이 조심스럽게 다시 한번 임익체의 소재를 물었다.

211

"대전 어디라고만 하시더군요. 집에는 들어오지 못하게 됐다고 하면서."

그녀는 담담하고 무표정한 얼굴로 대답했다.

"다른 얘기는 없던가요?"

"저더러 방을 빼서 애들하고 친정에 가라고 하더군요. 자기가 생활비는 보내준다고."

그녀는 끝내 눈물을 삼켰다. 앞에 놓인 티슈 상자에서 한 장을 뽑아 눈물을 닦으며 이야기를 이어갔다.

"다른 얘기는 없었습니다. 아무 걱정 말라고 하셨어요. 오늘이 그이 생일인데."

그녀는 자제력을 잃어 가는 것 같았다. 이제 두 사람은 일어나야 했다. 두 사람이 현관 앞까지 와서 죄송하다는 말과 안녕히 계시라고 하자 그녀가 소파에서 일어나 인사했다.

"저 몇 시쯤 전화가 왔던가요?"

서태석은 현관문을 열면서 별 의미 없이 물었다.

"그때가 3시쯤 됐을 거예요."

그녀는 안정을 찾은 듯 현관 앞까지 와서 대답했다. 서태석은 집을 나오자 이형사에게 전화를 걸었다.

"김 교수 부검이 끝났습니까?"

박 기자는 전화를 걸고 있는 서태석을 힐끗 곁눈질을 하고 상식이 없다고 생각했다. 어제 밤에 죽은 사람의 부검이 다음날 오후에 끝나는 경우는 없다. 대통령이 아니고서는 그 많은 부검 순번을 넘어갈 수는 없다. 이형사도 전화상으로 면박을 준 모양이다.

"아, 그래요? 그럼 아직 정확한 사망 시간은 알 수가 없겠군요."

한동안 서태석이 말없이 수화기를 들고 있는 것으로 보아서는 이형사가 시간 정도는 알 수 있을지 모르니 기다리라고 한 모양이다. 이형사는 병원으로 전화를 걸어서 물어볼 것이다. 병원도 시체의 경직도를 판단해서 사망시간은 먼저 알 수가 있으니까.

"아! 3시라고요? 알겠습니다."

박 기자도 서태석의 전화를 들으면서 아찔한 것이 있었다. 서태석의 예감이 불길하게 현실로 다가오고 있는 느낌이 바로 그것이었다.

"그는 임익체의 육신에 들어갔습니다. 그런데 어떻게?"

서태석은 단정하면서 떨고 있었다.

✝
신생아의 육신

    운전을 하면서 박 기자는 김 교수가 환생했다고 생각하지 않을 수 없었다. 그와 가장 가까운 사람을 생각해 보았다. 찾아야 했다. 김 교수를 아니 현재는 임익체인 그를 찾아야 했다. 서태석은 뭔가 흥분이 가시지 않은 듯했다. 마치 김 교수가 앞에 보이듯이 미간을 찡그리고 있었다.

    "자살일까요?"

    분명 박 기자는 서태석의 자살론을 인정하고 질문했다. 김 교수가 혼이 빠진 육신을 괴롭히는 것이 표정에 나타나고 있었다.

    "자살이라 할 수 있지만 확실한 건 그가 죽은 것은 아니라는 사실이죠."

    서태석이 대답했다. 박 기자가 자신의 자살론을 동조해 주는 것이 고마웠다.

    비는 더욱 세차게 내리고 박 기자는 운전하는 동안만은 김 교수에 대한 얘기를 그만하고 싶은 듯 빗속에 뿌려지는 라이트 불빛만 응시

하고 있다.

"그는 살아 있어요. 그가 죽어야 할 필요는 없지만."

서태석은 잠시 말을 끊었다가 혼잣말처럼 중얼거렸다.

"그의 육신과 함께 생사를 해야 하는 것은 당연한 거야. 그래야 우리나 다른 모든 사람들이 불안하지 않은 거야."

서태석의 혼잣말에 박 기자도 동감했다. 문득 생각이 불길하게 연결되는 것을 느꼈으나 서태석의 다음 질문은 박 기자가 자유롭게 생각할 여지를 없애버렸다.

"다시 살인을 할까요?"

그의 질문은 오늘따라 감옥에서부터 지금까지 별로 진전이 없다. 명석한 서태석도 지금은 혼란스러워 하고 있는 모습이 역력하다.

"혹시 그도 자신의 복제인간을 만들어놓고 있는 것이 아닐까요? 임익체가 아닌."

그나마 가장 발전된 질문을 던졌지만 박 기자는 강하게 고개를 저었다. 김 교수는 그의 복제인간이 있다 하더라도 한 살의 갓난아기의 육신으로 갔을 리는 없다고 박 기자는 생각했다. 임익체의 육신으로 간 것은 확실한데 어떻게 갔을까? 아무리 생각해도 감이 잡히지가 않는다.

아무런 유전적인 관계가 없는 임익체에게 어떻게 갔을까? 아니면 우리의 착각일까? 박 기자도 혼란스럽기는 마찬가지였다.

그때 갑자기 서태석이 사색이 되어 소리쳤다.

"별자리야! 같은 띠에 같은 별자리!"

서태석은 김 교수의 혼이 이동한 방법을 생각해 내고 소리쳤다. 박 기자와 고민하는 사이 서태석도 김 교수가 아무런 유전적인 관계가 없는 임익체에게 혼이 간 것을 알고자 고민하고 있었던 것이다.

"별자리라구요?"

박 기자가 물었다. 서태석은 박 기자의 질문에는 대답도 않고 생각에 생각이 꼬리를 물고 이어졌다.

서태석은 김 교수의 혼이 이동한 방법을 알고나자 소름이 돋았다. 서태석은 이제야 안개가 걷히듯 김 교수의 혼의 이동 방법을 알아낸 것이다. 김 교수는 임익체의 육신으로 들어간 것이었다. 이제야 병원에서 왜 띠와 별자리가 복제된 아기들의 명패에 붙어 있었는지 알 것 같다.

서태석은 담배에 불을 붙이며 생각에 잠겼다. 김 교수는 별자리가 같은 것은 복제 인간의 그 육신 못지않게 큰 힘이 작용하는 것을 안 것이다. 행성들의 배합은 혼령의 이동 경로가 된다고 했으니. 서태석이 최면 관련 세미나에서 김 교수의 발표를 들었던 것이 생각났다. 그당시에는 최면을 서양의 별자리와 접목하는 것은 현실성이 없어 보였기 때문에 흘려들었던 말이 지금 기억이 난 것이다. 지금까지의 희생자들의 사망시간이 다른 것이 이유가 있었기 때문이었다. 복제 아기들의 태어난 시간 때문만이 아니었다. 복제는 분명 혼을 끌어들이는 강력한 힘의 원천이 되는 것은 사실이나 과연 김 교수가 복제인간 만으로 정신력이 강한 의원들의 혼을 손쉽게 제어할 수 있느냐에 대해서는 서태석도 의문을 가지고 있었다. 그리고 복제아들은 태어날 때 자신의 혼이 있었을 것이다. 비록 임익체와 돌팔이 산부인과 원장의 조작에 의해 탄생된 아기라 해도 신의 손길은 분명 그들에게도 평범한 인간과 같이 영혼을 가지고 태어나도록 했을 것이다. 그렇다면 그들의 영혼은 어디로 사라진 것일까?

그 의문의 해답은 별자리였다. 서태석은 이제서야 의문이 풀릴 것 같은 생각이 들기 시작했다. 김 교수는 의원들을 죽일 때 아기의 뇌에 약물을 주입했었다. 태아의 혼을 어디론가 보내기 위한 조치였다. 태아의 뇌에 타르킨을 주입하면 태아의 뇌는 많은 뉴런의 불균형으로 환각상태의 임사상태로 빠져든다. 그렇다! 먼저 태아의 혼을 어딘가로 보낼 때 띠와 별자리가 중요한 것이다. 태양에는 달이 가리는 일식이 있듯이 별자리는 그 별자리의 혼이 가장 잘 이동하는 날짜가 있는 것이다. 김 교수는 그 점을 이용한 것이다. 그 시기를 이용해 신생아 원래의 혼을 약물 주사와 함께 병행해서 더욱 손쉽게 어디론가 빼 버린 것이다. 그 빈자리로 띠와 별자리가 같은 복제인간의 원개체의 혼을 태아로 끌어들이는 것이다.

서태석은 홍 의원의 혼이 들어간 태아의 눈빛이 떠올랐다. 분명 갓난 아기의 몸이라 육신을 움직이지 못하지만 그 눈빛은 홍 의원의 의식, 그 자체가 그대로 살아있는 것이다. 아기의 본래 영혼은 없어진 상태이므로 오십이 넘은 홍 의원의 의식이 그대로 살아서 한 살도 되지 않은 아기의 몸속에 갇혀있는 것이다. 의사소통도 못하고 자랄 때까지 자신의 황당한 처지를 한탄하며 살아야 하는 것이다. 생각할수록 끔찍하고 소름이 돋았다. 그리고 김 교수는 아기를 키우면서 세뇌하고 학대하며 복수하려고 했던 것이었다.

그렇다면 김 교수는 지금과 같은 상황을 전혀 예상치 못했을까? 남의 영혼이나 생명을 마치 신과 같이 조정할 수 있는 위치에서 자신이 죽을 경우, 다시 말해서 자신의 육신이 죽을 경우를 대비하지는 않았을까? 자신은 영원한 생명을 가질 수 있는 경우를 생각해서 대체할 육신을 준비했을 것이다. 그는 분명 영원히 살 수 있었다. 타인의 혼을 타인의 의사와는 상관없이 옮겨버릴 수 있는 능력이 있는데 자신의 영체 이동은 더더욱 쉬운 일이 아니겠는가. 그렇다면?

"별자리라뇨?"

박 기자는 눈치를 살피다 오랫동안 기다린 듯 힘들게 질문했다.

"김 교수는 자신이 위험할 때를 대비해서 분명 다른 육신을 준비하고 있었던 것입니다."

서태석은 혼잣말처럼 중얼거렸다.

"그게 별자리와 무슨 상관이죠?"

"같은 별자리와 같은 띠 그리고 비슷한 땅의 기운을 받은 육신이 필요하죠."

쉽사리 이해를 못하는 박 기자를 보며 위로 겸 미소로 대답했다. 박 기자는 차갑던 서태석의 얼굴에서 미소가 번지자 분위기가 웃을 때라고 생각했는지 마주보며 어색하게 웃어주었다.

"어딘가 살아있어. 그는 자신이 늙어죽을 때를 대비해서 어딘가 젊고 건강한 육체를 준비했을 거야. 그게 임익체이고."

서태석은 박 기자가 듣든지 말든지 상관 않고 혼잣말로 중얼거렸다. 다시 영생원을 가볼 필요성이 생겼다. 그곳의 태아들의 신상명세서 이외에 뭔가가 있을 것이다. 분명 태아도 두 명이 더 있었다. 그 아이들도 희생물이 될 수 있기 때문에 대비책을 강구해야 했다. 박 기자

218

는 서태석의 말대로 병원으로 차를 돌렸다. 두어 시간이면 갈 수 있을 것이다. 시간은 여덟 시를 지나고 있었다.

차량에 달린 시계는 분명 여덟 시 오 분이었다. 동그란 모양의 아날로그시계는 박 기자의 낡은 승용차에 어울리지 않는 모양이었다.

그때였다!

서태석의 눈에 시계가 흐려지는 듯 하더니 점점 사각형의 모양으로 바뀌기 시작했다. 그러더니 잠시 후에는 그것이 점점 뚜렷해지고 천장의 형광등 케이스로 변하는 것이 아닌가. 분명 동그란 아날로그시계였는데 그것이 흐려지면서 네모반듯한 형광등 케이스가 천장에 달린 채로 선명하게 보였다. 그건 아주 순식간이었다. 극히 짧은 순간에 그의 시야는 혼란을 일으켜서 밝은 방에 누워 형광등 두 개가 끼어있는 형광등 케이스를 보게 된 것이다. 서태석은 주위를 살피기 시작했다. 박 기자도 보이지 않고 차 안도 아니고 깨끗한 실내에 여러 개의 신생아 침대가 가지런히 보였다. 참담한 생각이 들었다. 내가 당한 것이었다. 손을 들어보니 조그만 아주 작은 손이 자신의 팔에 달려있는 것이었다. 그는 공포가 엄습해 옴을 느꼈다. 가슴이 폭발할 것 같은 공포로 인해 비명을 질러댔다. 처절한 그의 비명소리는 아기의 울음소리였고, 간호원이 달래려고 빠른 걸음으로 오는 것이 보였다.

박 기자는 뜰에 앉아 넋을 잃고 있다. 담배를 피워 물었지만 다른 쪽 손에도 불붙은 담배가 쥐어져 있다. 서태석이 죽은 것이다. 의원들과 똑같은 증상으로 사망한 것이다. 아니 사망은 아니었다. 자신이 방금 중환자실에 옮겨놓고 산소 호흡기로 생명을, 숨을 쉬도록 해놨으니까. 박 기자는 조금 전, 한 시간 전에 일어났던 일의 충격에서 헤어나지 못하고 있었다. 둘이서 영생원을 가기로 하고는 차를 타고 평택을 향하고 있었다. 한동안 말이 없어 옆을 보자 서태석은 앞만 보고 있어 생각에 잠겨있는 줄 알았다. 잠시 휴게소에서 쉬자고 해도 대답이 없었다. 박 기자는 화장실도 갈 겸 휴게소로 들어갔었다. 그 때까지 아무 반응이 없어 물 좀 먹겠냐고 물었다. 그래도 대답 없이 앞만 보고 있었다. 그것이 서태석의 마지막 모습이었다. 불길한 마음이 들어 서태석의 어깨를 만졌다. 그는 힘없이 창 쪽으로 쓰러졌다. 여전히 눈을 뜬 채였다. 그 당시 아무 생각이 나질 않았다. 그냥 가까운 병원을 찾았다. 고속도로를 나와 바로 수원 A대 병원으로 들어섰다. 의사들은 신속했다. 처방은 정확했지만 응급처치 그것뿐이었다. 원인은 그들 역사도 알 수가 없었다.

박 기자는 원인을 알고 있었지만 그도 할 수 있는 것은 없었다. 다만 자책감에 자신을 쥐어뜯고 싶었을 뿐이다. 왜 예상을 못했을까? 김 교수가 달아났을 때 그가 했던 말을 왜 상기하지 않았을까. 그가 자신이 나갈 것이라고 했을 때 그가 자신의 도움이 필요할 때가 있을 거라고 조롱 섞인 말을 했을 때, 왜 서태석을 노리고 있을 거란 예상을 하지 못했을까. 서태석에게 경고라도 했으면 이런 일은 막을 수 있지 않았을까?

바보스러웠다. 자신을 저주하고 싶었다. 분명 김 교수는 자신을 찾을 수 있는 가장 위험한 인물로 서태석을 지목했었다. 지금까지 김 교수의 모든 행적은 서태석이 추적해낸 것이 아니었던가. 그렇다면 그가 자신의 육체까지 버리면서 새로운 일을 벌일 때면 당연히 서태석의 존재가 부담스러웠을 것이란 아주 간단한 사실조차 자신은 추리해 내지 못했단 말인가. 박 기자는 자신이 원망스럽고 한심했다. 박 기자는 담배를 바닥에 내팽겨쳤다. 손이 떨렸다. 술이 필요했다. 이혼한 후 얼마 뒤부터 흥분하면 손이 떨리는 버릇이 생겼다. 술 탓이었다. 그래도 지금 술이 필요했다. 그는 떨리는 손을 잡았다. 그 손에 버린 줄 알았던 담배가 들려있었다. 그는 담배를 빨았다. 가슴속에 담배연기가 가득 들어 찼을 때 식도에서 위까지 폐를 찌를 듯이 연기가 들어차자 조금 진정이 되는 것 같았다.

어떻게 해야 하나? 생각을 다듬어 보니 지금은 술을 마실 때가 아니었다. 서태석의 마지막 얘기를 생각하려 노력했다. 그렇다! 우선 영생원으로 가야 했다. 그곳에 신생아가 둘이나 있었다. 사용처를 밝히지 못한 신생아가 있었다. 서태석도 그 아기들을 보러 가려고 했으니, 그가 의도한 대로 해볼 필요를 느꼈다. 그 아기의 대상이 서태석인 줄은 몰랐지만.

영생원 원장은 박 기자를 알아보았지만 그래도 다시 한번 아래위를 훑어 보았다. 박 기자는 정상적인 몰골이 아니었다. 한 눈에 얼빠진 모습이란 걸 박 기자 자신도 알고 있었다. 원장도 전처럼 보이진 않았다. 이전처럼 하느님을 혼자서만 곁에 달고 있는 양 도도한 신앙은 없어 보였다. 원장도 김 교수의 실체를 알고 그 충격에서 벗어나기엔 시간이 충분히 흐르지 않았다. 그래도 원장은 협조적이었다. 박 기자가 원하는 대로 아기가 있는 곳으로 안내했다. 그 전처럼 이곳의 자랑은 하지 않았다. 아주 겸손해져 있었다. 그리고 더 겸손하게 죄인처럼 말했다.

"저, 오늘 경찰서에 가서 다 말했지만 저도 알 수가 없어요. 정말 감쪽같이 없어졌답니다."

"뭐가요?"

박 기자는 이젠 충격 받을 것이 없었다. 그저 물었을 뿐이다. 뭐라 해도 놀라지 않을 자신이 있었다. 그만큼 서태석은 벌써 박 기자에겐 소중한 친구였다. 그가 두 시간 전에 박 기자 앞에서 죽어갔다.

"한 아기가 어제 없어졌어요!"

박 기자는 또 한번 놀랐다. 또 놀랄 수가 있는 자신이 또 놀라웠다.

"어떤 아기가요?"

"누구 아긴지 모르겠다는 그 아기 말예요."

"누가요?"

"친구분이 며칠 전에 와서는 이 아기는 누구 아긴지 모르겠다고 한 아기가 없어졌어요."

그런데 한 아기가 없어지다니, 그 아기가 서태석을 위한 아기였으리라. 그래서 김 교수가 아니 임익체로 변한 김 교수가 훔쳐갔을 것이라 짐작했다. 바보 같은 경찰들, 분명히 당분간 영생원을 지킨다고 하고서는.

박 기자는 인큐베이터에 남아있는 알 수 없는 한 아기를 보았다. 유독 울고 있었다. 명패에는 지산. 을사년 생이라고 적혀 있었다. 박 기자는 그 아기가 누굴 위한 아기인지는 알 수가 없었다. 이젠 알 필요는 없었다. 그 아기는 김 교수의 손에서 벗어났으니 안심해도 될 일이다.

박 기자는 없어졌다는 아기의 침대를 보았다. 명패도 없었다. 박 기자는 원장에게 명패를 치웠냐고 물었다.

원장이 가리킨 쪽은 쓰레기통이었다. 신앙심에 충실한 수녀가 아기가 없어지자마자 비록 김 교수가 지은 것이지만. 하루 만에 아기의 이름표를 쓰레기통에 버린 것이었다. 박 기자는 그것을 쓰레기통에서 꺼냈다. 거기에 이름은 없었다. 병자년이란 것과 별자리만 적혀 있었다. 이것도 짐작할 만한 특별한 내용이 없다. 그래도 다시 한번 명패를 꼼꼼히 살폈다. 그리고 그것을 원장에게 한 번 흔들어 보이고는 들고 나왔다. 당신이 버린 것이니 내가 가져간다는 듯이.

박 기자는 별로 더 있고 싶지가 않아 지하에서 빠져나왔다. 차안에 명패를 던져놓고 빠져나온 건물을 돌아보았다. 어두워졌으므로 영생원의 창에는 불빛들이 몇 개 켜져 있었다. 그 중에 반지하에서 올라오는 신생아실 불빛이 가장 밝았다. 지하 창문을 통해 아기의 울음소리가 들려왔다. 아까 남은 한 아기의 울음소리였다. 박 기자가 들어갈 때도 울고 있었다. 박 기자가 명패를 찾을 때도 울고 있었다. 아니 더 크게 울고 있었다. 그리고 박 기자가 나올 때도 울고 있었다. 유독 더 울었다. 지금 생각하니 그 아기는 박 기자를 보고 더 울었었다. 박 기자는 아찔하면서도 설마 했다. 그 아기는 서태석과 상관이 없었다. 없어진 아기도 그랬다. 그래서 신경을 쓰지 않았다. 그런데 그 아기가 지금도 울고 있다. 얼마나 소리가 크고 애절한지 인큐베이터를 통해 지하 밀폐된 창문을 넘어 박 기자에게 생생하게 울음소리를 들려주고 있었다. 박 기자를 부르고 있는 듯했다. 박 기자는 온 몸에 소름이 돋았다. 그는 지하로 뛰어들어갔다. 아기 옆에는 간호사 둘이 붙어있었다. 아기를 달래려고 안고 어르고 있었다. 아기는 기형으로 길게 꺾인 채 한쪽 팔이 어르는 데로 고무줄처럼 흔들거리고 있었다. 박 기자는 한 간호사를 밀치고 아기의 얼굴을 보았다. 머리가 한쪽만 푹 커져있는 반쪽 얼굴인 듯 한쪽 귀도 없었다. 눈을 보았다. 박 기자는 눈을 본 순간 알았다. 서태석이었다. 눈은 박 기자를 뚫어지게 보고 있었다. 구원을 요청하고 있는 중이었다. 박 기자는 아기의 얼굴이 흐려짐을 느꼈다. 박 기자는 울고 있었다. 그는 눈물을 닦고 다시 아기를 보았다. 아기도 눈물을 흘리고 있었다. 박 기자가 어쩔줄 몰라 흐르는 눈물을 대책 없이 보고만 있었다. 아기는 한 번의 경련을 일으켰다. 그리고 울음도 그쳤다.

간호사가 재빠르게 움직였다. 박 기자는 멍하게 무력감에 싸여 간호사의 응급처치를 보고만 있었다. 아기는 다시 울지 않았다. 아기는 죽은 것이었다. 서태석이 죽은 것이었다. 박 기자는 한동안 서서 있었다. 눈물이 더 안 나올 쯤 그는 휴대폰을 꺼내들었다. 아주대 병원으로 전화를 걸었다. 친구의 임종을 확인해야 했다. 다른 이들도 아기가 죽는 순간에 죽었으니까.

"아니요. 아직 이상 없습니다. 심장 박동도 정상이구요. 선생님이 말씀하신 그런 의식이 들어온 적도 없습니다."

담당의사의 말에 안도감이 생겼다. '내가 잘못 본 것인가?' 분명 서태석의 눈이었다. 그의 눈은 특색이 있었다. 항상 맑고 꿈꾸는 듯한 그 눈, 분명 그 였는데… 어찌됐든 다행이다.

그는 영생원을 빠져나와 차를 몰면서 서태석의 미아리 친구에게 전화를 걸었다. 믿을 곳은 그 밖에 없었다.

박 기자가 알고 있는 마지막 최면술의 전문가였다. 그리고 그는 서태석의 둘도 없는 친구였다. 그는 의외로 동요 없이 박 기자의 전화를 들었다. 서태석이 당한 일을 다 듣고 난 후 그는 내일 자신에게 오라는 말만 했다. 함께 문제를 풀어보자고 했다. 그는 친구의 죽음을 문제라고 했다. 그런 그에게 박 기자는 서태석처럼 믿음이 갔다. 서태석도 아마 자신의 이 상황에 대해 문제라는 표현을 썼을 것 같은 느낌이 들었다.

'내 죽음에 대해서 우리가 노력하면 풀 수 있을 문제 같군요.'

서태석은 이렇게 말할 것이다. 최면술사는 자신의 죽음이나 안위를 별로 심각하게 생각하지 않는 모양이었다. 서태석을 만난 이후로 알게 된 술사들의 특징이었다. 오늘 서태석의 죽음을 보고 혼자서 울고불고 헤맸던 얘기를 미아리 친구에게는 내일 할 수가 없을 것 같았다. 그는 '사치스런 감정이군요.' 라고 말할지도 모른다. 어찌됐든 서태석 친구와의 전화 한통으로 자신의 마음이 안정이 되는 것에 대해 박 기자는 스스로가 간사하다는 생각까지 들었다. 하지만 안정을 되찾은 자신이 싫지는 않았다. 침착함이 문제해결에 도움이 될지언정 해는 되지 않을 것이라 믿었다.

집에 도착한 박 기자는 냉장고에서 소주를 꺼냈다. 그리고 소주병을 들고 아들의 방문을 열어 보았다. 12시가 넘었다. 아들은 자고 있었다. 아들보다 냉장고에서 소주를 먼저 찾은 것이 죄책감이 들었지만 작은방에서 잠들어 있을 어머니가 얼마나 아들을 잘 보살피는지 알기에 박 기자는 아들 걱정은 별로 하지 않았다. 소주병을 든 채 TV를 켰다.

뉴스는 연일 정치권의 싸움만 보도하고 있다. 야당은 지난 대선 자금이 파헤쳐지자 현대통령과 검찰을 싸잡아 욕을 하고 있었다. 검찰은 편파수사의 표본이며 특검으로 대치를 했으니 어서 손을 떼라는 것이다. 대통령에 대해서는 젊은 나이라 언행이 경거 망동 하다고 비판하며 경제에 대해서도 대통령의 경륜 부족으로 지금의 불경기를 초래하게 되지 않았냐고 온통 현 정부의 책임으로 돌리고 있었다. 보다 못한 청와대는 대변인 성명으로 한마디 하고 있었다.

"대통령의 나이가 병자년 몇 년생입니다. 마치 국가의 통수권자를 어린아이 대하듯 격하시키는 것은 아무리 야당이지만 분별없고 국익에 반하는 무책임한 행동이 아닐 수 없습니다."

박 기자는 차 속에 던져둔 명패가 생각났다. 병자년, 00별자리. 박 기자는 소주병을 떨어뜨렸다.

신 검사는 심히 고민이 되었다. 임익체의 소재는 파악을 하고 있다. 간단한 일이었다. 집으로 전화 온 것을 추적하면 되는 일이었다. 그는 여관에 숨어 있었다. 지금 당장 체포할 수도 있다. 하지만 그것은 바보스런 짓이다. 자신은 검찰이다. 검찰은 지금 이 사건을 모르는 것이다. 검찰은 이 사건에 관해서는 아무 것도 관여하고 있는 것이 아니다. 이 사건은 단순한 앵벌이에 관한 사건이었다. 특수부에서 자신과 같이 유능한 검사가 맡아서 하는 사건이 아니다. 그보다도 이 사건은 검찰 어디에서도 관여하지 않는 사건이다. 하지만 신 검사는 알고 있었다. 검찰에서 손을 못 대는 이유가 정치적인 이유 때문이지만, 그래도 임익체는 체포되어야 한다. 김 교수가 여당과 야당을 가리지 않고 대통령에게 밉보인 인간들을 다 죽였듯이, 임익체는 불법 복제로, 사람의 생명에 관한 큰 죄를 지었으므로 체포되어야 하는 것이다. 신 검사는 아직도 최면으로 김 교수가 그런 짓을 할 수가 있었다는 것에 회의적 이지만 지금은 그런 것을 따질 상황이 아니다. 지금은 임익체를 체포 하고 이 사건을 종결시키는 것이 중요하다. 그냥 보건 의학법 위반 정 도로 구속시켜야 했다. 그가 잡혀서 박 기자의 손아귀에 있어야 박 기 자는 이 황당한 사건을 마저 마무리 할 것이고 끝에는 정치권과는 별 상관이 없는 사건으로 종결될 것이다. 그 날이 빨리 오도록 신 검사가 도와야 할 상황이다. 그러나 신 검사가 알려줄 수 있는 사람이 없었다. 그는 먼저 앵벌이 건을 맡아 수사하고 있는 경찰서 이형사에게 알려 주는 방법밖에 없다고 생각했다. 하지만 금방 생각을 바꾸었다.

경찰들은 사소한 정보라도 얻게되면 그것을 역으로 정보제공자를 파헤치는 버릇들이 있었다. 게다가 입이 가벼웠다. 쉽게 언론이 알게 될 것이다. 검찰에서 무엇 때문에 임익체의 소재를 알려준단 말인가? 이형사는 앵벌이 건에 대해 검찰에 보고한 적도 없고 게다가 이 사건 은 이형사도 종결시킨 사건이다. 만약 이형사에게 임익체가 여기 있 으니 체포하라고 하면 이형사의 입을 통해 박 기자에게 전달될 것이 고 오히려 박 기자는 검찰에서 예민해 하는 것을 이상하게 생각할 것 이다. 생각만이 아니고 당장 박 기자는 정치권과 김 교수가 연관이 있 다고 생각하고 그쪽으로 조사를 벌일 것이 불을 보듯 뻔했다. 기자란 사건을 키워서 기사화하는 것을 즐기는 족속들이다. 그것은 신 검사 가 의도하는 것이 아니었다. 신 검사는 한참을 더 생각에 잠겼다. 생각 은 하나였다. 결론은 내리고 있었다. 다만 그것을 어떻게 상대방이 합리적으로 이해할 수 있게 설명을 하는가에 달렸다. 신 검사는 그 일로 고민하고 있는 것이다.

알려줄 사람은 이형사가 아니라 박 기자였다. 그 사람만이 이 사건을 맡아서 결론을 끌어낼 사람이었다. 박 기자에게 설명을 해야 했다. 검찰의 입장이 이러이러해서 이번 사건은 내부 비밀로 수사를 하게 되었다고 그가 이해하도록 해야 했다. 신 검사는 박 기자에게 임익체의 소재를 알려주고 이 사건이 더 이상 검찰에서 수사를 계속할 필요성을 느끼지 못한다는 것을 분명히 밝혀주어야 한다. 정치적인 사건이 아니므로 검찰은 손을 뗀다는 것을 알려줘야 한다. 박 기자의 반응이 궁금했다. 그리고 그에게 확답을 받아야 했다. 검찰에 관한 부분은 함구하라고 말이다. 수화기를 들었다. 12시가 넘어 있었다. 자신은 이 시간에도 청사에서 일을 하는 것이 자랑스러웠다.

박 기자는 검찰청에 자주 와 봤지만 검사실에 들어와 보기는 처음이었다. 어제 집에 들어와서 TV를 보다가 김 교수가 마지막으로 훔쳐 간 신생아를 노린 것이 대통령일지도 모른다는 생각에 충격을 받고 있었다. 앞으로 임익체와 김 교수의 소재를 어떻게 알아낼 것인가 고민하며 소주를 들이키고 있을 때, 신 검사라고 신원을 밝힌 젊은 목소리의 주인공이 전화를 했다. 12시가 넘은 시간이었다. 오전 10시에 자신의 사무실에서 보았으면 좋겠다는 것이었다. 무슨 일이냐고 하자 만나서 얘기하는 것이 좋겠다는 말만 했다.

10시 15분이 되자 젊은 검사가 들어섰다. 박 기자가 조금 일찍 와서 여직원에게 커피를 한잔 얻어 마시고 난 후였다.

"기다리게 해서 죄송합니다."

신 검사는 깍듯이 허리를 굽혀 인사를 했다. 명함도 먼저 꺼내 박 기자에게 건넸다. 검사가 명함을 건네는 일은 드문 경우였다. 그들은 주로 피고들이나 사건에 관여된 사람들만 만나므로 영업사원처럼 명함 건넬 일이 별로 없는 사람들이었다. 명함이 없는 검사가 태반이라고 박 기자는 알고 있었다. 신 검사는 박 기자와의 만남을 준비하고 있었다. 박 기자는 명함을 항상 많이 가지고 다녔다. 박 기자도 명함을 건넸다.

"그런데 무슨 일로?"

"단도직입적으로 말씀드리겠습니다. 저는 임익체의 소재를 알고 있습니다."

박 기자는 잠깐 혼란이 왔다. 검찰에서는 손을 뗀 것으로 알고 있었는데, 검찰에서 왜?! 그렇다면 검찰에서 비밀수사를 해야 하는 이유가 있단 말인가?

"지금 박 기자님이 무슨 생각을 하시는지 저는 알고 있습니다. 그래서 만나서 그 이유를 설명해 드리려고 오시라고 했습니다."

박 기자는 침묵을 지킨 채 앉아 있었다. 그것이 분위기에 맞는 행동인 것 같았다.

"검찰에서 왜 이 사건을 조사 했을까 하는 의문이지요? 검찰에서도 처음에 의원들의 죽음이 타살일수도 있다는 가정 하에 수사를 시작했습니다. 그러나 수사를 중지했지요. 타살일 가능성이 없다고 판단을 내린 것입니다. 하지만 저는 이 사건을 계속 조사했습니다. 제가 조사라는 표현을 쓰는 것은 제 개인적인 수사이기에 그런 표현을 쓰는 것입니다."

박 기자는 믿지 않았다. 신 검사가 유독 개인적이란 말을 강조하는 것이 더욱 개인적이란 생각이 들지 않았다. 검사는 격무에 시달린다. 한가하게 개인적인 사람들이 아니다.

"저는 애초에 타살 가능성도, 그리고 정치적인 사건이라고 보지는 않았지만 죽음에 대해 의문점이 많아 개인적으로 조사를 계속했습니다. 윗분들도 모르게 말입니다."

위에서 모를 리가 없었다. 그는 조금 전에도 윗사람에게 보고 하고 왔을 것이다. 그래서 10분이나 늦게 자신의 사무실에 들어온 것이고, 만일 개인적이었다면 신 검사는 박 기자를 다른 장소에서 불렀을 것이다. 박 기자는 이 초보자의 얘기를 더 즐기고 싶었다.

"그런데 임익체의 소재를 제가 먼저 알게 된 것이지요. 전화 추적을 통해서요."

물론 전화 추적도 요즘은 위의 결재가 없이는 힘든 일이다.

"그 사건을 맡았던 형사가 이형사란 것도 알고 있습니다. 하지만 왜 제가 박 기자님께 알려드리는지 아십니까?"

신 검사가 처음으로 박 기자에게 물었다. 물론 박 기자는 알고 있었다. 그러나 그는 지금 초보자의 입에서 나오기를 바랬다.

"글쎄요. 저는 형사가 아니고 체포권도 없습니다. 이형사에게 알려줄 수는 있지만."

"바로 그겁니다. 박 기자님이 이형사에게 알려주시면 됩니다."

신 검사는 박 기자가 대단한 퀴즈라도 맞춘 듯이 칭찬을 했다.

"그런데 왜 제가 그런 심부름을 해야 하죠?"

박 기자는 신 검사에게서 본론을 끄집어낼 때가 되었다고 생각하고 물었다. 신 검사는 말문이 잠깐 막힌 듯이 시간을 지체했다. 그는 자신이 개인적으로 수사한 것이라고 박 기자에게 그 상황을 잘 설명하면 될 것이라 생각했다. 그의 속사정을 밝히지 않아도 되리라고 생각했다. 그러나 그것이 안 된다는 것을 박 기자가 알려준 셈이었다.

"예, 그것은 우리가 일개 형사들에게 수사한 것을 알려주면 검찰에서 뭐 대단한 것을 수사한 것처럼 외부에 알려질 수도 있고…."

"걱정 마십시오!"

이번에는 박 기자가 말을 끊었다. 이 초보자를 안심시키고 그의 도움을 받을 필요가 있었다. 일개 형사보다는 검사가 김 교수를 찾는 데 도움이 될 것이다.

"저도 처음에는 정치색이 있을 것이라 생각했습니다. 하지만 지금은 그렇게 생각하지 않습니다. 그리고 정치적으로 몰아서 기사화하고 싶은 생각 또한 조금도 없습니다. 저는 김 교수와 직접 대화를 해본 사람입니다. 그는 사망한 그들이 개혁에 걸림돌이 된다는 개인적인 생각만으로 일을 저질렀던 것입니다. 그러니 신 검사님께서 우려하는 걱정은 안 하셔도 됩니다."

"하지만 그 개혁의 걸림돌이란 자체가 신문에 난다면 국민들은 어떤 반응을 보일까요?"

신 검사는 자신의 걱정을 솔직하게 표현해 버렸다.

"저는 그 자체도 쓸 생각이 없습니다. 이 사건이 종결되면 김 교수가 정신적인 결함으로 저지른 것이라고 할 작정입니다. 그리고 이 사건이 기사화될 것인지 조차 알 수가 없습니다. 생소한 부분이 많거든요"

생소함이란 최면에 관한 것이다. 어느 누가 최면을 걸어 살인을 했다는 기사를 믿어줄 것인가?

"고맙습니다. 임익체의 소재입니다. 여관에 숨어 있더군요."

신 검사는 안도하면서 임익체가 숨어있다는 여관의 주소가 적힌 종이를 건넸다.

"김 교수가 살아 있는 것을 알고 있습니까?"

박 기자가 물었다. 신 검사는 무슨 소리냐는 듯이 박 기자를 바라보았다.

"최면으로 그가 자유롭게 생과 사를 오간다는 것은 모르시는군요. 믿지도 않으시겠죠. 하지만 제가 이 사건을 신 검사님이 원하시는 대로 정치적인 면을 배제하는 대신 신 검사님도 김 교수에 관한 자세한 자료를 부탁드리겠습니다."

신 검사는 자신도 모르게 알았다고 했다. 그만큼 그는 박 기자가 고마웠다. 처음에 말을 뱅뱅 돌려서 자신의 입장을 설명한 것이 시간 낭비란 것을 알았다. 박 기자는 벌써 이 사건이 정치적이 아니고 그렇게 끌고 갈 생각도 없었던 것이다. 어찌됐든 신 검사는 언론 문제는 홀가분해졌고 그렇다면 앞으로는 박 기자에게 최대한 협조를 해주어야 겠다고 생각했다. 박 기자는 일어나면서 서태석 얘길 꺼내며 악수를 청했다.

"서태석씨 아시죠? 그 사람이 어제 김 교수에게 당했습니다. 김 교수에 관한 모든 자료가 급하게 필요합니다. 가능한 빨리 부탁드립니다."

신 검사는 사망한 김 교수에 관한 얘기가 알 수 없는 말이었지만 최대한 돕겠다고 대답했다. 박 기자는 문을 나서다가 다시 고개만 돌리고 신 검사에게 말했다.

"윗분에게 잘 전하세요. 정치적인 면은 걱정을 하지 않으셔도 된다구요. 김 교수 개인적인 사건이라고요."

"네, 그러죠!"

신 검사는 자신도 모르게 그렇게 대답하고는 박 기자의 조롱에 걸렸다는 것을 알았다. 그렇게 신 검사 혼자서 수사했다고 강조를 했건만.

그를 만난 것이 채 한 달이 되질 않았다. 최소한 미경의 기억으로는 그랬다. 그 사이 미경에게는 많은 변화가 있었다. 그것이 나쁜 쪽의 변화는 아니었다. 미경은 행복이란 것이 어떤 것인지를 생각하게 되었다. 지금껏 적지 않은 시간을 행복에 대해 생각해 보지 않고 살아 왔었다. 서태석을 만난 것은 찰나간이라고 할 수가 있었다. 요즘은 감정의 교환이 빠르게 오가는 시대라고 해도 서태석과 미경의 만남은 너무나 스피드했고 에로틱했던 것은 부정할 수 없었다. 그는 한 마디도 없이 미경의 육체를 탐했고 미경은 그에 순응했다. 서로에 대한 탐색은 그 후 식당에서 짧은 시간이었고 결코 그 두 사람의 섹스의 시간보다 길지도 않았다. 그러나 미경은 섹스와 그 후의 대화시간, 그 두 가지가 모두 만족스러웠고 그것으로 인해 서태석을 향한 감정을 혼자서 계속 키워 왔었다. 그를 다시 만날 수 있다는 확신도 있었을 뿐더러 그와의 미래에 대해서도 계획을 세워 보기도 하였다.

미경은 그가 식당에서 건네준 명함을 꺼내보았다. 요즘은 하루에

233

서너 번씩 꺼내보는 버릇이 생겼다. 그러나 이제는 이 명함을 사용해야 할 것 같았다. 그는 미경이 연락처를 달라고 했을 때 별로 내키지 않은 얼굴을 했으나 그렇다고 미경에 대한 책임을 회피하려는 듯이 관계를 끊으려는 생각도 없는 듯했다. 그만큼 미경에 대해 깊이 있게 생각하는 것 같지 않아 보였다. 그가 건네준 명함에는 서울 미아리의 무슨 철학관이라고 적혀 있었다.

특이한 것은 이름이 박혀 있지가 않아 미경이 이름을 따로 물어 보아야 했다. 거기는 친구가 하는 점집이라고 했다. 자신이 서울에 있을 때에는 그곳에서 가게를 좀 봐주고 숙식을 해결한다고 했다. 그러니 연락할 일이 있으면 그곳으로 연락을 하라는 것이었다. 미경 자신도 그때는 지금처럼 애틋한 정감이 생기기 전이었고, 찰나간의 육체적인 관계를 가진 후여서 그가 군이 연락처를 거절했더라도 섭섭해 하지는 않았을 것이다. 그러나 그때 약간의 자존심이 상했었지만 연락처를 받아 넣어둔 것이 얼마나 다행한 일인가.

명함을 받았던 그때 미경은 서태석에게 분명히 말했었다. 나는 당신에게 결코 책임지라는 등 우스꽝스런 짓은 하지 않을 것이고 그렇게 자신은 나약한 여자가 아니라고. 자신은 인생을 남자에게 의지하듯 수동적으로 살고 싶은 생각은 없으니 연락처를 준 것에 대해 찜찜해 하지 말라고도 했었다. 지금도 미경의 생각은 변함이 없다. 그에게 책임 운운하며 남녀간의 인연의 끈을 이어가고 싶지는 않지만 지금의 상황만큼은 그도 알고 있어야 한다고 생각했다. 미경의 임신사실을 그도 알고는 있어야 한다. 결코 그에게 부담을 주고 싶지는 않지만 미경은 아기를 지울 생각이 없었으므로 그에게 이 사실을 알릴 필요가 있다고 생각했다. 그것은 아기를 위한 길이었다. 미경은 그에게 이상하리 만치 좋은 감정이 남아 있지만, 갑작스럽고 이상스런 성관계를 나눈 사이라는 것은 부정할 수 없었다. 그래서 그와 아기에 대해 부부처럼 미래를 설계할 생각은 조금도 없다. 그리고 미경은 결혼 실패를 한 처지이고 남자에 대한 기억이 좋지 않은 상태였다. 아기를 혼자서 충분히 잘 키울 수 있는 금전적인 능력도 있고, 누구보다도 자식을 교육시킬 수 있는 지성도 갖춘 여성이다. 굳이 과거도 모르는 서태석에게 자신의 인생과 아기의 인생을 의논하고 싶은 생각은 전혀 없었다. 그래도 그는 알고는 있어야 했다. 그것은 미경 자신을 위함이 아니고 훗날 아기의 근본을 위함이었다. 그 사람도 예의 바르고 정직한 사람으로 보였다. 그래도 미경 자신의 인생에 그를 들여놓고 싶는 생각은 없었다.

그는 이유야 어찌됐던 자고 있을 때 몰래 들어와 자신의 육체를 범한 사람이었다. 그가 미경의 치료를 위하고, 얼마 전 태어난 옆 동네 아기를 위한 것이라고 했지만 그의 말을 모두 믿은 것은 아니었다. 단지 그와의 부적절한 관계가 전혀 싫지가 않았고 그녀 자신도 그 관계 이후로 신체적이나 정신적으로 많은 변화가 나타난 것은 부정할 수 없기 때문이었다. 그것은 좋은 반응이었다. 새 삶을 찾은 느낌 그 자체였다. 그리고 며칠 전 자가 진단이었지만 미경은 자신이 임신한 것을 확신했다. 임신 사실을 알고 나서도 꼭 서태석을 만나야겠다는 생각은 들지가 않았었는데 어제 밤 꿈을 꾸고 난 이후 론 그를 만나지 않고는 견딜 수가 없는 것이다. 물론 애증의 고통은 아니었다. 단지 꿈이 태몽 같다는 생각이 들었지만 다른 무엇인가가 있어 미경의 마음을 흔들고 있었다.

미경은 이전에도 꿈을 꿔 본 적이 많지만 전날의 꿈을 다음날 오후까지 생생하게 기억한 적은 없었다. 지금은 그 꿈이 어떤 생시보다도 선명하게 기억날 뿐더러 그 꿈의 메시지에 대한 궁금증이 미경의 온 마음을 사로잡고 있다.

'그를 만나서 꿈의 해몽부터 물어야지!'

그는 점쟁이 같았으니 해결책이 있을 법했다.

† 마지막 희생자

박 기자는 신 검사와 만난 직후 이형사에게 전화를 했다. 임익체의 소재를 알려주자 이형사로부터 짧은 감탄의 소리가 전화기를 통해 들려왔다.

"어떻게 알았죠?"

"이형사님은 가끔 신문사의 정보가 경찰 못지않다는 걸 잊으시는 것 같더군요."

박 기자는 이형사의 질문을 간단히 받아 넘겼다. 의혹이 전혀 생기지 않도록 대답한 셈이었다. 신 검사와의 약속도 중요했고 지켜줘야 하는 문제였다.

"같이 가실 건가요?"

"아뇨, 저는 서태석씨 병원에 가봐야겠습니다."

병원보다도 서태석의 미아리 친구에게 먼저 가야 할 것이다. 지금으로서는 김 교수이자 임익체이기도 한 그의 체포에 따라가는 것보다 서태석의 친구에게 가서 서태석을 살릴 방도를 찾아야 했다. 실낱 같

237

은 희망이 거기에 있었다. 김 교수를 체포한다고 쳐도 순순히 그가 서태석의 안위를 챙겨주지 않을 것은 불을 보듯 뻔한 것이었다. 박 기자는 이형사에게 다시 당부했다.

"이형사님도 임익체를 찾으면 김 교수의 행방을 추궁해 주십시오. 아마 그가 김 교수일 겁니다. 제게는 그것이 중요합니다. 김 교수를 잡아야 서태석 씨를 구할 수 있거든요."

"또 그 소리군요. 저는 김 교수의 부검까지 본 사람이라 안 들은 것으로 하겠습니다."

"어찌됐던 임익체를 잡아서 저한테 전화해 주십시오."

이형사를 자신처럼 생각해 달라고 할 수도 없고 일단은 임익체를 잡으면 실마리가 풀릴 수도 있으리란 생각이 들었다. 박 기자는 서태석의 병원에 가기 전에 미아리 친구에게 가야했다. 한시가 급했다.

미아리 친구는 손님을 받고 있었다. 박 기자가 들어서자 친구는 별다른 인사 없이 자리를 가리켰다. 지금 손님이 있으니 구석에 조용히 앉아 있으라는 태도였다. 박 기자는 지시대로 앉았다.

삼십 대쯤으로 보이는 부부인 듯한 남자와 여자가 와서 부동산 같은 철학관의 상석같이 보이는 소파에 앉아 있었다. 친구는 뭔가를 열심히 설명하고 있었다. 노동자 복장을 한 남자는 친구가 지어서 풀이까지 해주는 것을 열심히 듣고 있었다. 박 기자는 간이 의자에서 듣기 싫어도 친구의 말을 듣게 되었다. 박 기자와 같이 간이 의자에 앉아 기다리는 이십 대 중반인 듯 젊은 여인도 그들 부부의 다음 순번인 듯 했다. 박 기자는 삼 순위인 셈이다. 오늘은 장사가 되는 듯 했다.

이들은 부부인데 얼마 전 아들을 낳아 이름을 지으러 온 것이다.

박 기자는 친구가 최면술사이면서도 왜 철학관 간판을 걸었는지 이제야 알았다. 그의 주수입원이 작명이었던 것이다. 그들 부부는 탁자에 놓인 친구가 써놓은 이름을 내려다보고 있다. 연습장 같은 종이 몇 장에 어지럽게 짜 맞춰진 이름이 있다. 숫자도 뒤섞여 있는 것이 생년월일과 시간을 조합한 것이다.

"아드님의 운세는 강하고 힘든 일도 어렵지 않게 풀어나갈 것이기에 이름도 이 글자가 알맞습니다. 그리고 부인이 원하는 이런 이름은 장남에게는 맞지 않은 글자가 들어 있어 좋지 않습니다. 게다가 이 글자는 차남들 이름에 자주 쓰이는 글자이고 삼행오륜에 전혀 맞지 않습니다. 이름이란 첫째도 둘째도 조상의 기본을 역행해서는 안 됩니다."

아마도 여자가 나름대로 요즘 유행하는 이름을 물어본 모양이었다. 친구는 천각수 역각수 등 이런저런 법칙을 숫자 꿰어 맞춰 보이면서 이름을 두 개 중에서 마음에 드는 것으로 선택하라고 강요했다. 결론은 노동자 같은 남편이 손가락으로 꾹 찍어 지정한 이름으로 정해졌고 친구는 붓을 꺼내 정성스럽게 써서 건넸다. 간단한 아기의 사주까지 곁들여 쓴 것이었다. 그 부부는 감사하다는 말과 인사를 하고 갔다. 물론 작명비는 내고 갔고 박 기자는 이름을 싸게 지어주는구나 생각했다. 그들이 나가자 친구는 수화기를 들었다. 박 기자가 전에 서태석과 왔을 때와 같이 다방에다 커피를 주문하는 것이었다. 두 잔을 시켰다. 박 기자는 혼자 다소곳이 앉은 여인을 보았다. 손님이 아닌 듯했다. 점을 보러 온 사람을 다방커피를 시켜 줄 리는 없으니까.

"앉읍시다!"

손님을 배웅하고 혼자 서있던 친구가 말했다.

동시에 박 기자와 여자는 간이 의자에서 일어나 조금 더 폭신한 손님 소파에 앉았다. 자연스럽게 박 기자와 여자는 긴 소파에 같이 앉아 친구를 마주보는 자세가 되었다. 친구는 여자를 가리키며 말했다.

"이분과 기다리고 있었는데 늦었군요."

박 기자가 신 검사를 만나고 오느라고 늦었다고 하지는 않고 그냥 미안하다고 했다.

"그래, 태석이 그 친구는 좀 어떻습니까?"

"저도 오늘 다시 가보려고 합니다."

박 기자는 그보다 영생원에서 신생아가 사망했는데 그 아기가 서태석의 혼이 들어간 신생아인 줄 알았다고 말했다. 그리고 서태석 씨가 사망한 줄 알고 병원으로 전화를 했는데 다행히 심장은 정상적이라고, 의사에게 들은 얘기를 자세히 들려주었다.

"눈동자를 보고 서태석이란 생각이 확신이 들었습니까?"

"네. 보는 순간 확신이 들었습니다. 그래서 나는 다른 의원들처럼 이 친구도 잠깐의 의식이 들어오고 사망하지나 않았을까 해서 병원으로 전화를 했지요."

말을 마치면서 우연히 여자를 보았는데 눈시울이 젖어 있었다. 친구가 이 여자의 실체를 알려줘야 할 것 같았다. 친구는 박 기자의 궁금증에는 아랑곳하지 않고 말을 했다.

"박 기자님이 확신했다면 그 아기에게 태석의 혼이 들어간 것 같군요. 그렇지만 금방 혼이 다시 나갔다는 얘기입니다. 그 아기가 서태석과는 원래 상관이 없는 관계이지요. 그러니까 태석의 혼이 안주를 못하고 나갔다는 거지요."

"그렇다면 서태석씨의 혼은 어디에…?"

"구천에 떠돌겠지요. 안식할 곳이 없으니."

친구는 남의 일처럼 말했다. 박 기자는 언뜻 여자를 다시 보았는데 지금은 아예 눈물이 고여 있었다. 친구도 여자를 보았다.

"아, 너무 걱정하실 것 없어요. 그 친구 혼이 어디가 있던지 찾아서 다시 몸에 갖다 넣어 줄 테니."

친구의 말이 안심을 시켜주려는 거짓말 같아서 박 기자는 좀체 마음이 놓이지 않았다. 여자는 그 말에 진정이 되는지 손수건을 꺼내 눈가를 훔쳤다. 친구는 여전히 여자를 소개할 생각이 없어 보였다. 짧은 미니스커트에 배꼽티를 입은 다방아가씨가 커피를 들고 들어왔다. 친구는 흐뭇한 표정으로 아가씨를 보았고 아가씨는 매일 배달 오던 단골 옆자리에 착 달라붙어 앉았다. 마주 보게 된 박 기자는 민망하게도 아가씨 팬티 색깔이 무엇인지 알게 되었다. 박 기자는 다방아가씨와 자신의 옆에 앉은 여자를 번갈아 보며 같은 여자라도 이렇게 격이 다를 수 있다는 생각을 했다. 껌을 짝짝 씹는 다방 아가씨의 얼굴도 보기 싫었고 그렇다고 눈을 아래로 향해 훤히 보이는 팬티도 볼 수 없어, 눈길을 돌려 옆의 여자를 살폈다. 여자는 굉장한 미인이었다. 지적으로 보였고 세련미도 있었다. 자세히 보니 갸름한 얼굴이 태석과 닮은 부분도 있어 보이는 것이 가족일지도 모른다는 생각이 들었다. 그러나 그 생각은 금방 빗나가고 말았다.

"아. 두 분 인사하셨나?"

친구는 이제서야 소개를 할 참이었다.

"이쪽은 경향일보 기자이시고 태석과는 오래된 친구 분입니다."

정확히 서태석과 오래된 친구라고 할 수는 없지만 박 기자는 그 말이 마음에 들었다. 사실 박 기자에게는 지금 서태석보다 귀한 친구는 없었다. 여자가 박 기자를 보며 조용히 고개 숙여 인사를 했다. 마주 보니 더 미인이었다.

"예, 그리고 이분은 저도 잘 모릅니다. 오늘 아침에 처음 저를 찾아 오셔서는 태석을 만나게 해달라고 하셔서 제가 난처해하고 있었습니다. 대충 태석의 상태를 알려 드렸는데 박 기자님이 좀 더 자세히 알려 주세요. 이분도 박 기자님 얘기를 듣고자 기다리고 있었습니다. 병원에도 같이 좀 가시구요. 그런데 태석과는 애인 사이입니까? 그 친구 재주도 좋네."

친구는 여전히 농담 투로 말했다. 여자는 대답도 하지 않았는데 미리 애인으로 못 박아 버렸다. 그는 서태석의 일로 침울해 있는 박 기자와 여자를 놀리듯이 분위기를 풀어갔다. 박 기자는 친구의 여유가 얄미운 면도 있으면서 오히려 서태석을 살릴 수 있을 거란 신뢰감으로 느껴져서 그 여유가 고마웠다. 여자도 친구의 그런 여유가 믿음직스러운지 많이 안정을 되찾고 있었다. 박 기자도 여자의 정체가 궁금해서 다시 물었다.

"서태석씨와는 어떤 관계이신지 이분 말씀대로 연인이신지요?"

"꼭 그런 것은 아니지만 그렇다고 해도 될 겁니다."

여자는 긍정을 하지는 않았지만 신중한 말투로 부정하지도 않는 것으로 보아 서태석을 좋아하는 것 같았다. 사실 서태석의 일을 듣고 눈물을 보이지 않았는가. 여자는 자신의 이름을 서미경이라고 했다.

"자! 일단 우리병원으로 가봅시다."

친구는 문에다 걸어 둘 외출중이란 조그만 간판을 집어 들고 일어 섰다. 미아리서 수원 D대병원까지는 교통이 별로 막히지 않았는데도 두 시간이 걸렸다. 세 사람은 차를 타고 오면서 서태석에 대해 자세한 얘기를 서로 나누었다. 주로 박 기자가 지난 일들을 설명했고 가끔씩 친구가 질문을 하면 박 기자가 다시 상황을 자세히 설명하는 식이었 다. 친구는 얘기를 듣더니 서태석의 문제는 걱정 말라고 다시 말했다. 친구가 여자에게 몇 번이나 짓궂게 서태석과의 관계를 농으로 물어보 았지만 빙긋이 미소만 보일 뿐이었다. 서태석과의 관계에 대해 별로 할 얘기가 없는 듯했다. 서태석은 별다른 변화가 없이 중환자실에 있 었다.

친구는 망설임없이 태석의 맥박 부분과 태석의 이마에 손을 얹고 는 곧바로 최면에 빠져들었다. 전에 태석이 장 시장에게 하던 방법과 흡사했다. 성과는 없어보였다. 그래도 친구는 실망하는 기색이 전혀 없었다. 그의 설명인즉 태석이 혼이 자리를 못잡고 헤매는 것은 확실 하다는 것이었다. 언젠가는 육체 주위로 돌아올 때가 있는데 그때 안 주시켜주면 된다는 것이었다. 박 기자도 그것이 옳은 생각이라고 생각 했다. 세 사람은 중환자실을 나왔다.

박 기자는 원무과로 향했다. 먼저 중간 결산을 해달라는 것이었다. 보호자가 박 기자로 되어 있었기 때문이었다. 원무과에서 내역서를 확인하고 카드를 꺼내려 하자 박 기자의 뒤를 따르던 미경이 자신의 카드를 꺼내 원무과 직원에게 주었다. 박 기자가 그럴 수 없다고 하자 미경은 자신이야말로 그럴 수 없다고 했다. 조용하고 부드러웠지만 그녀의 고집을 박 기자는 꺾을 수 없었다. 그녀는 태석을 사랑하고 있었다. 병원을 나서는데 미경은 자신은 여기 며칠 있겠다고 했다. 박 기자와 친구를 병원 주차장까지 배웅하며 두 사람에게 고맙다고 인사를 했다.

박 기자는 서울로 오면서 서태석이 구천에서 무척 행복할 것이라고 생각했다. 친구도 돌아오는 동안에는 농담도 않고 말도 없이 심각한 표정이 태석에게 질투심을 느끼고 있는 것이 틀림없었다.

집에 도착한 박 기자는 전화 메모리를 살폈다. 메모가 없었다. 이형사가 임익체를 체포하기는 했을 것이다. 그러나 지금쯤 조사를 하고 있을 것이므로 박 기자에게 전화로 알려주기엔 아직 이른 시간이다. 내일 일찍 경찰서를 찾아가기로 하고 잠자리에 들었다. 아들과 어머니는 잠자리에 들었다. 전화벨 소리에 깨었다. 박 기자는 시계를 보았다. 새벽 세시였다. 설마 이형사가 지금껏 조사를 하고 있을까 하는 생각에 수화기를 들었다.

김 교수였다. 분명 그였다.

"오늘 임익체가 체포 당했더군. 난 박 기자의 공이라고 보는데 어떻게 임익체를 체포할 수 있었소?"

김 교수는 예전과는 사뭇 다른 목소리였다. 분명 김 교수의 목소리라는 것은 알겠는데 좀더 젊은 목소리이기도 하고 한편으로는 변성기를 갓 지난 듯한 느낌도 들었다. 서두에 인사를 않는 것이 인사성이 없어진 듯했다. 쇳소리가 나는 특색은 그대로였다. 박 기자는 혼란이 왔다. 이형사가 오늘 오후에 임익체를 체포하러 간 것은 성공했다고 했다. 이형사에게 연락을 아직 못 받았지만 김 교수가 알려 준 셈이다. 그렇다면 김 교수는 임익체의 몸에서 또 빠져나온 것인가? 아니면, 김 교수는 임익체의 몸으로 영혼 이동을 한 것이 아니란 말인가? 박 기자는 복잡한 머리로 도저히 김 교수와 대화를 할 수가 없었다. 김 교수가 반응이 없는 박 기자에게 계속 얘기를 했다.

"임익체를 잡았다고 해도 나를 잡을 수는 없소. 그러니 박 기자는 나를 추적하는 것을 그만뒀으면 좋겠소. 당분간만이라도 말이오."

"난 그럴 수 없습니다."

"아무도 믿지를 않을 텐데. 내가 살아있다는 말을 누가 믿던가요?"

사실이었다. 이젠 이형사도 임익체를 체포했으니 관련자는 더 없다고 볼 것이고 사건은 종결 될 것이다.

"당신이 신생아 한 명을 더 데리고 갔다는 것을 알고 있습니다. 당신이 그 짓을 계속하려고 하는 한 나는 계속 당신 뒤를 쫓을거요."

"휴우! 당신은 나의 마지막 일까지 관여하려고 드는 군."

김 교수가 마지막이라는 표현을 씀으로 해서 박 기자는 그 마지막 희생자에 대해 더욱 불안해졌다. 박 기자는 확신은 할 수 없지만 대통령이 김 교수의 마지막 희생자일 수 있다고 의심하고 있었다. 박 기자의 생각을 읽기라도 하듯이 그가 물었다.

"그 마지막 희생자가 누구라고 생각하시오?"

박 기자는 대답을 망설였다. 짐작하게 된 것은 대통령의 생년 별자리가 없어진 아기의 띠 별자리 명패와 같다는 점 그것뿐이다. 틀린 생각일지도 몰랐다. 틀리길 바랬다. 박 기자는 대답을 던지듯이 뇌까렸다.

"대통령!"

저쪽에서 한참이나 대답이 없었다. 시간이 길어질수록 박 기자의 대답이 맞을지도 모른다는 불안감이 더욱 커지고 있었다. 입술을 한 번 훔쳤다. 목이 칼칼한 것이 침도 넘어 가지 않았다. 빌어먹을 김 교수는 대답을 않고 있었다. 맞는지 틀리는지? 틀리길 바랬다.

"당신은 정말 대단한 사람이오."

김 교수의 그 한마디에 박 기자는 다리가 풀려 수화기를 든 채로 주저 않고 말았다.

'이 미친놈!'

박 기자의 그 소리는 가슴을 울렸을 뿐 식도를 타고 혀를 거치지 못하고 있었다.

"왜 내가 대통령을 목표로 했는지 아시오?"

왜일까? 대통령을 존경하고 있었던 그가 왜 대통령을 노렸을까? 그는 대통령이 개혁을 하는 데 걸림돌이 되는 이들을 제거해 가고 있지 않았는가?

"마지막 희생이지. 내가 그 많은 썩은 인간들을 다 죽일 수는 없잖나. 그러니 큰 희생이 필요한 거요. 오히려 썩은 이들의 반대편에 있는 사람이 필요한 거요."

박 기자는 이제 이해가 갈 듯했다. 그러나 그렇지도 않았다.

"이해가 가질 않는 모양이군. 당신 녹음하고 있소?"

그때서야 박 기자는 녹음 버튼을 눌렀다.

"녹음해도 상관없네. 누가 당신이 나와 녹음한 것을 듣는다고 해도 믿을 이가 있겠나? 믿는다고 해도 이미 상황은 끝이 난 후에나 믿을 거요."

박 기자는 간신히 목을 가다듬어 물었다.

"서태석 씨를 꼭 그렇게 해야 했소?"

"아, 그것은 너무 원망하지 마시오. 그를 죽일 생각은 없소. 상황이 끝나면 그는 자연히 정신이 들 것이오. 어차피 그는 알맞은 복제인간도 아니었을 뿐더러 내 마지막 작업에 가장 큰 방해꾼이 될 것 같아서 미처 처리하지 못한 팽의원의 복제 아기에게 잠시 혼을 끌어들인 것 뿐이오. 팽의원을 아시오? 야당 사무총장 말이오. 당신이 경찰들을 끌고 영생원을 덮치지만 않았어도 그자가 다음 순번이었는데 그 점이 아깝더군. 서태석씨는 육체와 혼이 맞질 않으니 하루도 안돼 아기의 육체에서 혼이 나간 것 같더군. 지금쯤 어디 구천으로 떠돌고 있을 거요. 하지만 그는 능력이 있으니 자신이 자신의 육체로 충분히 돌아올 수 있다고 생각하오. 그러니 너무 걱정하지 마시오. 그전에 식물인간으로 있는 육체가 죽지만 않는다면 말이오."

그는 서태석을 포함해서 그가 조정했던 모든 이들의 생명을 즐기고 있었다.

"당신은 미쳤소!"

"인정합니다. 이제 내가 전화를 건 용건을 얘기하겠소. 당신이 임익체까지 체포되도록 해서 내 일이 상당히 지장이 많소. 하지만 이제 거의 끝났고 당신은 내 일을 막을 수가 없을 것이오. 당신도 내가 하는 일이 내심 성공하기를 바라는 마음이 있질 않소? 전에 감옥에서 나와 면회할 때 당신도 어느 한편으로는 나를 통해 대리 만족하는 느낌을 받았소. 그렇다고 당신을 내편으로 끌어들일 생각은 없소. 그러니 이젠 나를 좇는 것을 그만두시오. 마지막 일이 끝나면 더 이상 이런 일은 없을 거요. 나를 편하게 놔두시오. 당신이 나를 뒤쫓는다고 찾을 수는 없소. 당신은 나의 얼굴도 아무 것도 모르니까. 난 그 점을 알려주려고 전화를 했소."

박 기자는 저쪽에서 전화가 끊기고 나서 한참이 지나도록 수화기를 들고 있었다.

경찰서 앞 해장국집은 경찰 반, 술 먹고 사고 친 사람들 반인 것 같았다. 이형사는 아침 겸 해장국을 허겁지겁 먹고 있었다.

"피곤한 직업이군요!"

박 기자의 말에 이형사는 선지 기름기 묻은 입술로 빙그레 웃었다. 평상시 경찰의 직업에 관해서 알고는 있었지만 박 기자는 정직한 경찰은 정말 피곤한 직업이란 것을 느끼게 되었다. 이형사는 박 기자가 경찰서로 오는 중에 전화를 했었다. 임익체를 밤새도록 조사하고 자신은 지금 집으로 가려고 한다고 했었다. 박 기자의 부탁으로 해장국집에서 만났다.

"저 때문에 고생만 했군요!"

야근한 것이 박 기자는 마음에 걸렸다.

"아뇨. 오히려 범인 체포를 도와준 박 기자님이 고맙죠. 그리고 임익체를 체포한 김에 당직 친구 대신에 당직을 서며 취조했어요."

격무에 힘든 경찰끼리는 그렇게 돕고 사는 모양이었다.

"그런데 그 친구 이상한 말을 하던데요. 박 기자님이 들으시면 저한테 그것보라고 하시겠지만."

"무슨 말씀이신지?"

"그 친구가 김 교수로부터 전화를 받았다고 하더군요. 분명 그 시간에는 김 교수가 사망한 시간인데 말입니다."

놀랄 일도 아니었다. 박 기자는 오늘 새벽에도 그의 전화를 받았으니까. 그 얘기를 할까하다가 말았다. 그렇지만 이형사는 김 교수의 시체도 확인한 사람이다. 그는 박 기자와 생각이 다를 수밖에 없었다.

"언제 전화를 받았다고 하던가요?"

"김 교수가 사망한 시간이 3시경인데, 그 시간에 전화를 받았다고 하더군요."

그 시간에 김 교수의 전화를 받고 임익체는 자신의 집으로 전화를 걸어 아내에게 당분간 친정에 가 있으라고 한 것이다.

"전화 내용은 뭐라고 하던가요?"

"자신도 모르겠대요. 자기가 왜 그 지방에 가서 김 교수의 전화를 기다리고 있었는지, 자신이 꿈을 꾼 것 같다고 하더군요. 분명한 건 자신이 알지도 못한 사이에 처음 가보는 대전에 있는 여관에서 김 교수가 자신에게 전화할 것이라는 걸 알고 기다린 것뿐이라더군요."

박 기자는 어렴풋이 알 것 같았다. 임익체는 전화로 최면을 당한 후에 집을 나갔다. 그리고 최면의 지시대로 대전의 여관에서 김 교수의 다음지시를 기다리고 있었던 것이다. 그러다 김 교수가 이형사에게 체포됐고, 그러자 그는 자신의 죽음을 위장하고 임익체를 다른 곳으로 피신시키려고 했다. 이 또한 이형사에게 말할 수는 없었다.

"그 다음 지시는 뭐라고 하던가요?"

박 기자의 질문에 이형사는 박 기자를 보았다. 박 기자가 아직도

249

김 교수가 살았다고 생각하는 것을 이형사가 눈치 챈 표정이었다.

"정말로 박 기자님은 김 교수가 살아있다고 생각하는 것입니까?"

"뭐, 꼭 그런 것은 아닙니다만, 궁금하군요. 임익체가 그 여관에서 김 교수의 지시를 받은 내용은 뭐랍디까?"

"그냥 그곳에서 꼼짝 말고 있으라고 했대요. 돈 보내준다고."

임익체는 그때까지도 노름 자금을 얻으려고 그 여관에 박혀서 김 교수를 기다린 것이었다. 김 교수의 행방의 실마리를 풀 수 있을지도 모른다는 박 기자의 기대는 사라졌다. 박 기자는 서태석을 생각하고 암담한 마음에 할 말을 잊고 있었다. 이형사는 임익체는 불법 복제로 인한 의학법 위반으로 처벌받도록 자기가 완벽하게 조사를 마쳤다고 열심히 설명을 했다. 박 기자는 그 얘기를 듣고 있질 않았다. 신 검사의 수사능력은 탁월했다. 일개 형사와의 능력과는 비교가 되질 않는다고 박 기자는 또 한번 느꼈다. 이형사가 새벽까지 꾸민 조서로 오후에는 신 검사가 김 교수의 소재를 파악한 것이었다. 그것 역시 박 기자에게 전화로 알려줬다.

"임익체가 묵고 있던 여관의 전화통화 내역을 조사했습니다. 그랬더니 의외로 김 교수의 아들과 통화를 했더군요."

"아들이라뇨?"

박 기자는 금시초문이었다. 김 교수는 분명 총각이었다.

"아, 우린 김 교수가 숨겨둔 아들이 있었다는 것을 그 전 조사에서 알고 있었습니다. 그가 학생시절 연애하다 아들을 얻었더군요. 그런데 아기의 생모는 그 아기를 낳고 죽었구요. 그래서 아들은 김 교수의 아버지, 그러니까 할아버지의 호적으로 올려서 김 교수의 아버지가 키

웠더군요. 그리고 얼마 전 대학에 진학해서 서울에서 자취하고 있구요. 무슨 이유인지 김 교수의 아들이 임익체에게 통화를 했더군요."

박 기자는 이제 명확하게 알게 되었다. 김 교수는 자신의 아들의 몸으로 자신의 혼을 넣은 것이었다. 어쩐지 김 교수의 전화 목소리가 앳되게 들렸던 것을 기억했다.

"어쩌시겠습니까? 그 아들을 만나보시겠습니까?"

신 검사의 물음에 박 기자는 대답을 못했다. 신 검사에게 그 아들이 김 교수라는 말을 하지 못했다.

"어떡할까요? 저희 수사관을 한 명 지원해 드릴까요?"

대답이 없는 박 기자에게 신 검사가 물었다. 좀 생각해 보고 전화를 주겠다고 하고는 전화를 끊었다.

실제로 죽은 사람을 추적해서 박 기자는 그의 아들이 산다는 하숙집을 찾았다. 신 검사가 내키지 않으면서도 형사를 한 명 데리고 가라고 했다. 박 기자는 거절했다. 하숙집은 김 교수 아들이 다니는 학교에서 멀지 않은 거리에 있었다. 큰길가에서 좀 들어간 주택가에 있었다. 전에 여관을 고쳐서 전문 하숙집으로 개조한 듯 여관처럼 창문이 나란히 달려있는 3층짜리 건물이었다. 흰색으로 도색한 지 몇 년이 지난 듯 빗자국이 벽에 얼룩져 있어 건물은 지저분해 보였다. 박 기자는 하숙집 앞에 와서야 신 검사의 충고대로 형사를 대동하지 않은 것을 후회했다. 그러나 김 교수는 박 기자가 아는 한 폭력적인 사람이 아니었고 사실 그는 죽은 사람이다.

게다가 지금은 신 검사 쪽이나 이형사 쪽이나 이번 사건은 임익체

의 클론사건으로 종결지어졌다. 돈을 대고 연구를 지원하던 김 교수
는 사망한 것으로 결론이 났다. 이 시점에서 형사를 보내 김 교수의 아
들이라는 명목으로 그를 체포할 수도 없는 일이다. 신 검사가 내심 내
키지 않는 형사파견을 공식적으로 요청할 형편이 아니었다. 이형사 쪽
은 더욱 그랬다. 물론 그는 박 기자가 형사를 한 명 부탁, 아니 이형사
가 같이 가줄 것을 부탁해도 그는 사건을 종결로 믿고 있으므로 거절
했을 것이다. 그는 박봉에다 과중한 업무에 시달리는 형사였다. 어찌됐
든 박 기자는 십여 분을 하숙집 앞에서 서성인 다음에야 들어가기로
작정했다. 현관에 들어서자 복도를 사이에 두고 양쪽으로 원룸식 방
들이 나란히 번호를 달고 있었다. 마치 여관 방문들을 보는 듯했다.

9호실이라. 현관 입구가 1호실부터 시작이 되니까. 2호실은 맞은편,
그렇게 지그재그로 짜 맞추자 박 기자가 서있는 현관에서 왼편으로
다섯 번째 문이다. 박 기자는 천천히 방의 호수를 보면서 한발 한발
걸었다. 박 기자가 3호실 앞에 와서 지워진 3자를 유심히 보고 있을
때 뒤에서 4호실 문이 열렸다. 박 기자가 뒤돌아보자 맞은편 4호실에
서 나오던 여학생이 그를 아래위로 훑터 보았다.

"누굴 찾으세요?"

여학생은 학생들이 주로 사는 하숙집에 나이든 남자가 서성이자 경
계의 눈빛으로 물었다.

"여기 누굴 좀 찾으러 왔는데…"

"그 방은 제 친구 방인데요."

3호실에 사는 학생이 자기 친구니 당신은 누구냐는 투였다. 의심의
눈빛이다. 박 기자는 9호실 쪽을 가리키며.

"난 9호실을 찾아왔는데 호실이 지워진 것 같아서…"

박 기자가 9호실 쪽을 가리키며 여학생에게 도둑이 아니라는 변명을 하고 있을 때, 또다른 학생 하나가 나타났다. 이번에는 9호실 맞은편 8호실에서 건장하고 키 큰 남학생이 나오다가 박 기자와 눈이 마주쳤다. 박 기자는 남학생은 무시하고 여학생에게 시선을 주면서 마저 설명을 하려 했다.

"9호실에 아는 학생이 있어서…"

박 기자가 여학생에게 말을 마저 하는데 여학생은 8호실 쪽을 보고 박 기자는 쳐다보질 않았다. 8호실 남학생을 보는 것 같았다. 아마 친한 친구인 듯 했다. 박 기자도 이번에 8호실 남학생을 보았다. 그런데 그 남학생은 현관의 반대편 후문으로 뛰어가고 있었다. 박 기자는 번뜩 정신이 들었다. 잠깐 남학생과 얼굴을 마주했을 때를 생각했다. 다시 생각하니 김 교수와 닮은 얼굴이었다. 박 기자는 여학생을 밀치고 방문을 닫아보았다. 5호실이었다. 가끔 옛날 여관들은 방의 호실 중 4호실은 재수 없는 번호라서 빼고 적는 경우가 많았다. 이 건물은 옛날 여관건물이었다. 여학생이 문을 열고 박 기자와 얘기를 하는 터라 열려져 있는 문의 호실을 보지 못한 것이었다. 그러면 9호실은 바로 그 남학생이 나왔던, 박 기자의 계산으로는 8호실로 짐작했던 그 방이었다.

그 남학생이 김 교수의 아들이었던 것이다. 그는 벌써 후문으로 사라진 뒤였다. 박 기자는 후문으로 뛰었다. 박 기자가 뛰어서 8호실 아니 9호실을 지날 때 9호실 안이 보였다. 문이 열려 있었다. 김 교수의 아들이 박 기자를 보고 도망가느라 급해서 닫지 않고 갔던 것이다. 박 기자는 젊은 김 교수를 잡는 것을 포기하고 방안으로 들어갔다. 좁은 방에 책상이 있고 가구는 별로 눈에 띄지 않았다. 벽의 한쪽 면을 커튼으로 채워 놓아 방바닥까지 늘어져 있었다. 뒤에 뭔가 있어 보였다. 커튼을 열어젖히자 그곳에 인큐베이터가 있었다. 그리고 옆에 주사들과 간단한 수술용 재료로 보이는 것들이 있었다. 김 교수는 그가 말하는 마지막 작업을 여기서 하려 했던 것이다. 아기는 보자기로 머리만 빼고는 덮여 있었다. 얼굴도 기형아 같이 생긴 것이 보자기 아래는 더 흉할 것 같아 박 기자는 감히 인큐베이터를 열고 보자기를 들추어 볼 엄두를 내지 못했다. 들추고 싶은 마음도 없었다. 임익체가 클론한 신생아들은 하나하나가 다 박 기자를 놀라게 했었다. 더 이상 보고 싶지가 않았다.

박 기자는 방을 나왔다. 어차피 신생아를 찾았으니 김 교수도 더 이상의 희생자를 만들 수 없을 것이란 생각에 그를 뒤쫓을 필요가 없다고 생각했다. 김 교수는 박 기자를 보고 도망을 쳤다. 어디로 갔을까? 박 기자는 궁금한 생각을 정리하며 후문으로 나왔다. 후문은 정문의 골목을 기억자 방향으로 틀어진 골목으로 나 있었다. 골목을 나오자 큰길가로 향하는 방향에 여러 사람이 모여 웅성이고 있었다. 박 기자가 차를 세워둔 쪽이었다. 그가 서있는 곳에서 십여 미터 떨어진 곳이었다. 뭔가 짚이는 것이 있어 그곳으로 달려갔다. 사람을 밀치고 그들의 시선이 모인 곳을 보자 그곳에 김 교수, 아니 김 교수 아들이 벽에 기대듯이 쓰러져 있었다. 배에 칼이 꽂혀 있었다. 일반용 칼이 아니라 의사들이 쓰는 수술용 칼 같았다. 손잡이가 따로 있지 않고 그냥 얇은 스텐레스로 된 것이 그의 배에 꽂혀 있었다. 그가 쓰러진 앞에 서서 휴대폰으로 뭐라고 떠드는 사람이 눈에 띄었다. 그도 박 기자와 안면이 있는 사람이었다. 신 검사를 만날 때 한 번 본 적이 있는 검찰청 김형사였다. 그도 박 기자를 알아보고 다가왔다.

"신 검사님 지시로 박 기자님을 도우려고 뒤따라 왔습니다. 그런데 박 기자님이 들어가자마자 저 친구가 뒷문으로 도망을 치더군요. 그래서 뒤쫓다가 이 친구를 잡았는데 칼을 휘둘러서요. 엎치락 뒤치락 하다가 이 친구가 이렇게…."

박 기자는 상황을 알았다.

그는 신 검사의 지시로 박 기자를 미행했던 것이다. 대놓고 형사가 관여할 일이 아니니 함부로 나서지 말라는 지시도 받았다고 했다. 그런데 젊은 친구가 박 기자에게서 도망치는 것을 보고 일단 잡아 보려고 했는데 그가 주머니에서 수술용 칼을 꺼내 휘두르더란 것이다. 둘이 쓰러져서 뒹굴다가 칼에 김 교수의 아들이 찔린 것이었다. 그는 숨이 붙어 있었다. 김형사는 앰뷸런스를 불러 놓고는 칼 주위를 조심스럽게 헝겊으로 감쌌다. 그 걸로는 지혈이 되지는 않았지만 그는 헝겊을 싸는데 정성을 들였다. 박 기자는 한쪽 무릎을 세워 앉고는 김 교수를 쳐다봤다. 김 교수도 힘들게 숨을 고르면서 박 기자를 간신히 올려봤다. 흐릿한 미소를 보였다. 미소짓는 입술에서 피가 고여 나왔다. 박 기자는 가만히 손짓으로 그의 어깨를 짚었다. 움직이지 말라고.

"배에 칼이 찔려도 4시간은 버틴다더군!"

김 교수가 의외로 뚜렷한 말투로 말했다. 힘들게 숨을 쉬는 것과는 대조적이었다. 말을 하자 입에서 몇 방울의 피가 입 가장자리로 흘렀다. 박 기자는 앰뷸런스를 불렀으니 염려말라고 말했다.

"그런데 난 간에 찔렸네. 죽게 될 거야."

힘없이 말했다.

"이젠 자네가 날 쫓지 않겠군."

그는 지금 아들의 육신으로 있기에 이십대 초반이었다. 반말이 귀에 거슬렸지만 그의 말을 조용히 들었다.

"자네가 내 일을 다 망쳤어. 그래도 자넬 원망할 생각은 없네."

박 기자도 미안해 할 생각은 없었다. 그러나 지금 칼에 찔려 누워있는 그를 보자 미안한 마음이 생겼다. 그 마음을 얼굴표성으로 전했다.

"미안해할 것 없네."

앰뷸런스가 와서 박 기자는 차의 뒷 칸에 김 교수와 같이 올라탔다. 박 기자도 그가 아들의 육신에 들어있지만 아들의 육신이 죽을 것이란 것을 느꼈다. 앰뷸런스에 실리자 누운 자세가 편해진 그의 얼굴은 좀 나아 보였다. 앰뷸런스에 타고 온 간호사가 응급처치를 했다. 간호사의 표정을 봐서도 그가 살긴 틀린 것 같았다. 그는 간이 찔린 것이다.

"나는 아들을 사랑했네."

박 기자는 그 말을 믿지 못할 것 같았다. 어느 누구나 자기 자식을 사랑한다. 그리고 누구나 자식의 육신으로 들어가 자신의 영생을 도모 하지는 않는다. 설사 그럴 수 있는 능력이 있다하더라도,

박 기자는 아들을 사랑한다는 그의 말을 믿지 않았다. 그러나 고개는 끄덕여 보였다. 그는 죽어가고 있으므로 부정하는 모습을 보이지 않았다.

"당신은 내가 아들의 육신을 빌려서 영생이니 꾀하는 사람으로 생

각하오. 난 그렇지 않아. 난 그런 것엔 관심도 없어….”

그는 숨이 가쁜지 말끝이 흐렸다.

“난 마지막 일이 끝나면 아들의 혼을 다시 불러들이고 이 세상을 떠나려고 했네. 결국 이렇게 아들까지 죽이는 군.”

그의 눈에서 눈물이 고였다. 그는 진심으로 울고 있었다.

“아들은 정말 착한 녀석인데. 녀석의 혼이 구천을 떠돌 텐데. 아들을 살리고 싶어….”

그는 스르르 눈을 감았다. 간호사는 고개를 저었다. 그는 죽었다. 눈을 감았는데도 한동안 눈물이 그의 얼굴을 타고 내렸다. 한이 많은 눈물이었다.

김 교수의 죽음으로 박 기자는 자신의 일이 종결된 듯한 기분이 들었다. 어떤 사건을 집중적으로 취재를 하고 난 뒤에 오는 허탈감이 밀려 들었다. 하지만 그런 감상도 잠시, 그는 서태석의 안위가 걱정이 되어 병원으로 갔다. 신문사에 들러 정리를 해야 했지만 그것은 그리 급한 일이 아니었다. 어차피 그만 두기로 마음을 먹자 기자생활에 대한 아쉬움보다는 홀가분한 마음이 앞섰다. 부장은 자신이 박 기자에게 좀 심하게 한 것 같다고 사과를 하고 일단 신문사에 들어와서 얘기를 하자고 했지만 그것 또한 박 기자는 관심 밖의 일이 되었다. 평상시 조그만 취재 실수에도 핏대를 올리는 부장을 모르는 바도 아니었고 결코 부장 때문에 그만 두는 것은 아니라고 알려주고 싶었지만 그것 또한 천천히 해도 될 일이었다. 그 동안 부장이 박 기자 같은 베테랑 기자를 놓치지 않으려고 고민하는 시간도 박 기자는 즐기기로 했다. 처음에는 이 사건을 조사하면서 큰 기사거리라고 생각했지만 지금은 이 것을 가사로 쓰고 싶은 생각은 조금도 없었다. 기사화한다고 좋은 기 사거리도 되지 않을 뿐더러 실제로 겪고 눈으로 보아 왔지만 그것을 기사화했을 때 객관적인 사실로 증명할 자신은 없었다. 그것이 가장 큰 이유는 아니지만 박 기자가 기사화 않기로 마음먹도록 한 적지 않 은 원인인 것만은 사실이다. 부장은 결과를 내놓으라고 핏대를 올렸지 만 박 기자는 아무 소리 없이 사직서만 올렸다. 부장에게는 그냥 자신 이 잘못 생각한 것이라고 말했다. 그들의 의문사는 딘순사란 것이 판 명되었기에 기사로 쓸 수가 없다고 했다.

부장은 처음 박 기자가 큰소리치던 광경을 고스란히 기억하고 있 었기에 그에 상응한 보답을 해주려고 으르렁 거렸다. 기사화는 않더 라도 박 기자는 이번 사건으로 겪은 것을 책으로 쓰고 싶은 생각이 었기에 이제는 육체적으로 버거운 기사생활을 청산하고 싶었다. 그리 고 가장 큰 이유는 서태석과 김 교수를 알게 됨으로써 지금까지 살 아오면서 몰랐던, 또 다른 세계가 있다는 것을 알게 되었고 서태석 같 은 생활을 하며 남은 생을 보내고 싶었다. 실제로 이것은 상당부분, 아 니 전부가 동양철학의 중요한 한부분이라는 것을 느꼈고 그것이 굉장 히 중요한 것이란 걸 박 기자는 몸소 터득하게 되었다. 부장은 갑자기 태도가 돌변해서 박 기자를 달래보려고 했지만 박 기자는 부장이 자 신의 결정에 어떤 영향도 끼칠 수 없을 것이니 괜한 수고를 할 필요가 없다고 말하고 전화를 끊었다.

서태석의 병실에는 미경이란 아가씨가 진을 치고 있었다. 마치 서태 석의 어머니나 되는 듯이 대소변을 혼자서 처리하고 있었다. 간호원은 자신이 전혀 수고할 필요가 없어서인지 매우 호의적으로 대했다. 서태석을 찾는 방문자들은 간호원으로부터 미소가 담긴 대접을 받을 수 있었다. 박 기자를 본 미경은 침대 옆 간이 의자에 앉아 있다가 일어나 다소곳이 인사를 했다. 하나뿐인 의자를 미경은 박 기자에게 앉도록 밀어줬다. 박 기자는 사양해야 하는 것이 도리지만 그냥 의자에 앉았다. 그는 지쳐 있었다. 더욱이 서태석이 이렇게 쓰러져있는 것을 보고 있자니 몸에 힘이 나질 않았다. 중노동을 하고 온 사람처럼 그는 사지를 늘어뜨리고 간신히 척추만 세우고 의자에 앉았다. 그는 오랜 친구가 쓰러진 것 같은 안쓰러움에 가슴이 아려왔다. 그렇게 한동안 의자 등받이에 몸을 간신히 세운 채 앉아 있었다. 뒤에 서있던 미경씨가 누군가에 인사하는 기척이 있어 고개만 돌려 뒤돌아보았다. 미아리의 친구였다. 활달한 그가 오자 미경과 박 기자로 인해 가라앉은 병실의 공기에 생기가 돌았다. 미경과 주고받는 소리를 듣고 보니 그는 어제도 그제도 계속 병원을 찾아온 모양이었다. 박 기자가 친구에게 악수를 하러 일어나자 친구는 자연스럽게 박 기자가 앉아 있던 의자에 앉았다. 그리고는 태석의 손목을 잡고 진맥을 봤다. 매일 해왔던 일처럼 자연스러워 보였다.

"정말 이상하단 말이야. 근처에 있는 것은 분명한데…"

한참 동안 태석의 맥을 짚고 있던 친구는 고개를 갸우뚱했다.

"뭐가 말입니까?"

박 기자는 답답하고 궁금해서 물었다.

"분명 멀지 않은 곳에 혼은 있는데 단단히 쌓여 있단 말입니다."

박 기자는 예전에 서태석이 혼을 역추적하는 것을 본 적이 있어 물었다.

"어디까지 추적이 됐습니까?"

"그 영생원의 신생아에서 나온 것까지는 추적이 되는데, 그 다음 하얀 막 같은 곳에 다가가서는 사라졌단 말입니다. 무슨 알 같기도 하고, 흰 풍선 같기도 하고, 하여간 그 속에 들어간 것은 분명한데 어딘지 감도 안 오고 그 친구의 의식이 그곳에 안식을 하는지⋯."

미경은 친구의 얘기를 듣더니 깜짝 놀라서 들고 있던 종이컵을 떨어뜨렸다. 동시에 박 기자와 비아리의 짐쟁이 친구는 미경을 쳐다보았다. 역시 친구의 눈은 예리했다.

"혹시 당신과 연관이 있는 것 아닙니까?"

"저는 단순히 태몽인줄 알았는데⋯."

"뭐요? 당신이 서태석의 아기를 가졌다는 것입니까?"

친구의 목소리가 커서 병실의 다른 환자와 보호자들이 쳐다보았다. 얘기인즉 서태석이 알을 타고 내려와 미경의 치마 속으로 들어갔다는 것이었다. 미경은 태몽인 줄 알고 서태석에게 알릴 겸 왔다는 것이었다. 친구의 해석은 서태석이 구천을 떠돌 팔자였지만 아들의 생명이 잉태하자 강한 동질감으로 아들의 몸속으로 들어가 안주했다는 것이다. 친구는 미경의 엉덩이를 철썩 때리고는 진작 말하지 뭐했냐고 장난스럽게 꾸짖었다. 미경은 다방 아가씨처럼 엉덩이를 맞는 수모를 겪었지만 서태석이 금방 의식을 찾을 것이란 소리를 듣고 참는 듯했다. 그녀는 의사를 불러 의식이 돌아올 때 의학적인 마무리를 할 수 있도록 준비하라는 친구의 지시를 받고 서둘러 병실을 나갔다. 서태석이 의식을 못 차리면 친구를 죽이리라 미경은 맹세했다.

긴 잠에서 개운하게 깨어난 듯 서태석은 생기가 있었다. 병원 앞뜰을 걷는 두 사람 중에 발걸음은 태석이 가벼웠다. 특유의 걸음걸이는 별로 힘들이지 않고 경쾌한 걸음이었다. 건강한 걸음이었다. 박 기자는 서태석에게 밀린 얘기가 많은 소녀처럼 붙어서 쉼없이 조잘거렸다. 김 교수에 관한 것부터 장황하게 늘어놓고는 자신이 기자생활을 그만둘 것을 작심한 부분에 가서는 상당한 감정까지 넣어서 앞으로의 진로를 말했다.

"그리고 난 서태석씨와 같은 길을 갈 생각을 가지고 있소. 내가 당신을 만나 새로운 세계를 알게 되었고 내 인생에서 내가 진정으로 하고 싶은 일이 생겼다는 것에 난 요즘 굉장히 들떠 있습니다."

"좋은 현상이라고 말할 수가 없군요. 난 내 생각과 행동이 결코 잘했다고 생각한 적이 없는데 그 길을 박 기자님이 가신다니 반갑기는 하지만 결코 권하고 싶지는 않군요. 하지만 내가 말린다고 안 할 건 아니지요?"

"거 봐요, 당신도 나 같은 동료가 생긴 것이 굉장히 반갑지 않소?"

두 사람은 그렇게 한 번 웃어 재끼고 말았다. 둘 다 자신들의 진로는 관심 밖이었다. 그것이 그들 특유의 여유랄까? 박 기자는 생각난 듯 태석을 바로 세우고 물었다.

"미경씨의 뱃속에 있는 기분이 어땠소?"

"그 사람의 배속이 아니라 내 아들의 속에 있었소."

"난 아직도 태석씨의 그런 점이 신기하면서도 믿기질 않아요."

"믿을 수 없는 것이 정상이지요. 하지만 되짚어 생각해 보면 이해가 되는 부분이 있을 겁니다. 만약에 우리가 영적인, 그러니까 정신적인 발달이 인류의 길이라고 생각하고 물리적인 길을 배제하고 역사가 흘러 왔다면 어떨까요? 지금도 많은 사람들이 영적인 것을 추구하지만 대부분은 물리적인 현상과 과학으로 증명되는 것만 믿고 따르지요. 만약에 산업혁명이 일어나기 전, 그러니까 석유를 생산하고 그것을 화학적으로 폭발시켜서 자동차를 움직이기 전에 말입니다. 우리의 선조들은 차가 없어도 축지법을 이용해서 천 리 길을 한걸음에 움직였다는 얘기가 있어요. 비단 그 말을 곧이곧대로 믿겠다는 것은 아니지만 축지법의 원리가 뭘까요? 축지법은 우리가 가고사 하는 길을 접는 방법을 사용했다고 할 수 있습니다. 가고자 하는 방향의 땅을 열 걸음을 접어서 한 걸음만 뛰면 열 걸음의 땅을 건너는 것이지요. 그리고 다음에는 산을 하나 접어서 한 걸음에 산을 하나 넘고요. 그렇게 자꾸 실력이 쌓이면 몇 십리 길을 한 걸음에 움직이는 것입니다. 지금의 비행기보다도 빠른 속도지요!"

"그건 좀 허황되고 실현 가능성이 없지 않습니까?"

"그러면 우리가 백 년 전엔 오늘과 같은 인터넷의 실현이 가능해 보였을까요?"

"그것은 과학의 발전이지요."

"바로 그겁니다. 백 년 전부터 그러니까 물리적, 화학적 과학으로의 인류의 발전이 아니라 정신적인 과학으로 계속 발전시켰다면 어떻게 됐을까요? 암같은 것을 의학의 기술로 수술해서 도려내든지 아니면 의약품을 써서 고치는 방법으로 하질 않고 자신의 기를 살린다든가 자신의 신체에 완전한 기를 자유자재로 조정할 수 있는 기초가 탄탄한 영적인 교육을 우리가 계속 받아왔다면 말입니다. 자신의 혈을 자유로이 막고 뚫고 하는 교육을 세 살 때부터 배워서 익히고 자란 인류라면. 전화의 개발보다는 기초적인 텔레파시를 배우고 익혀서 능숙해지면 거리와 상관없이 자신의 의사를 전달할 수 있는 인류를 발달시켜 왔겠지요. 그렇다면 박 기자님은 내가 내 자식의 뱃속에서 있다가 나왔다는 말을 전화를 걸었다고 한 말만큼이나 자연스럽게 믿겠지요.”

박 기자는 그 말을 속으로는 인정했다. 그래서 자신도 이러한 동양철학에 심취해 보고자 하는 것이 아닌가. 서태석과 함께 우리의 강산에서 오랑캐들이 심어놓은 철심을 뽑으려고 하는 것이 아닌가. 박 기자는 과학으로 증명되지 않은 많은 것들에 대해 믿음이 간다는 것을 느꼈다.

서태석은 이어서 말했다.

“김 교수도 최면이라는 정신적인 부분에 심취해서 그 나름대로 새로운 분야를 발견한 것이지요. 지금까지는 최면으로 전생을 읽는다든가 수술 할 때 고통을 참는 마취제 역할로 쓴다든가 좀더 숙달된 술사가 혼을 빼는 정도였죠. 그러나 그가 혼을 옮기는 수준까지 끌어올린 것은 어떤 면에서는 대단한 발전을 했다고 봐야 하겠죠. 그리고 또 한편으로는 과학의 발달을 이용했고 그것은 의학의 발달, 생명공학의 발달을 이용한 것이죠. 복제 인간을 만들어 혼을 좀더 쉽게 옮기는 방법을 만들어 찾아냈으니까요.”

“태석씨 얘기는 누구든 김 교수처럼 노력을 하면 영적인 부분도 과학의 발전처럼 이루어 낼 수 있는 분야라고 들리는 군요.”

“물론입니다. 그리고 그 분야도 제 개인적인 생각이지만 지극히 물리적인, 화학적인 과학의 발전 못지않게 같은 비중을 두면서 인류가 깊게 연구해야 한다고 생각합니다."

박 기자는 서태석과의 이런 대화가 재미있지만 그보다 궁금한 것이 있었다.

"미경씨와는 어떤 계획을 세우실 겁니까?"

느닷없는 물음에 서태석은 일순간 어두운 빛을 띠었다.

"그녀는 내가 생각하는 범주에서는 환자였습니다. 나는 그녀를 치료하는 목적이었구요. 그 이상의 인연은 맺고 싶지 않았습니다. 지금도 그렇습니다. 그리고 그녀와 나는 인연이 좋지가 않습니다. 흔히 원진이라고 하지요. 간단히 말해서 서로 맞지 않는 팔자 중에 가장 지독한 물과 기름 같은 궁합이지요."

"미경씨는 서태석씨를 사랑하는 것 같더군요. 그것도 열렬히…"

고백

　박 기자와 서태석이 병원 앞 의자에 앉아 밀린 대화를 나누고 있는데 미경이 병원 로비에서 걸어 나왔다. 퇴원수속을 마치는데 시간이 걸린 모양이었다. 그녀는 당분간 서태석의 보호자로 자처할 것 같았다. 서태석은 그것을 바로 잡아야 했다. 자신의 병간호를 잘해준 것은 고맙지만 자신도 미경의 병을 고쳐준 것을 인식시키고 여기서 헤어지는 것이 좋다고 판단했다. 아들이 생긴 것은 인정하지만 같이 살수는 없다는 것을 설득시킬 참이었다. 서태석은 조심스럽게 말을 꺼냈다. 그 말을 절반도 하지 못했을 때 미경에게서 시원스런 대답이 나왔다.

　"그런 걱정이라면 하실 필요 없어요. 나도 당신같이 산이나 돌아다니면서 인생을 허비하며 여자나 건드리고 다니는 망나니와 같이 살 생각은 없으니까요."

　"그것 봐요. 지금 당신은 화를 내고 있어요. 왠줄 알아요? 원진이라 그래요. 당신은 나와 대화를 하면 자신도 모르게 화가 나지요? 바로 그거예요. 당신은 다른 사람들 앞에서는 조신하고 예의 바른 여자지

265

만 내 앞에서는 짜증만 내는 노처녀 같다구요!"

"뭐라구요? 노처녀? 정말 어이가 없어서 내가 당신을 찾아온 것이 당신한테 매달리려고 온 줄 착각하는가 본데요, 오해 마세요! 나는 단지 아기의 근본을 알리고자 온 거예요. 그리고 당신이 나중에라도 아기에 관해서 어떠한 권리도 주장하지 말라는 확답을 받으러 온 거라구요."

"아기 말인데요. 아기를 낳기로 한 것은 정말 잘한 겁니다. 난 아기와 대화도 한 사람이에요. 우리가 그것 하나 만큼은 의견이 맞는 것이 신기하네요. 하지만 결혼은 안돼요. 서로가 불행해집니다. 원진은 서로가 사랑하면서도 서로 미워하는 팔자거든요. 당신이 날 사랑하는 건 알아요. 나도 당신을 좋아하구요. 첫 눈에 그랬습니다. 하지만…"

미경은 사랑이란 말에 올라 갔던 눈초리가 내려가며 금방 촉촉해졌다. 그러나 이 무례하고 책임감이라고는 털끝만큼도 없는 이런 인간은 좀더 미경의 모욕을 받아야 했다.

"사랑이요, 흥! 정말 한심스러워서. 내가 뭘로 봐서 당신을 사랑한다는 거예요? 내가 뭐 아쉬운 게 있다고. 당신은 내가 당신의 병을 간호해 준 것 때문이라고 착각하는 모양인데 당신이 아파서 누워있는 것이 하도 딱해서 적선하는 셈치고…"

서태석에게 따끔하게 설교를 하려 했는데 태석의 아팠던 그 부분 얘기가 나오자 그때의 안쓰러움이 생각났는지 미경의 눈에 눈물이 고여 흘러내렸다. 이런 몰상식한 인간 앞에서 약하게 눈물을 보이다니, 자존심이 상했다. 서태석은 미경의 눈물에 그만 그녀의 어깨를 감쌌다. 미경은 그의 팔을 뿌리치고자 했지만 힘도 없고 눈물은 더욱 방울

266

방울 쏟아졌다.

　박 기자는 두 연인이 금방 싸우고 어르고 하는 것을 보고 그 둘이 금방 합칠 것이란 예감이 문득 들었다. 원진이라…. 이혼한 아내와 내가 원진이었을까?

　아니다. 그러면 이렇게 이혼했을 리도 없을 테니까.

에필로그

　막연히 글 쓰는 게 좋았고 흔히 얘기하는 글쟁이로만 살고 싶었던 나는 졸업 후에도 악착같이 글을 썼지만, 결국 먹고살기 위해 절필을 해야 했다. 탈고를 마치고 나니 그 각고의 시간들이 주마등처럼 지나간다.

　생활을 하며 숨 쉴 곳이 필요했던 나는 일을 마치고 돌아와 밤마다 책상 위에 앉았다. 글이 잘 써지는 날에는 하루에 몇 장도 쓰곤 했다. 그러나 안 써지는 날에는 밤이 새도록 원고에 점만 찍기도 했다. 그렇게 3년의 시간을 보냈다. 그렇지만 결국, 자의 반 타의 반으로 절필을 하게 되었고, 그때의 감정들은 마치 내 아이를 잃어버린 것만 같았다. 나는 그저 원고를 내 책상 서랍에 넣어 두고 가끔 한 번씩 오랜 일기장을 보듯 펼쳐 보곤 했지만, 하루하루 일상 속에서 나를 잃어가고 있었다.

　그 어두운 시간 동안 책상 속에서 나의 글들은 무슨 생각을 하고 있었을까. 그렇게 들쳐보던 원고가 이렇게 세상에 빛을 보게 되는 날이 오니, 왠지 부끄러움과 설렘이 교차한다.

출간 즈음에, 마지막 지면에 기대어 그간 못한 말들을 하고 싶다. 긴 시간 서랍 안에 묵혀 있었던 글을 세상 밖으로 나올 수 있게 용기를 주고 힘을 실어준, 써니문 대표에게 무한한 감사의 말을 전한다. 애써주신 출판사 관계자분들, 그리고 최대석 대표님에게도 감사의 인사를 올린다. 마지막으로 다시는 소설을 못 쓸 거라 생각했는데, 이제 시작일 것 같다.

2024년 11월
신기선

publisher   instagram

클론

초판 발행 2024년 12월 2일

지은이 문 정

펴낸이 최대석 **펴낸곳** 행복우물 **출판등록** 307-2007-14호

등록일 2006년 10월 27일

주소 a1. 서울특별시 종로구 종로1길 50 더케이트윈타워 B동 위워크 2층

　　　a2. 경기도 가평군 경반안로 115

전화 031-581-0491 **팩스** 031-581-0492

전자우편 book@happypress.co.kr

정가 17,000원　**ISBN** 979-11-94192-11-4